우리말로 학문하기의 날갯짓

우학모 글모음 네 번째

우리말로 학문하기의 날갯짓

1판 1쇄 인쇄 2011년 08월 10일
1판 1쇄 발행 2011년 08월 19일

지은이 우리말로 학문하기 모임
펴낸이 서채윤
펴낸곳 채륜
책임편집 최훈민
표지·본문디자인 Design窓 (66605700@hanmail.net)

등록 2007년 6월 25일(제25100-2007-000025호)
주소 서울 광진구 군자동 229
대표전화 02-6080-8778 | **팩스** 02-6080-0707
E-mail chaeryunbook@naver.com

우학모 글모음 네 번째

우리말로 학문하기의 날갯짓

우리말로 학문하기 모임

문화체육관광부 힘입음

채륜
CHAE RYUN

　우리말로 학문하기 모임이 어느덧 10년을 넘었다. 그 동안 우리말로 학문하는 일과 관련하여 숱한 사람들이 많은 발표와 토론을 하였다. 처음에는 매우 큰 꿈을 안고서 〈사이〉라는 잡지를 펴내기도 했고, 사정이 조금 어려워진 뒤로는 《우리말로 학문하기의 사무침》, 《우리말로 학문하기의 고마움》, 《우리말로 학문하기의 용틀임》과 같은 문집을 펴내기도 하였다. 이번에 《우리말로 학문하기의 날갯짓》을 펴냄으로써 우리가 뜻한 것을 어느 정도 말한 셈이다.

　우리말로 학문하기 모임이 시작된 뒤로, 사람들로부터 줄곧 듣게 되는 것은 우리말로 학문하는 일이 어떤 것인지 감을 잘 잡을 수 없다는 것이다. 처음부터 함께한 사람들조차 이러한 물음에 대해서 시원한 대답을 내놓지 못하고 있으니, 정말 난감하지 않을 수 없다.

　우리가 애써 묻고 물어도 대답이 나오지 않는다면, 맥이 풀리고 힘이 빠지는 것은 당연한 일이다. 뜻을 같이 했던 사람들 가운데 적지 않은 이들이 슬그머니 모습을 감춘 것은 이런 이유에서이다. 떠나지 못하고 자리를 지키고 있는 사람이 외로워지는 것은 피할 수 없는 일이다.

　우리말로 학문하는 일은 우리말의 바탕을 튼튼하게 다지면서 묻고, 따지고, 풀어내는 일에 초점을 두고 있다. 예컨대 학자가 배움을 학문적으로 말할 때, '배우다'의 뜻이 '어떤 것이 몸과 마음에 배도록 하는 일'이라는 것쯤은 알고 있어야 배움에 대해서 묻고, 따지고, 풀어내는 일에 제대로 이루어질 수 있다는 말이다. 배움이 배도록 하는 일임을 모르는 경우에는 學習이나 learning과 같은 외래 낱말을 배움이라는 토박이 낱말로 바꾸어 쓴다고 하더라도, 우리말로 학문하는 일과는 거리가 있다.

우리는 사람답게 살아보려고 애쓰는 과정에 말을 정교하게 갈고 닦는다. 이런 까닭에 말이 갖고 있는 짜임새와 쓰임새에는 삶에 대한 슬기가 담겨 있다. 인문학자가 이러한 것을 깊이 살피지 않고서 학문을 하는 것은 모래로써 탑이나 성을 쌓는 일과 같다. 그런데 한국의 인문학자는 한국말의 짜임새와 쓰임새를 깊이 살피지도 않은 채, 온갖 것들을 거침없이 말하고 있다.

한국의 인문학은 한국말의 짜임새와 쓰임새를 깊이 살펴서 사람답게 사는 일에 대한 슬기를 드러냄으로써 크게 새로워질 것이다. 이러한 것을 바탕으로 영국말이나 중국말에 담겨 있는 슬기까지 아울러 비추어 볼 수 있다면, 이 땅의 인문학이 나라 밖에까지 크게 구실할 수 있을 것이다. 이로써 우리말로 학문하는 일이 무엇인지 또한 한층 분명하게 드러나게 될 것이다. 이런 점에서 우리가 펴내는 책이 학자들에게 새로운 생각의 실마리가 될 수 있기를 바란다.

우리말로 학문하기 모임 회장
최봉영

차례

02 둘째 벼리
막힘과 뚫림

우리말의 힘과 생산성[*]

최 봉영

1. 논의에 들어가며

사람은 밥에서 힘을 얻듯이 말에서 힘을 얻어서 갖가지 재주와 슬기를 기르고 씀으로써, 다른 동물과 달리 문화를 일구며 살아간다. 우리는 말을 갖지 않은 사람과 문화는 생각조차 할 수 없다.

사람이 말에서 힘을 얻는 것은 말로써 갖가지 생각을 풀어냄으로써 이루어진다. 그런데 말이 달라지면 사람이 생각을 풀어내는 방식이 달라지면서, 말로써 재주와 슬기를 기르고 쓰는 것 또한 달라지는 것을 볼 수 있다. 예컨대 한국사람은 '나/너/우리/우리들/남/남들', 중국사람은 '我/你/我

* 우학모 한글날 기림 학술대회(2010년 10월 9일)(주제: 한국말의 힘과 생산성) 발표문

們/他/他們', 영국사람은 'I/You/We/Other/Others'라는 말로써 사람 사이의 관계를 풀어내는 까닭에 나와 네가 부부가 되는 것을 두고서도 저마다 다른 방식으로 말하는 것을 볼 수 있다. 한국사람은 '나하고 너하고 결혼한다/우리는 결혼한다'고 말하고, 중국사람은 '我給嫁你'라고 말하고, 영국사람은 'I marry you'라고 말한다. 한국사람은 나와 네가 공동의 임자로서 함께 이루는 일로써 부부가 됨을 말하고, 중국사람은 나라는 임자가 너라는 대상에게 나아가는 행동으로써 부부가 됨을 말하고, 영국사람은 나라는 임자가 너라는 대상을 다루는 행동으로써 부부가 됨을 말한다.

사람이 말로써 재주와 슬기를 기르고 쓰는 방식이 달라지면, 문제 해결에 따르는 생산성 또한 달라진다. 이는 마치 컴퓨터에 까는 프로그램이 달라지면 할 수 있는 일이 달라지면서 문제 해결에 따른 생산성 또한 달라지는 것과 같다. 예컨대 한국말을 쓰는 사람들은 모든 것을 우리에 담아서 우리마누라/우리동생/우리학교/우리나라 따위로 말하려고 하는 반면에 중국말을 쓰는 사람들은 모든 것을 我에 담아서 我妻/我弟/我學校/我國 따위로 말하려고 하는 것을 볼 수 있다. 이에 따라서 한국말은 집단인 우리에 터하여 나의 문제를 해결하는 일에서 매우 생산적일 수 있는 반면에 중국말은 개인인 나에 터하여 집단의 문제를 해결하는 일에서 매우 생산적일 수 있다.

또한 같은 말이라도 시대 상황에 따라서 문제 해결에 따르는 생산성이 크게 달라지는 것을 볼 수 있다. 예컨대 한국말에서 볼 수 있는 높낮이말은 사람의 지위를 신분으로 묶어놓은 왕조사회에서 신분질서를 확고히 하는 일에서 매우 생산성이 높았다고 볼 수 있다. 양반과 상놈의 아이가 함께 멱을 감고 있어도 높낮이말로써 신분의 차이를 명확히 드러낼 수 있었기 때문에 질서를 잡기 쉬웠다. 반면에 오늘날처럼 기본적인 인권을 강조하는 민주사회에서는 높낮이말은 생산성이 매우 낮다고 볼 수 있다. 사람들이 낮춤말을 인격의 비하나 모독으로 여기는 경우에는 말투 때문에 시비와 다툼이 생겨서 죽음을 부르는 일조차 생겨나고 있다.

말의 생산성은 입말보다 글말에서 더욱 두드러진다. 예컨대 한글, 한자, 영문은 생산성에서 큰 차이가 있다. 한글은 철자가 매우 간단할 뿐만 아니라 철자와 소리의 이어짐이 규칙적이어서 누구나 글을 쉽게 배우고 쓸 수 있다. 그러나 한자는 철자가 수천 개의 낱글자로 되어 있어서 많은 시간과 노력을 들여서 그것을 모두 외운 사람만이 글을 제대로 읽고 쓸 수 있다. 그리고 영문은 철자는 매우 간단하지만 철자와 소리의 이어짐이 불규칙적인 것이 많아서 낱말마다 철자를 낱낱이 배우고 익히지 않으면 글을 제대로 읽고 쓸 수 없다.

한국사람이 1945년에 일제로부터 해방된 뒤로, 한글전용과 한자병용 또는 한국말사용과 외국말사용과 같은 것을 놓고서 시비 다툼을 계속해 온 것에는 말의 생산성에 대한 관심이 밑바닥에 깔려 있다. 저마다 이런저런 주장을 펴는 것은 말의 생산성을 높임으로써 사회 발전을 앞당겨야 한다는 이유에서이다. 그런데 정작 아직까지 학자들조차 한국말이 어떠한 힘을 갖고 있으며, 그것이 어떻게 생산성으로 드러나는지에 대해서 거의 관심을 기울이지 않는다. 이러니 시비 다툼만 무성하게 이어질 뿐, 어느 쪽의 말이 옳고 그른지 알 수가 없다.

이 글은 한국말의 힘과 생산성에 대해서 묻고 따지고자 한다. 이렇게 함으로써 우리가 한국말을 더욱 잘 알게 되는 것은 물론이고, 한국말을 바탕으로 재주와 슬기를 기르고 쓰는 일 또한 더욱 잘할 수 있을 것이다.

2. 한국사람과 한국말

한국사람은 예나 이제나 한국말의 힘에 기대어 세상을 살아간다. 한국말은 한국사람을 한국사람답게 만들어주는 바탕과 같다. 이런 까닭에 한국사람에 속하는 사람과 그렇지 않은 사람을 가르는 가장 중요한 잣대는 한국말에 있다. 한국사람은 대한민국의 국적을 가진 사람만을 뜻하기보다는, 한국말을 모국어로 삼아서 살아오고 살아가는 모든 사람을 뜻한다고 말할 수 있다. 이렇기에 북쪽에서 조선인민공화국의 국적을 가지고 살아가는 사람도 한국사람으로 불릴 수 있으며, 옛날 왕조시대에 살았던 사람도 한국사람으로 불릴 수 있다. 국적이 다르고 시대가 달라도 이들을 하나로 묶어주는 끈은 바로 삶의 바탕을 이루는 한국말이다.

한국사람은 한국말의 힘을 바탕으로 생각을 깊고 넓게 펼쳐서 재주와 슬기를 크게 기를 때, 세상을 힘차게 살아갈 수 있다.

그런데 한국사람이 한국말을 어떻게 가꾸고 쓰느냐에 따라서 재주와 슬기를 기르는 것이 크게 달라진다. 예컨대 한국사람이 한국말을 잘 가꾸고 쓰면 재주와 슬기를 크게 기를 수 있는 반면에 그렇지 않으면 재주와 슬기를 기르기 어렵다. 이 때문에 한국사람이 세상을 잘 살아가기 위해서는 무엇보다도 한국말의 힘을 바탕으로 재주와 슬기를 기르는 일에 힘을 쏟아야 한다.

오늘날 한국사람이 여러 분야에서 갖가지 재주와 슬기를 뛰어나게 잘 발휘하는 것은 한국말을 잘 가꾸고 쓰기 때문이다. 특히 해방 이후로 한국사람들은 한국말을 바탕으로 지식과 정보를 매우 쉽고 편하게 만들고 주고받을 수 있게 됨으로써 갖가지 재주와 슬기를 크게 기를 수 있었다. 한국사람은 이러한 재주와 슬기를 발휘하여 어느 누구보다도 빠르게 산업화와 민주화를 이루었다.

그러나 조선시대 선비처럼 한국말을 가볍게 여기는 경우에는 재주와 슬기를 기르고 쓰기 어렵다. 이런 까닭으로 시대가 흐르는 것과 더불어 선비의 숫자가 크게 늘어나고, 공부에 들이는 시간과 노력 또한 크게 늘어났지만 재주와 슬기는 그렇게 늘어나지 않았다. 19세기로 접어들어 선비들이 서구문화의 충격으로 우왕좌왕하다가 일본에 나라까지 잃어버리게 된 것은 무엇보다도 한국말을 바탕으로 재주와 슬기를 기르는 일을 제대로 하지 못했기 때문이었다.

같은 한국사람이라도 여자들은 남자들보다 한국말로써 재주와 슬기를 기르고 쓰는 일에서 앞서는 일이 많다. 여자들은 남자들과 달리 밖에서 가져온 말보다 안에서 가꾼 말을 더욱 많이 써온 까닭에 한국말의 바탕에 깔려 있는 힘을 더욱 잘 끌어낼 수 있었기 때문이다. 여자들은 특히 몸으로 섬세한 동작을 만들어내는 일에서 더욱 뛰어난 것을 볼 수 있다. 예컨대 한국의 여자들은 양궁, 골프, 스케이트, 탁구, 핸드볼, 배구, 농구, 피겨, 축구와 같은 것에서 세계를 앞서 가고 있다.

북한사람들도 한국말을 쓰지만 지배계급이 독재체제를 유지하기 위해서 인민의 말을 조종하고 감독하고 처벌하기 때문에 말의 힘을 제대로 살려 쓸 수 없다. 김일성-김정일 유일독재체제가 뿌리를 내리기 시작하면서, 인민은 뜻대로 생각하고 말하는 것이 아니라, 오로지 허용된 것만 생각하고 말하는 까닭에 지식과 정보를 만들고 주고받는 일이 매우 가난하게 되었다. 오늘날 북한사람들이 재주와 슬기를 기르고 쓰는 일에서 크게 뒤진 것은 바로 이 때문이다.

그런데 한국사람은 아직 한국말을 바탕으로 재주와 슬기를 기르고 쓰는 일이 어떻게 이루어지는지 잘 모르기 때문에 한자 낱말이나 영국말 낱말을 가져다 쓰면, 한국사람이 곧장 중국사람이나 영국사람처럼 생각하고 행동할 것으로 여기는 일이 많다. 밖에서 낱말을 가져다 쓰는 일과 모국어 문장으로 말하는 일이 어떻게 같고 다른지 잘 모르기 때문이다. 한국사람이 중국말이나 영국말을 통째로 가져다 쓰지 않는 한, 한국사람은 한국말로써 생각하고 행동하게 된다.

3. 한국말의 힘

모든 말은 저마다 강력한 힘을 갖고 있다. 사람은 이러한 힘을 써서 갖가지 문화를 이룩해왔다.

그런데 말이 달라지면 사람이 말의 힘을 내고 쓰는 것 또한 달라지는 것을 볼 수 있다. 예컨대 사람이 하느님을 받드는 일을 두고서도, 한국말을 쓰는 사람과 중국말을 쓰는 사람은 매우 다르다. 높낮이말이 있는 한국말을 쓰는 사람은 하느님의 격을 사람의 격보다 높여서 '태초에 하느님이 천지를 창조하시니라'라고 말하는 반면에 높낮이말이 없는 중국말을 쓰는 사람은 하느님의 격을 사람의 격과 같게 하여 '起初神創造天地'라고 말한다. 이런 까닭에 한국말을 쓰는 사람은 중국말을 쓰는 사람보다 나와 하느님의 거리를 한층 명확하게 설정할 수 있다.

우리가 한국말을 잘 쓰려면 무엇보다도 한국말의 힘이 어디서 나오는지 잘 알아야 한다. 우리는 한국말을 이루고 있는 낱말, 문장, 맥락과 같은 여러 차원에서 한국말의 힘을 살펴볼 수 있다.

첫째, 한국인은 낱낱의 씨말에 토를 붙여 마디말을 만들어 문장에서 뜻을 지니도록 한다. 예컨대 한국인은 학교라는 씨말에 가, 를, 만, 에, 에서, 까지, 부터와 같은 토를 붙여서 학교가, 학교를, 학교만, 학교에, 학교에서, 학교까지, 학교부터와 같은 마디말을 만들어 문장에서 뜻을 지니도록 한다. 이 때문에 문장에 쓰인 마디말이 저마다 어느 정도 독립성을 가질 수 있게 됨으로써, 마디말로써 문장을 엮어내는 일이 한층 너그럽게 이루어질 수 있다. 예컨대 한국인은 마디말의 차례를 바꾸어서 '나는 학교에 간다', '나는 간다 학교에', '학교에 나는 간다', '학교에 간다 나는', '간다 나는 학교에', '간다 학교에 나는'와 같이 말해도 서로 뜻을 주고받을 수 있다.

둘째, 한국인이 낱낱의 씨말에 토를 붙여서 마디말을 만드는 방식이 매우 가지런하다. 예컨대 한국인은 이름씨인 '사람'에 '이', '임', '됨', '으로', '으로서', '에서', '부터', '까지', '처럼', '만큼', '보다' 등과 같은 토를 붙여서 사람이, 사람임, 사람됨, 사람으로, 사람으로서, 사람에서, 사람부터, 사람까지, 사람처럼, 사람만큼, 사람보다와 같은 이름말을 만들고, 풀이씨인 '가'에 '다', 'ㄴ', 'ㅁ', '니', '고', '서', '므로', '니까', '나' 등과 같은 토를 붙여서 가다, 간, 감, 가니, 가고, 가서, 가므로, 가니까, 가나 등과 같은 풀이말을 만든다. 이때 한국인이 씨와 토를 엮어서 마디말을 만들어내는 것은 몇 개의 단순한 원리를 좇아서 매우 가지런하게 이루어진다. 이 때문에 한국인이 한국말로써 생각을 하게 되면, 씨에 토를 붙여서 마디말을 만들고, 그것들을 문장으로 엮어서 생각의 그물을 짜는 일이 아주 가지런하게 이루어진다.

셋째, 한국인이 말로써 어떤 것의 꼴, 일, 빛, 결, 내, 맛, 소리 등을 드러내는 방식이 매우 촘촘하다. 예컨대 한국인은 어떤 것의 상태를 말할 때, 꼴의 차이를 동그랗다와 둥그렇다와 동그스름하다와 둥그스름하다와 같은 말로써 나누어 드러내고, 일의 차이를 팔딱거리다와 펄떡거리다와 팔딱팔딱거리다와 펄떡펄떡거리다와 같은 말로써 나누어 드러내고, 빛의 차이를 파랗다와 퍼렇다와 새파랗다와 시퍼렇다와 파르스름하다와 푸르스름하다와 같은 말로써 나누어 드러내고, 결의 차이를 보들보들과 부들부들과 같은 말로써 나누어 드러내고, 내의 차이를 고소하다와 구수하다와 고숨하다와 구숨하다와 같은 말로써 나누어 드러내고, 맛의 차이를 달큰하다와 덜큰하다와 달콤하다와 달짝하다와 같은 말로써 나누어 드러내고, 소리의 차이를 찰랑찰랑과 철렁철렁과 촐랑촐랑과 출렁출렁과 같은 말로써 나누어 드러낸다. 이 때문에 한국인이 한국말로써 생각하게 되면 사물의 꼴, 일, 빛, 결, 내, 맛, 소리 등에 대한 앎과 느낌을 드러내는 일이 매우 촘촘하게 이루어진다.

넷째, 한국인은 대상에 대한 판단을 있음과 ~임과 ~함으로 명확히 갈라서 말한다. 예컨대 한국인은 '있다'와 '이다'와 '하다'를 명확히 나누어서 '그가 있다', '그는 선생이다 ', '그는 착하다'로 말한다. 이때 '있다'는 '없다'와 짝을 이루는 것으로서 어떤 것이 있고 없음을 가름하는 말이다. '이것은 있다', '이것이 없다'에서 '있다'와 '없다'는 어떤 것이 시간과 공간 속에 있는지 없는지를 알려준다. 있는 것은 일어나 있는 것을 말하고 없는 것은 사라져 없어진 것을 말한다. 있고 없음은 일어남과 사라짐에 달려 있기 때문에 어떤 것이 사라져 없다가 다시 일어나 있을 수도 있고, 일어나 있다가 다시 사라져 없을 수도 있다. 다음으로 '이다'는 '아니다'와 짝을 이루는 것으로서 어떤 것이 '~인지', '~이 아닌지'를 가름하는 말이다. '이것은 책이다', '이것은 책이 아니다'에서 '이다'와 '아니다'는 어떤 것이 어떤 것으로서 말해질 수 있는지 없는지를 알려준다. 한국인은 '이다'와 '아니다'로써 어떤 것과 그것에 대한 이름이 서로 하나를 이루는지 아닌지를 잘라서 말한다. 끝으로 '하다'는 '아니 하다'와 짝을 이루는 것으로서 어떤 것이 '~한지', '~아니 한지'를 가름하는 말이다. '이것은 깨끗하다'와 '이것은 깨끗하지 않다(아니 하다)'에서 '하다'와 '아니 하다'는 이것이 어떤 상태인지 알려준다. 한국인은 '하다'와 '아니 하다'로써 어떤 것의 성질, 상태, 모습 따위를 잘라서 말한다.

그런데 영국말은 한국말과 달리 '있다'와 '이다'와 '하다'를 모두 Be를 써서 말한다. 예컨대 영국인은 'There is a book', 'This is a book', 'This book is big'처럼 모두 Be동사로써 말한다. 이런 까닭에 한국말을 쓰는 사람은 '있다'와 '이다'와 '하다'를 명확히 나누어 말하는 반면에, 영어를 쓰는 사람은 Be동사 하나로써 두루 말한다. 이러니 한국인은 자연히 사물의 유무, 이름, 성질을 알고 느끼는 생각의 그물을 짤 때, 영국인에 비해서 한층 촘촘하게 짜게 된다.

다섯째, 한국인은 임자를 풀어낼 때, 동작으로써뿐만 아니라 상태로써 풀어낸다. 예컨대 '그는 사과를 먹었다'라는 문장에서 '먹었다'라는 풀이말은 동작으로써 임자인 '그'를 풀어낸다. 따라서 '먹었다'는 그가 사과라는 대상에게 한 동작을 말한다. 그러나 '그는 매를 맞았다'라는 문장에서 '맞았다'는 상태로써 임자인 '그'를 풀어낸다. 이때 '맞았다'는 임자인 그가 한 동작이 아니라 다른 사람이 한 동작을 임자를 빌려서 풀이하는 말이다. 이 때문에 '그는 매를 맞았다'에서 '그'는 상태의 임자이고, '맞았다'는 임자의 상태를 풀어내는 말이다. 그런데 영국말은 주어를 오로지 동작으로 풀어주도록 되어 있다. 한국이나 일본에서 영어의 verb를 동사(動詞)라고 번역하는 것도 이 때문이다. 이런 까닭에 임자의 동작을 풀어내는 경우에는 한국말 문장인 '그는 사과를 먹었다'와 영어 문장인 'He eats an apple'이 비슷한 꼴을 갖지만, 임자를 상태로써 풀어내는 경우에는 한국말 문장인 '그는 매를 맞았다'가 영어에서는 수동태인 'He was beaten'으로 바뀌게 된다. 이때 He는 동작을 뜻하는 beat의 임자가 아니라 상태를 뜻하는 was beaten의 임자이다.

여섯째, 한국인은 어떤 것의 상태를 여러 가지로 드러낼 수 있는 풀이토를 많이 갖고 있다. 예컨대 답다, 롭다. 겹다, 럽다, 렵다, 스럽다 등에 바탕을 둔 아름답다, 괴롭다, 정겹다. 부드럽다. 마렵다, 좀스럽다와 같은 것들이 바로 그것이다. 한국인은 이러한 것을 갖고서 상태에 대한 느낌을 매우 촘촘하게 드러낼 수 있을 뿐만 아니라 밖에서 가져온 낱말들을 한국말로 담아내는 구실을 한다. 한국인은 이(利), 정(情), 흥(興), 성(聖), 창피(猖披)

와 같이 밖에서 가져온 낱말에 롭다, 겹다, 스럽다와 같은 풀이토를 엮어서 이(利)롭다, 정(情)답다, 정(情)겹다, 흥(興)겹다, 성(聖)스럽다, 창피(猖披)스럽다와 같은 마디말을 만든다. 한국인이 '정(情)'을 '들이고(정을 들이다)', '느끼고(정을 느끼다)', '주는(정을 주다)' 따위로 말하는 과정을 거쳐서 '정답다', '정겹다'로까지 나아가 미운정과 고운정을 말하는 상태까지 이르게 되면, 한국인이 쓰는 정(情)과 중국인이 쓰는 정(情)은 글자는 같지만 뜻에서 큰 차이를 갖게 된다.

일곱째, 한국인은 마음의 상태를 몸의 증상으로 나타내는 말을 매우 많이 갖고 있다. 예컨대 한국인은 마음이 편치 않은 상태를 두고서 '속이 아프다', '속이 쓰리다', '속이 상하다', '속이 썩다', '속이 답답하다', '속이 갑갑하다', '속이 치미다', '속이 치밀어 오르다', '속이 북받치다', '속이 북받쳐 오르다', '속이 끓다', '속이 부글부글 끓다', '속이 타다', '속이 바짝바짝 타다', '속이 터지다', '속이 곪다', '속이 곪아 터지다', '속이 뒤집히다' 등으로 말한다. 또한 한국인은 어려운 상태를 벗어나 마음이 편안해지면 '속이 시원하다', '속이 시원하게 뚫리다', '속이 후련하다', '속이 씻은 듯이 후련하다', '속이 개운하다' 등으로 말한다. 이때 속은 애, 간, 가슴, 부화, 배알, 복장과 같은 오장육부를 모두 가리키는 것으로서 몸으로 마음을 드러내는 말이다. 이처럼 한국인은 마음의 상태를 몸의 증상으로 나타내는 말들을 매우 다양하게 갖고 있기 때문에 마음과 몸은 언제나 하나의 '나'로서 함께 한다. 따라서 한국인은 속과 겉을 달리하여 마음과 몸이 따로 노는 상황을 매우 어려워한다. 한국인은 솔직하고 화끈한 것을 좋아한다.

여덟째, 한국인은 어떤 것이 못마땅한 상태에 있을 때, 그것을 꾸짖거나 나무라는 말을 매우 많이 갖고 있다. 예컨대 한국인은 어떤 것으로 말미암아 마음이나 몸을 다치는 경우에 개새끼(자식), 개 같은 자식(놈, 년), 씹새끼, 씹할 새끼(놈, 년), 좆 같은 새끼(놈, 년), 더러운 새끼(놈, 년), 호로새끼

(자식), 죽일 놈(년), 뒈질 놈(년), 지랄 같은 새끼(놈,년), 망할 새끼(놈, 년), 상놈 (년), 상놈의 새끼, 육시할 놈(년), 나쁜 새끼(놈, 년)와 같은 갖가지 욕설을 하 거나 퍼붓는다. 이 밖에도 한국인은 좋지 않은 상황을 뜻하는 '죽는 것', '망하는 것'과 같은 일 또는 하찮은 것을 뜻하는 '벌레', '개', '돼지'와 같은 것을 끌어들여 갖가지 욕설을 만들고 쓴다. 이처럼 욕이 매우 발달되어 있 기 때문에 한국인은 사람답게 살아가는 일에 대한 긴장을 조금도 늦출 수 없다. 그렇지 않으면 언제 어떤 욕이 날아들어 쪽팔리는 사람이 될지 모르기 때문이다.

아홉째, 한국인은 어떤 것에서 느끼는 놀라움을 나타내는 말을 매우 많이 갖고 있다. 예컨대 한국인은 아, 아아, 아이고, 앗, 악, 아차, 야, 얏, 어, 어어, 어이구, 엇, 억, 어라, 에, 에라, 에끼, 어랏차차, 에랏차차, 이랏차차, 으랏차차와 같은 말로써 어떤 것에 대한 놀라움을 갖가지로 말한다. 또한 한국인은 경우에 따라서 새로운 낱말을 즉석에서 만들어서 어떤 것에 대 한 놀라움을 드러내기도 한다. '아자'와 같은 것은 텔레비전 드라마에서 새롭게 선보인 것이고, '따봉'과 같은 외래어는 텔레비전 광고를 통해서 새 롭게 퍼져 나간 것이다. 이처럼 놀라움을 나타내는 말이 매우 발달되어 있 어서 한국인은 느낌을 매우 촘촘하게, 그리고 떠들썩하게 드러낸다.

열째, 한국인은 씨와 토를 엮어서 개념의 갈래를 매우 섬세하고 가지런 하게 갈라서 말한다. 예컨대 한국인은 이름씨와 풀이씨에 '대로'라는 토를 붙여서 맛대로(맛대로 함), 멋대로(멋대로 함), 마음대로(마음대로 함), 제대로 (제대로 함), 하는 대로, 가는 대로와 같은 개념을 숱하게 만들어낼 수 있고, 이름씨와 풀이씨에 '만큼'이라는 토를 붙여서 이만큼과 이만큼 함, 저만 큼(저만큼 함), 그만큼(그만큼 함), 나만큼(나만큼 함), 너만큼(너만큼 함), 이것만 큼(이것만큼 함), 저것만큼(저것만큼 함), 하는 만큼, 가는 만큼과 같은 개념을 숱하게 만들어낼 수 있다. 또한 한국인은 풀이씨 '가~'와 'ㄱ~'를 바탕으로 가다(去)와 가르다(分)과 가리다(擇)와 가리키다(指)와 가르치다(敎)와 같은 개념을 매우 촘촘하게 엮어나갈 수 있고, 또한 '싶다'를 바탕으로 하고 싶음과 되고 싶음과 답고 싶음과 같은 개념을 촘촘하게 엮어나갈 수 있다.

열한째, 한국인은 임자의 지위에 따라 말을 높이고 낮추는 일을 매우 가지런하게 한다. 예컨대 한국말에서 볼 수 있는 높낮이말이 바로 그것이다. 한국인은 같은 사태를 두고서도 임자의 높낮이에 따라서 '저는 김 선생님께 진지를 차려 드렸습니다', '나는 김 선생님께 진지를 차려 드렸습니다', '저는 김 선생에게 밥을 차려 드렸습니다', '나는 김 선생에게 밥을 차려 주었습니다', '나는 김 선생에게 밥을 차려 주었다' 등으로 말투를 달리해서 말한다. 이 때문에 한국인이 높낮이말을 배우고 쓰게 되면, 자연히 바람직한 임자가 되고 싶은 열망을 강하게 갖게 된다.

이처럼 한국인은 한국말로써 생각을 하게 되면, 다른 나라 사람들이 잘하지 않는 방식으로 생각하는 일이 많다. 한국인은 이런 것을 바탕으로 남들이 하기 어렵거나 하지 못하는 생각을 쉽게 해낼 수도 있다. 오늘날 한국인이 여러 부문에서 보여주고 있는 뛰어난 슬기와 재주는 한국말이 가진 힘에 뿌리를 두고 있다고 말할 수 있다. 그런데 사람들은 한국인이 한국말로써 생각할 때, 어떤 힘을 낼 수 있는지 잘 알지 못한다.

한국말은 사람들이 나날이 살아가는 일에서는 물론이고, 학문적으로 묻고 따지고 밝히는 일에서도 뛰어난 힘을 낸다. 그런데 사람들은 흔히 한국말은 개념어가 발달되어 있지 않아서 학문적으로 살려 쓰기에는 모자란다고 말한다. 바깥에서 개념이나 이론을 가져다가 쓰는 사람들이 더욱 그러하다. 그러나 이것은 전혀 한국말의 바탕을 알지 못하는 말이다. 이들은 남의 것을 빌려서 개념을 거칠게 다루기 때문에 대충 써오던 외래 낱말을 그냥 편하게 여길 뿐이다. 이들은 애정(愛情)보다 사랑, 학습(學習)보다 배움, 교육(敎育)보다 가르침, 정치(政治)보다 다스림, 미(美)보다 아름다움이 한층 맛깔스런 개념이라는 것을 전혀 알지 못하기 때문에 남에게 빌려 온 것을 받들면서 제 겨레가 가꾸어온 것을 업신여기는 잘못에 빠져 있다.

4. 한국말의 생산성

한국말은 짜임새와 쓰임새에서 매우 큰 생산성을 지니고 있지만, 오랫동안 잊혀 왔다. 한국사람은 한국말보다 한문이나 서구말을 더욱 생산성이 높은 말로 여기면서 높이고 따르는 일이 많다. 그러나 컴퓨터가 발달하면서 한글의 장점이 크게 두드러지자, 한국말의 글말에 대해 큰 관심을 기울이게 되었다. 그러나 아직까지 한국말의 입말에 대해서는 거의 관심을 기울이지 않는다. 이 때문에 입말의 생산성을 밝히고 드러내는 일은 거의 이루어지지 않고 있다.

한국사람이 한국말의 생산성을 어떻게 생각하느냐에 따라서 생산성을 밝히고 드러내는 일이 크게 달라질 뿐만 아니라, 그것에 터하여 재주와 슬기를 기르고 쓰는 일 또한 크게 달라진다.

일찍부터 한국의 지식인들은 한국말의 생산성을 꼼꼼히 따져보지 않은 상태에서, 한국말의 생산성이 별것이 아니라는 생각으로 외국말 또는 외래말을 높이 받드는 일이 많았다. 예컨대 조선시대에 한글이 만들어진 뒤에도 선비들은 한문을 진서로 고집하면서 언문을 가볍게 여겼고, 해방과 함께 일제로부터 한국말을 되찾아 쓰는 상황에서도 한자병용과 한자교육강화를 주장하는 이들이 많았고, 1990년대 이후로 세계화가 급속하게 이루어지는 것과 더불어 영어공용화를 주장하는 이들까지 생겨난 것은 모두 한국말의 생산성이 매우 낮다는 것을 바탕에 깔고 있다.

한국의 지식인들이 중국에서 한자와 한문을 가져다 쓴 뒤로, 지배층은 선진국으로 받드는 나라의 말이나 글의 힘을 빌려서 민중을 누르고 부리는 일에 맛을 들여왔다. 그들은 선진국으로 받드는 나라의 말과 글을 배우고 쓰는 사람을 유식한 사람으로, 그렇지 못한 사람을 무식한 사람으로 나누고, 유식한 사람이 무식한 사람을 가르치고 이끌어야 좋은 세상을 만들 수 있다고 말해왔다. 그들의 힘으로 외래 낱말이 한국말 속에 깊이 파고들게 되었다. 토박이 낱말들이 살아 있게 된 것은 오로지 다른 나라의 말이나 글을 배우고 쓰기 어려웠던 사람들 때문이었다.

한국의 민중들 또한 지식인이 되어서 누르고 부리는 지위에 오르기 위해, 선진국으로 섬기는 나라의 말과 글을 배우려고 애쓰게 되었다. 19세기로 접어들어 조선왕조의 신분제도가 느슨해지는 것과 함께 한문 서당이 꾸준히 늘어난 것도 이 때문이었다. 왕조의 쇠락과 더불어 신분제도가 완전히 무너지자, 모든 이들이 선진국으로 섬기는 나라의 말과 글을 배우려고 애쓰게 되었다. 서구의 지식과 문물을 가르치는 신식학교가 빠르게 늘어나는 것은 물론이고 중국의 지식과 문물을 가르치는 구식서당 또한 빠르게 늘어났다. 이와 함께 일본이 새로운 지배자로 들어서자, 많은 이들이 일본의 힘을 배우고 쓰기 위해서 일본으로 유학을 떠났다.

한국사람이 외국말을 배우고 쓰더라도 한국말을 바탕으로 삼기 때문에 외국말을 가져온다고 한국말의 생산성이 모조리 사라지는 것은 아니다. 사람들이 밖에서 가져온 말을 한국말 문장에 담아서 한국말처럼 쓰기 때문에 한국말의 생산성이 계속 살아 있게 된다. 이런 까닭에 개화기 이후로 한국사람이 한문을 버리고 한글로써 문자생활을 하게 되자, 곧바로 한국말의 생산성이 크게 높아졌다. 한국은 중국이나 일본과 비할 수 없을 정도로 빠르게 문맹률을 줄여나갈 수 있었다. 한국사람이 망국, 식민지, 해방, 전쟁, 독재, 혁명, 쿠데타와 같은 갖은 어려움을 겪으면서도 빠른 기간에 산업화와 민주화를 이룩한 것은 무엇보다도 한국말의 생산성이 바탕에 깔려 있다.

그런데 한국사람이 한국말을 어떤 영역에서 어떻게 쓰느냐에 따라서 한국말의 생산성이 매우 다르게 나타나고 있다.

첫째, 한국사람이 일상말을 바탕으로 손발을 놀려서 일을 하는 영역에서 한국말은 생산성이 매우 높다. 예컨대 사람들이 일상말로써 일의 과정을 촘촘히 엮어서 제품을 만들고, 운동을 하고, 연기를 하고, 노래를 하고, 춤을 추고, 그림을 그리는 따위의 영역에서 한국말은 큰 힘을 발휘하고 있다. 한국사람은 이런 영역에서 세상 사람들을 깜짝 놀라게 하는 일들을 벌이고 있다.

둘째, 한국사람이 학술말을 바탕으로 개념을 꼼꼼히 따져서 일을 하는 영역에서 한국말은 생산성이 매우 낮다. 예컨대 사람들이 낱낱의 개념을 꼼꼼히 따져서 삶을 정밀하게 풀어내야 하는 인문학의 영역에서 한국말은 죽을 쑤고 있다. 교육학자의 경우에는 한국말에서 '배우다'와 '가르치다'가 무엇을 뜻하는지 알고 있어야 그것을 바탕으로 學, 學習, learn, learning, 敎, 敎育, education 따위를 제대로 풀어낼 수 있다. 그러나 이들은 '배우다'와 '가르치다'가 무엇을 뜻하는지 잘 모르기 때문에 學, 學習, learn, learning, 敎, 敎育, education 따위를 흐릿하고 범범하게 풀어내고 있다. 이들이 흐릿하고 범범한 상태에서 오로지 남의 것을 빌려 쓰는 것에만 관심을 기울이는 까닭에 언제나 남에게 빌붙는 것을 일로 삼는다.

자연학문의 경우에는 개념이 워낙 단순하기 때문에 한국말을 일상말로 삼고 있는 상태에서 외국말을 학술말로 쓰더라도 개념을 다루는 일에서는 큰 문제가 되지 않는다. 예컨대 세모꼴이 어떠한 것인지 알고 있는 상태에서 삼각형이나 트라이앵글을 학술말로 쓰는 것은 큰 문제가 되지 않는다. 그러나 이런 경우에도 이들이 일상의 한국말을 바탕으로 갖가지

상상력을 키우지 않으면, 창의적인 학문을 할 수 없기 때문에 한국말의
생산성을 살리는 일이 매우 중요하다.

01

첫째 벼리

한국말의 위기와 대응

참소통은 그 나랏사람의 삶과 역사를 담은 말과 글이 있을 때만이 가능해지는 것이다. 그것도 모든 사람이 쉽게 배우고 실생활에서 쓸 수 있는 글이 만들어질 때 계급 사이의 참소통이 이루어지는 것이다. 더욱이 글이 모든 말을 쉽게 표현할 수 있을 때만이 나랏사람들 사이의 소통이 원활하게 이루어질 수 있는 것이다. 말을 담을 수 없는 글, 자기의 생각을 손쉽게 드러낼 수 없는 말은 소통을 막고 나랏사람들 사이의 갈등과 대립을 불러오는 요인이 되는 것이다. 따라서 나랏사람들의 삶과 생각을 담아내고 풀어낼 수 있는 쉬운 말과 글은 소통의 물줄기가 되는 것이다.

/82쪽 신운용

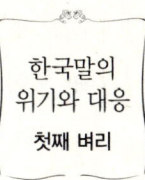
한국어가 아무 소리 없이
학문어의 자리에서 사라져가고 있다[*]

유 재원

한국어가 학문어로서의 위치를 심각하게 위협받고 있다. 조선일보는 지난해부터 영국의 대학 평가 회사인 QS(Quacquarelli Symonds)와 공동으로 실시하는 "아시아 대학 평가"에는 한국어 논문에 대한 점수가 아예 고려의 대상에서 빠져 있다. QS라는 회사는 2003년부터 영국의 The Times와 세계대학평가를 실시하고 있으며, 올해부터는 The Sunday Times와 US News and World Report를 통해 세계 대학평가를 시행할 예정이라 한다.

조선일보의 대학평가 기준은 ▶연구 능력(60%) ▶교육수준(20%) ▶졸업생 평판도(10%) ▶국제화(10%) 등 4개 분야를 점수화해 순위를 매기는 것으로 연구 능력과 국제화가 모두 영어로 논문을 쓰는 것을 전제로 평가

---

[*] 우학모 제19차(2010년8월20일) 말나눔 잔치 발표문(주제: 학교문법용어 논쟁사와 학문어로서의 한국어)

되기 때문에 결국 영어 논문 비중이 70%나 반영되게 짜여 있다. 또 평가의 총괄 책임자도 벤 소터라는 영국사람이 맡고 있다.

QS의 대학교수 연구 능력 평가는 '스코퍼스(http://www.scopus.com)'라는 네덜란드 회사가 만든 데이터 베이스와 검색 엔진을 이용하여 각 대학의 이름으로 발표된 논문과 논문당 인용 수를 검색하여 교원 수로 나누는 방식으로 이루어진다(한국에서의 스코퍼스 관리는 '엘즈비어 코리아'에서 하고 있음). '스코퍼스'사는 세계 약 25,000여 개의 학술지를 국제 저명 학술지로 등록하고 있는데, 이 학술지들은 모두 영어로 쓰여 있다. 이 기준을 따르면 한국어로 쓴 논문은 '0'점으로 처리되게 마련이다.

이런 평가 기준에 대한 각 대학의 반응은 상당히 우려할 만한 수준이다. 모든 대학은 국제 저명 학술지 게재율을 높이기 위하여 상당한 특혜를 베풀고 있다. 보기로 00대학에서는 SCI나 SSCI, A&HCI 1편당 현재 1억을 지급하는 정책을 실시하고 있으며 00대는 국제 저명 학술지 논문 1편당 600점을 부여한다.

이와 같이 한국어로 논문을 쓰면 '0'점을 받고 영어로 논문을 써서 국제 저명 학술지에 실리면 거금의 포상금을 받는 현실에서 한국 대학교수들이 한국어로 논문을 쓰기를 바란다는 것은 어불성설이다. 한국어로 논문을 쓰는 교수는 '패배자[looser]'임을 자인하는 꼴이기 때문이다. 앞으로 10년만 이런 일이 계속된다면 우리말 한국어는 이 땅에서 학문어로서의 지위를 영원히 잃고 저급한 2류 언어로 전락할 것이 뻔하다. 이것은 예상이 아니라 오늘날 우리나라 대학 현장에서 벌어지고 있는 엄연한 현실이다. 이런 대학 개혁이 성공할 경우, 우리나라의 학문 수준은 발전하는 것이 아니라 영국의 식민지 지배를 받던 아프리카의 여러 나라나 인도, 필리핀과 같은 나라의 위치로 전락할 것이다. 이들 나라의 지식인을 비롯한 지배 계층은 자신들의 모국어로는 학문도 철학도 할 수 없어 영어로 모든 고급문화 생활을 할 수밖에 없는 비극적 현실 속에서 살아가고 있다.

한국의 최대 지성이자 사회의 지도 계층인 대학교수들을 비롯한 한국 학자들이 더 이상 한국어로 논문을 쓰지 않을 때, 한국어의 미래는 절망적이다. 학문과 문학을 창조하지 못하는 언어는 사라질 수밖에 없다. 이는 지극히 간단한 이치다. '청'을 세운 만주족과 '원'을 세워 세계 최대의 제국을 지배했던 몽골족도 한자와 중국어에 문화 주도권을 빼앗기는 바람에 이런 운명을 벗어나지 못했다. 반면 인류 최초의 학문과 사상, 문학을 꽃피웠던 수메르어와 산스크리트어는 그 언어를 사용하는 사람이 사라진 오늘날까지도 우리에게 영향을 끼치고 있다. 특히 지금의 유럽 문명의 모태인 그리스어와 라틴어는 아직도 서양 여러 나라의 언어에 결정적인 힘을 발휘하고 있다.

또 모든 고급문화 생활이 영어로 이루어지게 되면 영어를 제대로 구사하지 못하는 대다수의 한국인들은 '문맹'에 빠지게 된다. 지금 영어를 문화어로 내세워 한국어를 말살하는 작업이 진행되어 가고 있다는 것을 알지도 못하는 일반 국민들이 최대의 피해자가 될 것이다. 언어 차별은 인종 차별이다. 우리는 오늘날 우리 땅에서 영어를 사랑하는 우리나라 사람들에 의해 인종 차별을 받고 있다. 오늘날과 같은 한국어 천대 현상이 계속되는 한, '영어를 하는 한국인'과 '영어를 못하는 한국인'으로 나뉘어 차별을 받게 될 날도 멀지 않다. 우리가 무엇인가를 하지 않는다면 이런 일은 천천히, 하지만 확실하게 이루어질 것이다. 아무도 나서서 저항하지 않으면 말이다.

덧붙임

1. 국제화는 영어로만 하는 것이 아니다. 한류의 영향으로 일본과 중국, 동남아 각국에서 한국어 열풍이 분다고 하는데, 이런 국제화가 바로 우리가 가야 할 길이다. 과거에 태권도가 한국어 구령으로 세계화에 성공한 예도 좋은 참고가 될 것이다. 더 이상 영어에 종속되는 국제화를 멈춰야 할 때가 온 것 같다.

2. 유전자 조작에 의해 우리나라 여자가 낳는 아기들이 모두 서양인이 되는 상황이 온다면 끔찍하겠죠? 한국학자들이 쓰는 모든 논문이 영어라면 이것과 무엇이 다를까요?

3. 학술 논문은 한국어로 써서 발표하고 국제행사나 국제학술지에는 중국어나 영어, 프랑스어, 독일어들로 옮겨 발표지 언어에 맞추어 발표하여도 충분하게 우리 학문을 국제화할 수가 있다.

한국말을 살리는 길[*]

김 정수

언어는 생각을 표현하는 도구에 그치는 것이 결코 아니다. 사람의 인식과 생각의 틀이 되어 사람을 사람이게 하며 오랜 세월에 걸쳐 한 언어 공동체의 문화적인 특성을 결정함으로써 인류의 문화적인 다양성의 근본을 이루는 것이 다양한 언어들이다. 한국말은 한국 사람들을 한국 사람이게 만드는 틀이며 한국 문화의 바탕이거니와, 오랜 역사에 걸쳐 중국말의 위세에 눌려 왔고, 일본말의 침식을 받으면서 그지없이 위축되어 온 터에 이제는 세계를 점령해 가는 영어에 몰려 생존의 위협을 당하기에 이르렀다. 유치원생부터 영어를 가르쳐야 하고, 국토의 일부를 영어 공용어 지역으로 내어 놓아야 하는 현실에서 국어 교육은 뒤로 처지기만 하고 방송과

---

[*] 우학모 한글날 기림 학술대회(2010년 10월 9일)(주제: 한국말의 힘과 생산성) 발표문

신문 등 대중 매체의 언어는 날로 규범과 품위를 잃어 가고 있다. 이런 문제들을 지적하고 바로잡아야 할 국어학자들은 외국 이론들을 이것저것 수입하고 추종하기에 바쁠 따름이다. 참으로 통탄스러운 위기다. 세계화의 명분 아래 사라져 가는 소수 언어들 가운데 한국말이 포함되지 않을 보장이 없다. 이를 젊은 세대에게 알려 각성시키고, 한국말과 한국 문화의 개성을 보전할 대책을 찾아보자.

1. 훈민정음 살리기

조직적인 생성과 무한한 변형, 초정밀한 표현 능력이 훈민정음의 본질이며 힘인데, 〈한글 맞춤법〉은 이 힘을 완전히 죽여 버렸다. '스물넉 자 한글'은 훈민정음이 아니다. 초성 ㅇ과 종성 ㆁ의 혼동부터 바로잡아야 한다. 그냥 쓰기에는 불편이 없으나 낱자로 적을 때는 어느 것이 어느 것인지 구별할 수 없다. 〈표준 발음법〉에 규정한 낱소리 목록에서 "ㅇ"은 어느 소리, 어느 글자인지 명백하지 않다. 컴퓨터 코드에서 "여린히읗"으로 불리는 ㆆ 글자는 "된이응"으로 고쳐 불러야 하고, 이에 따라 배열 순서도 ㅎ 뒤가 아니라 ㅇ 뒤, ㅈ 앞으로 바로잡아야 한다. 최우선적으로 "정음"(正音)을 '바르게' 쓰지 않고는 정음 창제를 마음으로 기념할 수 없다. 요컨대 〈한글 맞춤법〉은 〈훈민정음 맞춤법〉으로 개정되어야 한다. 그다음에 비로소 한글의 세계화를 시작할 수 있고, 남북한 언어의 통일을 준비할 수 있다. 인도네시아 시골에 수출했다는 한글은 세계의 다양한 언어 체계를 고려하지 않고 한글의 본디 소릿값을 왜곡한 것이므로 찌아찌아화일지언정 세계화의 첫 걸음이 될 수는 없다. 우선 먹기는 곶감이 달다 하듯이 즉흥적인 판단으로 한글을 변통해서는 안 된다.

2. 말소리 바로 알기

〈표준 발음법〉에서 "ㅚ, ㅟ"의 표준음은 홑홀소리(단순모음) [ø, y]이며, 겹홀소리(중모음) [we, wi/ɥi]도 허용한다고 규정하고 있다. 이 두 홑홀소리는 일부 음운학자들이 언중의 실제 발음을 조사해 본 일도 없이 탁상공론으로 가상해 놓은 것에 지나지 않는다. 말소리의 실체를 조사하고 연구하는 음성학자들은 대개 이 홑홀소리의 존재를 인정하지 않는다. 서울말을 쓰는 사람들은 이 소리 자체를 알지 못하는 이가 거의 전부다. 전라도 사람 가운데 이런 발음을 하는 이를 아주 드물게 만날 수 있다. 표준말의 바탕이 된 서울말에서 전혀 쓰이지 않는 이런 소리는 표준음이 될 수 없다. 전국 초중고 교사들 가운데 이런 소리로 실제 언어생활을 하는 이도 없을 것이고 소리 자체를 아는 국어 교사도 별로 없을 것인데, 누가 표준음을 가르칠 수나 있을 것인가? 하루속히 정리해야 할 말글 규범인 것이다.

3. 낱말 맨드리 되살리기

한국말의 가장 심각한 위기는 오래도록 한자말에 의존하고 영어 등 외국말의 매력에 중독되어 사느라고 토박이말로 새 말 만드는 법과 힘을 잃어버렸다는 데 있다. 식량 자원을 자급할 수 없어서 쌀이며 채소를 모두 외국에서 수입해다 먹고 살아야 한다면 그 나라가 얼마나 살아남겠는가? 그러나 언어 자원의 자급 능력을 잃어버린 한국말, 생산성이 거의 없어진 한국 사람의 언어 의식과 정신세계에 대해서는 아무런 위기의식이 없다. "오르-내리다, 오-가다, 듣-보다, 죽-살다, 검-푸르다, 높-푸르다"와 같이 어간끼리 합쳐서 새 말을 만드는 일이 옛말에서는 아주 빈번하고 자유로

웠으나, 지금은 거의 사라져 버렸다. 우리가 미처 알아차리기 전에 눈 밝은 외국 사람들이 가져갔던 생물자원을 도로 수입해서라도 토종 생태계를 복원하려 하는 것처럼 외국말과 외국 이론에 현혹되어 맹종하는 동안 잃어버린 한국말의 고유한 생산성을 되찾아야 한다.

문장의 구조나 분석하는 통사론으로는 한국말의 특질을 밝혀낼 수 없다. 형태론으로 낱말을 정밀하게 분석하고 그 구조를 이해해서, 사전에 이미 오른 낱말을 설명하는 것으로 만족할 것이 아니라, 일상적인 언어생활에서나 전문 영역에서나 필요한 대로 새로운 낱말을 토박이말로 만들어 쓰는 법을 찾아내어야 한다. 이것이 언어 자생력을 유지하고 강화하는 길이다. "막-가-파, 먹-튀"와 같은 낱말이 이따금 야생적인 언어 환경에서 생겨나는 것은 어간을 체언처럼 자유롭게 조합해서 새 말을 만드는 법이 일반 언중의 의식 속에 아직 살아 있음을 보여 준다. "먹-거리"란 낱말이 등장했을 때 국어학계와 언론계의 저항이 크게 일어났던 것은 또한 그런 조어법이 거의 죽은 상태라는 것을 보여 준다. 이것은 내버려 두면 아주 죽을 것이고 힘써 살리면 되살아 날 숨이 남아 있다는 뜻이다.

4. 표준말 규정 버리기

현행의 〈표준말 규정〉은 한겨레말의 빈약한 어휘를 힘써 보듬고 가꾸어 나가는 데는 뜻이 없고 무딘 칼을 휘둘러 자르고 베어 버리는 일만 능사로 삼는 잔혹한 언어 규범이다. 과거의 표준말 사정보다는 조금 관대해진 것이 복수 표준어의 등장이나 아직은 살리기보다 죽이기에 더 힘을 쓰는 법이다. 어휘를 두 가지로 분류한 다음 하나는 버리고 하나는 취하자는 규정이 대부분이다. 그 많은 쭉정이 천지인 한자말에는 전혀 손도 안

대면서, 홍수처럼 밀려드는 외국말의 범람에는 손도 못 대면서, 겨우 한 소쿠리나 남은 토박이말은 이리 고르고 저리 발라 가며 버리라는 명령밖에 내릴 줄 모르는 것이 표준말 규정이다. 이런 살생부는 어디 어디를 지우고 고칠 것이 아니라 하루속히 아예 땅에 묻어 버리는 것이 좋다.

5. 국어 교육 바루기

요새도 그런지는 모르나 국어의 평균 점수는 여느 과목보다 늘 낮은 편이었다. 가장 어려운 과목이 국어였다. 이것은 국어가 어려워서가 아니라 국어 교육이 잘못된 탓이었다. 유명한 시를 읽고 감상하고 평가하는데 그 틀이며 해석이 늘 교사가 불러 준 대로 일정해야 했다. 읽는 이의 자유로운 해석을 장려하거나 허용하지 않았다. 산문 또한 문장가의 명문으로 감탄을 자아낼 뿐 본받기에는 너무나 먼 글들이었다. 그래서 제힘으로 필요한 글을 읽어 내고, 제힘으로 어휘를 가려 실제 생활에 필요한 글을 쓰고, 제 말로 예절과 품위를 갖추어 토론하며 남을 설득하게 하는 언어 교육은 없었다. 문예 작품을 감상하는 것보다는 일상생활과 생업에 절실한 어휘를 풍부히 정확히 익히게 하고 한국말의 언어적인 위기를 일깨우고 외국말의 범람에 슬기롭게 대처하는 주체 의식을 함양하는 국어 교육이었어야 하지 않을까 한다.

6. 국어학 세우기

두 언어 사이의 완벽한 번역은 불가능하다는 것이 정설이다. 현실적인 세력을 기준 삼아 인류의 언어를 한 줄로 세워 평가할 수는 있지만, 1등 언어와 3,000등 언어의 본질적인 우열을 가릴 수는 없다. 모든 언어는 저마다 독립적인 구조를 지니고 다양한 모습으로 다양한 기능을 발휘할 따름이다. 현대 언어학은 유럽에서 나서 유럽 언어에 맞추어 발달하고 있기에 계통이 다르고 종류가 다른 언어를 다루기에는 적절하지 않은 경우가 많다. 우리가 아는 한국말은 유럽의 언어학으로는 이해하고 설명할 수 없는 요소를 많이 지니고 있다. 특히 오늘날 언어학 분야를 지배하고 있는 촘스키 언어학은 한국말 연구자들을 지나치게 압도하며 한국말의 본질적인 이해를 방해하고 있다. 이름난 국어학자들 가운데 이 언어학에 이끌려 생애를 바치고는 남길 것이 없어 후회하는 소리를 적지 않게 듣는다. 우리는 한국말의 소리와 낱말과 문장과 문체 등을 새로운 관점과 방법으로 연구하는 길을 찾아야 한다. 일반 언어학의 발전을 지향하되 한국말의 유달리 섬세한 특성을 이리저리 찾아내고 드러내어 한겨레의 마음과 문화의 특성을 밝히는 데 이바지하는 국어학이 되어야 가치가 있다 할 것이다.

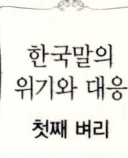

학교 문법 품사 이름 및 용어 통합의 과정과 현재의 문제점[*]

성 낙수

1. 머리말

이 글은 현재 우리나라 학교 문법에서 사용하고 있는 품사 이름과 문법 용어의 결정 과정을 살펴보고, 그 문제점에 대하여 논의해 보려는 데 목적을 둔다.[1]

---

[*] 우학모 제19차(2010년8월20일) 말나눔 잔치 발표문(주제: 학교문법용어 논쟁사와 학문어로서의 한국어) / 이 글은 한국교원대학교 산학협력단의 2010년 기성회비 연구비 지원에 의하여 이루어졌고 이미 '문법교육학회' 전국 발표대회에서 발표해 <문법연구>에 실린 것임.

[1] 이에 대하여는 많은 부분이 이미 알려진 것이나, 지금 그 문제를 재론하는 것은 이른바 '학교 문법'의 품사와 용어의 결정이 된 지가 아주 오래 되었고, 학문의 발전도 이루어지고, 세대도 바뀌었으며, 사회·경제·과학의 발달이 이루어진 지금 8차 교과과정에 의한 '화법과 문법'교과서가 새로 집필될 것이므로 새로이 이 문제를 다룰 시점에 와 있다고 보기 때문이다.

한국어에서 현대적인 관점의 품사 설정이 나타나게 된 것은 외국 사람들에 의해서였다.(김민수1960:28-29, 김석득 1983:184, 고영근 2005) 근대조선 말에 우리나라 사람으로서 서구식 문법서를 낸 유길준(1909)으로부터[2] 현재 쓰이고 있는, '교육 인적 자원부'(2002)에서 펴낸 〈문법〉에 이르기까지 학교 문법의 품사 이름과 문법 용어는 우여곡절을 겪었다고 볼 수 있다. 이는 품사의 설정이나 문법 용어가 서양 문법에서 시작된 것인데, 이를 우리나라에서는 한자어로 직접 번역하였거나, 일본어나 중국어로 된 것을 다시 번역하였기 때문이다.(김민수 1960:146-155)

현재 사용하고 있는 학교 문법에서의 품사 이름은, 1963년에 제시된 문교부의 편수 자료에 따르고 있으며, 용어도 마찬가지다.(문교부 1964) 그러나 품사 이름이나 문법 용어는 그 원칙을 잘 지키고 있지만, 많은 다른 부분은 그렇지 아니하다. 다시 말하면, 이미 이른바 문교부의 문법 통일 방안은 자체적으로도 50여 년이 지난 현재 잘 지켜지지 않고 있는 것이다.[3] 더구나 1985년에 나온 이른바 통합 문법(문교부 1985)은 그전에 쓰여졌던 문법서들과는 내용에 있어서나 용어에 있어서도 많은 변화가 있었는데, 품사 설정이나 용어를 고수하고 있다는 것은 시대적 감각에 맞지 않는다.

국가에서는 차기 교육과정에서 국어 과정을 획기적으로 바꾸어, '독서'와 '문법'을 합친다고 하며, 이에 따라 새로운 교과서를 집필하게 될 것이라고 한다. 이에 필자는 이번부터는 품사 설정이나 용어에 어느 정도 융통성을 주어, 집필자들의 견해와 이론에 맞게 집필하는 것이 좋으며, 교과서의 선택은 현장에서 가르치는 교사와 피교육자들에게 맡겨야 한다고 본

---

2 유길준(1909)이 쓴 〈대한문전〉과 같은 이름의 최광옥(1908)의 〈대한문전〉이 있어, 누가 쓴 것이 원전이냐 하는 문제가 있으나, 이 글에서는 전자를 대상으로 기술하였다. 이에 대한 자세한 내용은 김민수(1960:31), 김석득(1983:186-228) 참조.

3 이는 1950~1960년대의 전통문법식 연구에서 전기구조주의, 후기구조주의(변형생성이론)로 발전해 가는 국어학의 추세와 관련이 있다.

다. 만약 검인정 교과서에서 통과된 것일지라도 현장 교육에서 맞지 않아 선택이 되지 않는다면, 자연히 사라지게 될 것이기 때문이다.

이 글은 역대의 문법가들이 기술하였던 품사 이름과 문법 용어 사용에 대하여 살펴보고, 1963년에 국가적인 과업으로 통합하는 과정에서 나타난 결정 내용은 무엇이며, 거기에서 나타나는 문제점은 무엇인가를 고찰하여 보기로 한다.

2. '학교 문법'의 품사 이름과 문법 용어 통합의 과정

'학교 문법'의 품사 설정과 이름을 짓는 일은, 첨가어인 한국어의 특성 때문에 각 학자들의 이론에 따라 다를 수 있는데, 여기에서 빚어지는 부작용을 없애 보려고 하나로 통일하려는 데서 문제가 나타났다. 또한 고유어와 한자어가 혼재하고 있는 한국어에서 문법 용어의 제정도 학자들의 견해가 달랐다. 이런 문제는 대학 입시에서 흔히 나타나게 되어, 학교 문법에서의 품사 이름과 문법 용어의 통합을 하여야 한다는 여론이 일어났다. 그와 같이 품사 이름과 문법 용어의 통일하려는 과정을 살펴보기로 한다.

2.1. '학교 문법'의 품사 이름의 통합 과정

품사설정은 일찍이 서양에서 시작되어, 라틴어 문법에서 완성되었다고 한다. 라틴어 문전에서의 품사는 8품사로서 그 이름은 다음과 같다.(김민수 1960:154-155)

(1) nomen, verbum, participium, articulus, pronomen, praepositio, adverbium,
    conunetio

이에 따라 인구어는 대체적으로 8품사, 혹은 9 품사가 되었다. 한국어를 최초로 품사 분류한 언더우드(김민수 1960:155)는 다음과 같이 8 품사로 분류하였다.

(2) noun, pronoun, numeral, postposition, verb, adjective, adverb, conjunction

최광옥(1908)은 다음과 같이 품사를 분류하였다.(김석득 1983:190-193)

(3) 名詞, 代名詞, 動詞, 形容詞, 副詞, 後詞, 接續詞, 感歎詞

유길준(1895)은 다음과 같이 분류하였다.(김민수 1960:155)

(4) 名詞(일홈말), 代名詞(되신일홈말), 動詞(움직이는 말), 形容詞(형용ᄒᆞᄂᆞᆫ말),
    副詞(붓치는말), 後詞(토다는말), 接續詞(연잇는 말), 感歎詞(감탄ᄒᆞᄂᆞᆫ말)

그 후 유길준(1905)은 다음과 같이 분류하였다.(김석득 1983:213)

(5) 名詞, 代名詞, 動詞, 助動詞, 形容詞, 接續詞, 添附詞, 感動詞

김희상(1909)은 다음과 같이 분류하였다.(김민수 1960:156)

(6) 名詞, 代名詞, 動詞, 形容詞, 副詞, 感歎詞, 吐

위에서 말한 'I 유형'[4]에 속하는 예로서, 주시경(1910:28, 1913:32)은 다음과 같이 분류하였다.[5]

(7) 임(지금의 명사), 엇(지금의 형용사), 움(지금의 동사), 겻(지금의 조사), 잇(지금의 연결접미사), 언(관형사, 용언의 관형사형), 억(지금의 부사, 용언의 부사형), 놀(지금의 감탄사), 끗(지금의 종결접미사)

김윤경(1948)은 다음과 같이 분류하였다.(김석득 1983:394)

(8) 임씨(名詞), 얻씨(形容詞), 움씨(動詞), 겻씨(助詞), 잇씨(接續詞), 맺씨(終止詞), 언씨(冠詞), 억씨(副詞), 늑씨(感歎詞)

최현배(1937)는 다음과 같이 분류하였다.[6]

(9) 이름씨(名詞), 대이름씨(代名詞), 셈씨(數詞), 움직씨(動詞), 어떻씨(形容詞), 잡음씨(指定詞), 어떤씨(冠形詞), 어찌씨(副詞), 느낌씨(感歎詞), 토씨(助詞)

정열모(1946)는 다음과 같이 분류하였다.

(10) 명사, 동사, 관형사, 부사, 감동사

---

4 이를 분석주의 품사 분류 체계라고도 한다.(김석득 1983:228-318) 이 체계에 속하는 이로는 주시경 외에 김윤경, 박승빈 등 다수가 있다.(김민수 1960:156-158)

5 ( ) 안은 필자.

6 최현배의 〈우리말본〉은 1935년에 완성하였고, 1937년에 연희전문대학 출판부에서 초판을 냈는데, 여기서의 품사 이름은 그 때 붙인 것이며, 1955에 나온 '깁고 고친 판'에서는 1949년에 문교부에서 제정한 술어를 따라 '어떻씨'는 '그림씨', '어떤씨'는 '매김씨'로 바꾸었다.(최현배 1947:19-117, 1950:48-86, 김석득 2000:164-165)

이런 그전의 여러 학설들과는 관계없이 1945년 이후에도 〈말본〉류의 용어가 문제없이 쓰였다. 또한 1949년에 검인정교과서를 내면서 8종의 교과서가 각기 다른 씨가름을 하였는데, 이는 어떤 대학이 "고의적으로 남의 체계에서 볼 수 없는 말본 시험 문제를 내어 말썽을 빚었기 때문이었다."고 한다.(한글학회 1971:365)

1956년에 나왔던 검인정 교과서에 쓰인 이름은 다음과 같았다.[7]

(11) 〈품사 분류표〉

A (최현배)	B (장하일)	C (김윤경)	D (정인승)	E (이희승)	F (이숭녕)	G (최태호)	H (김·남·유·허)	통일안
이름씨		이름씨	이름씨	명사	명사	명사		명사
대이름씨	임자씨			대명사	대명사	대명사	명사	대명사
셈씨					수사			수사
토씨 (잡음씨)	(토)	겻씨 이음씨 (맺음씨)	토씨	조사	(어미)	(토)	(토)	조사
움직씨		움직씨	움직씨	동사	동사	동사	동사	동사
그림씨	풀이씨	그림씨	그림씨	형용사	형용사	형용사	형용사	형용사
				존재사				
잡음씨 (끝)	(토)	(겻씨) (이음씨) 맺음씨	토씨 (끝)	(어미)	(어미)	(토)	(토) (어미)	(어미)
매김씨	매김씨	매김씨	매김씨	관형사	관형사	관형사	관형사	관형사
어찌씨	어찌씨	어찌씨	어찌씨	부사	부사	부사	부사	부사
				접속사			접속사	
느낌씨	느낌씨	느낌씨	느낌씨	감탄사	감탄사	감탄사	감탄사	감탄사
10개	5개	9개	8개	10개	8개	7개	7개	9개

학교 말본 통일의 첫 공식 논의는 1958년 12월 2일 국어국문학회 제1회

---

7 원문에는 저자의 이름이 없으나, 필자가 다른 자료를 참고로 하여 ( ) 안에 넣었음.(문교부 1964:6)

학술 발표대회 때 '학교 문법 통일 체계 확립을 위한 토론회'에서였으며, '이강로, 송병수, 김계곤' 세 사람이 통일해야 함을 강력히 주장하였다.(한글학회 1971:366)

여기서도 말본 교과서 집필자들이 초청되어 두 가지 의견으로 나뉘었는데, 최현배 등은 좀 더 시간을 두고 자연스럽게 통일하자고 했고, 이희승 등은 한자어로 통일할 것을 주장하였다.(한글학회 1971:366)

그 뒤에도 대학 입시에서 더욱 문제가 생겨 1962년 국어국문학회에서 46명의 회원이 "학교 말본을 통일하라."는 건의문을 문교부에 냈다.

문교부에서 1962년 '학교 말본 통일 준비 위원회'를 발족하였으며, 3월에 여러 번의 회의 끝에 '학교 말본 체계'와 '말본 용어에 관한 협의안'을 작성하였다. 그 내용은 다음과 같다.(한글학회 1971:368-369)

(12) 1. 대구분 품사

　① 체언-명사, 대명사

　② 용언-동사, 형용사

　③ 수식언-부사, 관형사, 감탄사

　④ 관계언-접속사, 토씨

　* '아니다'는 형용사, '이다'는 어미, '존재사'는 형용사로 처리한다.

　2. 문법 용어는 사회적으로 흔히 쓰는 것을 골라 절충식으로 만든다.

1963년 2월에 '학교 말본 통일을 위한 간담회'를 문교부가 구성하여 통일 방안에 대한 여러 문제를 협의, 심의 방침을 결정하고, 3월에 '제1차 국어과 교육 과정 심의회'를 개최하고 김형규가 앞의 '대구분 품사'대로 채택하였다.

1963년 3월에 열린 '제2차 국어과 교육 과정 심의회'에서는 위의 결정에 대한 최현배 등의 반발이 있었고, 의견이 일치되지 않았다.

문교부는 4월 위의 '심의회'에서 국어 교과서 저자 8인, 비저자 8인으로 '학교 말본 통일 전문 위원회'를 구성하기로 하고, 이에 대한 인선을 의장 이희승의 발언으로 전형 의원을 '박창해, 이응백, 조문제'로 선정하여, '학교 문법 통일을 위한 전문 위원회'의 전문위원을 위촉하도록 하였다.

이른바 '학교 문법 통일을 위한 전문 위원회'의 성격은 다음과 같았다.(문교부 1963ㄴ:1-4)

(13)ㄱ. 1. 전문 위원회의 성격

    (1) 관계 규정(교육 과정 심의회 규정 제11조)

      ① 각 위원회에서는 필요에 따라 전문 위원을 둘 수 있다.
      ② 전문 위원은 각 위원장의 추천에 의하여 문교부장관이 위촉하고 당해 위원장의 명을 받아 위촉 받은 사항의 자료 수집, 조사 연구와 계획의 입안을 하여 당해 위원회에 출석하여 발언할 수 있다.

    2. 전문 위원회의 임무

    (1) 학교 문법에 필요한 간편하고 합리적인 품사 분류의 방안을 연구한다.
    (2) 현재 두 갈래로 되어 있는 문법 용어를 외국어 문법과의 관련도 고려하여 통일하는 방안을 연구한다.

    3. 전문 위원회의 운영

(1) 전문 위원회는 위촉 받은 사항을 4월 말일까지 성안하여 국어과 교육과정 심의 위원회에 회부한다.

(2) 4월 말까지 성안을 보지 못할 경우에는 심의는 다시 국어과 교육과정 심의회로 환원된다.

(3) 전문 위원회의 운영은 전문 위원회 자체에서 결정 진행하고, 문교부가 협조한다.

ㄴ. 전문 위원회 구성

제4차 국어과 교육 과정 심의회 의결(*1963년 4월 8일: 필자)에 따라 아래와 같은 원칙에서 전문 위원회를 구성함.

(1) 구성 원칙

　　가. 문법 교과서 저자는 1책당 1명의 대표를 선출 참가시킨다.(8명)

　　나. 저자 이외의 국어 교육 관계자를 저자와 동수로 8명 선출한다.

　　다. 전항의 8명은 전형 위원으로 하여금 선출케 한다.

(2) 전형 위원

　　가. 위원회의 결의에 따라 의장으로부터 박 창해(연세대 교수) 이 응백(서울 사대 교수) 조 문제(서울 교대 교수)를 전형 위원으로 지명함.

(3) 전문 위원 명단

　가. 저자측(자동 케이스)

　　　최 현배, 이 희승, 김 윤경, 정 인승, 이 숭녕,(도미중) 〈김 민수, 허웅, 남 광우, 유 창돈〉 중 1명, 장 하일, 최 태호

나. 국어 교육 관계자(전형 위원이 선출)

유 재한(한글학회)   박 창해(연세대)

윤 태영(한성 고교)   이 훈종(청량 중교)

이 응백(서울 사대)   김 형규(서울 사대)

강 윤호(이화여대)   이 희복(문교부)

이상 국어 교육 관계자(이하 비저자라 함)는 한자어나 고유어 어느 한편에

기울지 않고, 교육 연구 단체, 국어 연구 단체를 고려하여 안배한 결과임.

　　문교부는 4월 15일 '학교 말본 통일 전문 위원회'의 첫 번째 회의를 열어
이희승을 의장으로 뽑고, 전문위원들은 각기 통일 방안에 대한 의견을 개
진하였다.(최현배 1999:217-237) 그러나 그 과정은 간단하지 않았다. 그 과정
을 문교부가 제출한 보고서에서 이 글에 필요한 사항만을 정리해 보기로
한다.[8]
　　'전문위원회 경과'에 나타난 자료에서 중요한 결정 사항을 정리하면 다
음과 같다.(문교부 1963:5-32)

---

8 품사 설정이나 중요한 내용마다 전문 위원들이 의견 개진을 하고, 토의한 다음 표결에 붙인 것으로
필자가 가지고 있는 자료에 나타나 있음.

차례	일정	토의 사항	결정 사항	비고
2	4.19	단어의 개념 품사 분류 (토와 어미의 독립성 문제)	o 다음 회의 벽두에 결정하기로 한다.	12명 참가
3	4.20	표결 방법 위원 인선 문제 논란 토와 어미의 독립성 문제	o 무기명 투표로 결정하되, 과반수 이상을 얻으면 채택, 결정하고, 그렇지 않으면 교과 과정 심의회에 그대로 보고한다. Ⅰ. 토는 독립품사로 보고, 어미는 독립품사로 보지않는다. Ⅱ. 토와 어미를 다 독립품사로 본다. Ⅲ. 토와 어미를 다 독립품사로 보지 않는다. 　재석 10 　Ⅰ안 8표 　Ⅱ안 0표 　Ⅲ안 1표 　기권 1표로 Ⅰ안을 채택 o 토는 독립품사로 보고, 어미는 독립품사로 보지 않는다. o 공통적인 것은 문제 삼지않는다.	12명 참가
4	4.24	"이다"의 독립성 문제	Ⅰ. 낱말이다. Ⅱ. 낱말이 아니다. 　재석 11 　Ⅰ안 5표 　Ⅱ안 6표로 Ⅱ이 채택 o "이다"는 낱말로 인정하지 않는다.	14명 참가

차례	일정	토의 사항	결정 사항	비고
5	4.25	품사 설정 문제 (명사, 대명사, 수사의 설정 여부) 존재사의 설정문제	Ⅰ. 명사만 설정하고 대명사, 수사는 명사의 하위분류로. Ⅱ. 명사, 대명사만을 설정하고, 수사는 대명사의 하위분류로. Ⅲ. 명사 대명사, 수사를 각각 독립품사로 설정한다. 재석 10 Ⅰ안　3표 Ⅱ안　3표 Ⅲ안　4표 Ⅰ안과Ⅱ안 재투표 Ⅰ안　5표 Ⅱ안　4표 기권　1표 Ⅰ안과Ⅲ안 재투표 Ⅰ안　4표 Ⅲ안　6표로 Ⅲ안 채택 o 명사 대명사 수사를 각각 독립품사로 결정한다. o 존재사 인정 "가" 　　　　　　불인정 "부" 　재석　9 가　2표 부　7표로 부결 o 존재사는 설정하지 않는다.	15명 참가
6	4.30	접속사의 설정문제	Ⅰ 설정하지 않는다. Ⅱ 설정한다. Ⅰ안 8표 Ⅱ안 6표로 Ⅰ안이 채택 o 접속사는 설정하지 않는다.	15명 참석

차례	일정	토의 사항	결정 사항	비고
7	5.1	성분론 용어 중 우선 토의 문제 용어 선택 문제	I 문장 성분 우선 토의 II. 문장 성분·종류 포함 우선 토의 III 용어 우선 토의 I, II, III안 중 III안을 채택 o 용어를 우선 토의한다. I 양자 택일 II. 절충 I안 6표, II안 7표로 II안 채택 o 용어의 절충은 심의 제정한다.	13명 참석
8	5.3	용어의 분류 문제 절충방법(심의원칙)	분류를 먼저 하자는 동의 부결, 일단 보류한다. oa 통일된 술어는 계통성을 유지한다. b 공통 술어는 다음에 토의한다. c 일반 술어는 정하지 아니한다. d 주로 외국 문법에만 쓰이는 용어는 한자말 원칙으로 한다. e. 세부 용어는 정하지 아니한다. f. 주로 국어 문법에만 쓰이는 용어는 우리말 원칙으로 한다.	16명 참가
10	5.8	절충방안 문제 용어의 소속문제 토의	o 소위원회에서 용어를 1. 일반용어 2. 세부용어 3. 국문법용어 4. 외국문법용어 5. 공통용어 등으로 분류 보고	

차례	일정	토의 사항	결정 사항	비고

11	5.10	용어의 소속 문제 토의.
		한자어 고유어의 이·불리(利·不利)에 대해 토의
		공통술어의 절충 방법
			o 품사, 말소리, 접사 및 기타, 월, 월점으로 분류하여 표결 택일한다(재석 15 찬8, 부7표)
			재석 15
			
			① 품사
			
			  한자어 8표(채택)
			  고유어 7표
			
			재석 11
			
			② 말소리
			
			  한자어 1표
			  고유어 7
			  기권 3으로 고유어로 한다.
			
			③ 접사와 기타
			
			  한자어 4표
			  고유어 5표
			  기권 2표로 재투표
			
			  한자어 3표
			  고유어 6표
			  기권 2표로 고유어로 한다.
			
			④ 월
			
			  한자 6표
			  고유 3표
			  기권 2표로 한자어로 한다.
			
			⑤ 월점
			
			  한자어 1표
			  고유어 7표
			  기권 3표로 고유어로 한다.
				15명
				참석
				품사
				표결
				후에
				4위원
				퇴장
				(최현배
				김윤경
				정인승
				유재한)

12	5.22	절충상의 모순에 대한 문제	o 토의 결정은 전번 회의로 일단락짓고 모순이 있다면 사무적으로 지적하여 그대로 교육과정 심의회에 보고한다.	10명 참석

이와 같은 과정에 의한 문교부의 공식적인 견해는 다음과 같았다.(문교
부 1964:2)

(15) 중·고등 학교에서 지도하는 국어 문법의 체계와 용어를 통일할 목적으로
    문교부 국어과 교육 과정 심의회가 중심이 되어 1963년 3월 18일부터 동년
    6월 18일 사이에 여러 차례의 토의를 거듭한 끝에 그 통일안이 7월 25일에
    확정 공포되었다. 심의 기관인 국어과 교육 과정 심의회는 1963년 4월 8일
    학교 문법 통일을 위한 전문 위원회를 구성할 것을 결정했으며, 이로 말미
    암아 16명으로 구성된 전문 위원회는 4월 15일부터 5월 22일까지 사이에
    12 차례의 회의를 거듭하여 숙의한 끝에 문법 체계의 통일안으로 품사 분
    류를 아홉으로 할 것과, 문법 용어 통일안으로 순 우리말로 된 것과 한자
    음으로 된 말을 절충하는 원칙 밑에 새로운 문법 용어표가 작성되었다. 이
    성안은 국어과 교육 과정 심의회로 보고된 다음, 용어에 대하여 계통성이
    유지되도록 일부 모순점이 시정되었다. 이상과 같은 과정을 거쳐서 완성된
    본 통일안은 1949년 이래 두 갈래로 사용되어 오던 용어와 여러 갈래로 지
    도하던 품사 분류를 단일화하여, 교과서 개편과 함께 중·고등학교에서 실
    시될 것이나, 실시 전까지는 이를 참고로 하여 지도하기 바란다.

이 중에서 품사 이름을 결정한 것이 가장 큰 문제가 되었는데, 이 위원
회의 구성에 대하여 최현배(1999:240)는 공정치 못함을 주장하고, 문교부
에서 고의적으로 문교부의 사무 담당 관리로서 위원이 되었음을 부당하
다고 했는데, 이는 당시 그분이 고유어 계열에 찬성하지 않았음을 의미한
다. 이에 대한 자세한 내용은 필자가 가진 자료에 자세히 나타나 있다. 또
한 이 자료에 의하면, 표결에 참여한 명단이 다음과 같이 나와 있다.

(16) 고유어 측: 최현배, 김윤경, 정인승, 유제한, 장하일, 강윤호, 박창해

한자어 측: 이희승, 김형규, 이훈종, 윤태영, 이응백, 김민수, 이희복, 최태호

'학교 문법 통일을 위한 전문 위원회' 이와 같은 결정으로 확정된 품사와 그 이름은 다음과 같다.(문교부 1964:3-6)

(17) 통일안으로서 결정된 문법 체계상의 품사 분류는 ① 명사, ② 대명사, ③ 수사, ④ 동사, ⑤ 형용사, ⑥ 관형사, ⑦ 부사, ⑧ 감탄사, ⑨ 조사 등 아홉 가지다.

우리는 이 과정에서 품사의 분류를 이른바 준종합적 방법을 따르기로 했고, 세부적인 품사 설정에서 많은 논의를 거쳐 9품사로 결정하였으며, 품사 이름은 한자어로 하기로 정했다는 것을 알 수 있다.

2.2. 문법 용어의 통합 과정

학교 문법 용어 통일의 결정은 (14)의 표에서 나온 것과 같다. 다만, 여기서는 원칙만 정하고 세부적인 것은 나중에 문교부에서 정하였다. 학교 문법에서 사용하던 용어는 위에서 살펴본 품사의 이름과 관련이 있다. 즉 품사의 이름이 고유어이면, 다른 문법 용어도 고유어이고, 전자가 한자어이면, 후자도 한자어였다. 이들의 상호 관계는 다음과 같다.(최현배 1950:86-91, 문교부 1962ㄴ)

(18) 문교부 제정 문법 용어표[9]

1. 용어는 당분간, 한 개념에 대하여 순수한 우리말로 된것과 한자음으로 된것의 두가지로 정한다.

2. 문교부 검인정 도서는, 그중의 한 가지를 일관성 있게 쓸것이며, 다른 한 가지는 대조하여 표시하여야 한다.

1. 말소리와 글자

순수한 우리말   한자음으로된말

  1. 말소리   음성

  2. 말소리갈   음성학

          외 29개

2. 임자씨(체언)

  32. 씨   품사

  33. 씨갈   품사론

          외 28개

3. 임자씨(체언)의 바뀜

---

9 이하에서 인용하는 자료들은 맞춤법이 한행 〈한글 맞춤법〉과 많이 다르다. 그러므로 가능하면 원문대로 인용하기로 한다.

62. 자리바꿈   격변화

63. 임자자리   주격

외 28개

4. 풀이씨(용언)의 종류

92. 풀이씨   용언

93. 움직씨   동사

외 37개

5. 풀이씨(용언)의 바뀜

131. 끝바꿈   어미변화

132. 때바꿈   용언활용

외 60개

6. 매김씨(관형사)

193. 매김씨   관형사

194. 가리킴매김씨   지시관형사

외 5개

7. 어찌씨(부사)

200. 어찌씨   부사

201. 가리킴어찌씨   지시부사

　　　　　　외 3개

8. 이음씨(접속사)

205. 이음씨   접속사
206. 나란히 이음씨   대결적 접속사

　　　　　　　　　　　　Coordinate Conjunction

　　　　　　외 2개

9. 토(조사)

209. 토(씨)   조사

(토를 씨로 볼 때는 "토씨"로 하고, "씨"로 안 볼 때에는 "토"라 할 수 있다. "토"
의 내용은—임자씨에 붙거나, 풀이씨에 붙거나 각기 체계에 따라 정할 것이
며, 용어로써 그 체계를 구속하지 않는다.)

210. 앞토씨   전치사

　　　　　　　　　　　　Preposition

　　　　　　외 2개

10. 가지(접사)

213. 가지   접사
214. 앞가지   접두사

　　　　　　외 7개

11. 월(문장)

222. 월   문장

223. 월갈   문장론

외 43개

12. 월점(문장부호)

267. 월점   문장부호

268. 온점   종지부(.)

외 12개

13. 붙임

281. 말본   문법

282. 글말   문어

외 10개

당시 이에 대한 여론을 조사한 것이 있는데, 그 내용은 다음과 같다.(문교부 1963ㄷ)

(19) 술어에 대한 여론

순 우리말   한자말

1. 자주성의 강조   1. 기성인의 이해와 맞도록

2. 뜻을 잡기 쉽다

2. 순 우리말에는 부자연한 것이 있다.

3. 재 검토해서 우리말로 하자

3. 외국어 학습과 유기성을

4. 다른 술어와 균형을 가지게

4. 사회 일반서적과 관련

5. 이해가 쉽다

5. 돌려쓰기 편하다

6. 이중 부담을 방지하자

6. 한자어는 이미 우리말이다

7. 국어의 순수성을 지키자

7. 보편성이 넓다

8. 장래와 2세를 위해서

8. 이해가 빠르다

9. 보편화 되었다

9. 이중 부담 방지하자

10. 이미 익었다

11. 한자말 사용하고 있다

12. 순 우리말로 일관하기 어렵다

13. 현재의 언어 사실이다

14. 간편하다

그전까지 공평하게 쓰였던 것이 전문 위원회의 결정 이후 다음과 같이 바뀌었다.(문교부 1964:10~14)

(20) 문법 용어표

① 말소리

1. 울림소리

2. 안울림소리

3. 된소리

4. 거센소리

5. 혀옆소리

6. 굴림소리

⑥ 관형사

168. 관형사 외 한자어 6개

⑦ 부사

173. 부사 외 한자어 4개

⑧ 접속사 및 감탄사
180. 접속사 외 한자어 3개

⑨ 조사

184. 조사 외 한자어 2개

⑩ 접사 및 기타

187. 접사 외 7개

⑪ 문장

195. 문장 외 한자어 44개

⑫ 문장부호

이와 같은 문법 용어는 한국 국어교육 연구회(1964ㄱ, ㄴ)에서 펴낸 책에 그대로 반영되어 있다. 다만 문교부에서 지정한 용어 외에 고유어를 사용한 예를 들어 보면 다음과 같다.(한국 국어교육 연구회 1964ㄱ:1-196)

(21) 말, 소리말(음성언어=音聲言語), 글자말(문자언어=文字言語), 소리글자(표음문자=表音文字), 뜻글자(표의문자=表意文字), 닿소리(자음=子音), 홀닿소리(단자음=單子音), 겹닿소리(복자음=複子音), 홀소리(모음=母音) 날숨, 된소리(경음=硬音), 겹글자, 홀홀소리, 겹홀소리, 소리값(음가=音價), 소리의 닮음, 소리의 꺼림, 소리의 줄임, 소리의 덧붙임, 양성모음(陽性母音=밝은홀소리), 음성모음(陰性母音=어두운홀소리), 입천장, 자음접변(닿소리이어바뀜), 모음조화(홀소리어울림), 이은소리(연음=連音), 긴 소리, 짧은 소리, 소리의 힘, 소리의 가락, 힘올림(Stress accent), 받침, 소리마디의 자리, 쉼표, 마침표, 물음표, 느낌표, 줄표, 따옴표, 묶음표

그 외에 "Ⅱ. 단어와 품사, Ⅲ. 문장의 성분" 등에는 한자어 용어를 사용했는데, 과도기여서인지 다음과 같이 고유어를 ( ) 안에 붙여 넣거나 일부를 고유어로 쓰기도 했다.(한국 국어교육 연구회 1964:14-130)

(22) 어근(語根=뿌리), 접사(가지), 단사(홑씨), 복합어(겹씨), 뜻(의미), 꼴(형태), 낱말, 일의 이름, 물건의 이름, 미룸 보조 형용사, 가진 문장, 나란히 문장, 이은 문장

또한 문교부 통일안에 따라 썼다는, 고창식·이명권·이병호(1965:17-117)

의 책을 보면 다음과 같다.

(23) 말, 말소리〔音聲〕글, 글자, 표준말, 높임말법〔敬語法〕, 높임말〔敬語〕, 낮

춤말〔謙讓語〕, 예사말, 코안, 입술, 이, 웃잇몸, 센입천장, 여린입천장, 혀,

목젖, 숨통(氣管), 밥줄(食道), 입안, 혀뿌리, 혓바닥, 혀끝, 울림소리〔有聲

音, 흐린소리, 濁音〕, 안울림소리〔無聲音, 맑은 소리, 淸音〕, 소리의 겹침,

닫음, 반닫음, 반엶, 엶, 양순음(兩脣音, 입술소리), 설단음(舌端音, 혀끝소

리), 설면음(舌面音, 혓바닥소리), 설근음(舌根音, 혀뿌리소리), 성문음(聲門

音, 목구멍소리), 파열음(破裂音, 터짐소리), 날숨, 마찰음(摩擦音, 갈림소

리), 파찰음(破擦音, 터짐갈림소리), 콧소리(通鼻音, 콧소리), 굴림소리(振動

音, 舌端音), 혀옆소리(舌側音, 側音), 예사소리〔平音〕, 된소리〔硬音, 濃音〕,

거센소리〔激音, 氣音〕예사말, 센말, 거센말, 하나받침, 둘받침, 쌍받침, 소리

의 달라짐, 소리의 닮음, 소리의 꺼림, 끝소리의 달라짐, 소리의 닮음, 받침규

칙, 뜻(意味, meaning), 꼴(形態, form), 높임의 등분, 해라체(하라체), 하게체

(하네체), 하오체(하오체), 하시오체(합니다체), 하소서체(하나이다체), 반달

체(하여체), 뜻가짐, 부름, 덧붙임, 끝남, 미침, 한결, 어림, 마찬가지

한편 이른바 통합 문법(문교부 1985)이라는 교과서에서 찾아보면 다음과
같다.

(24) 말, 글, 글자, 말소리, 옛말, 띄어쓰기, 뜻, 갈래, 자릿수, 관형어의 겹침, 높임,

낮춤, 높임법, 주체 높임법, 상대 높임법, 낮춤법, 해라체, 아주 낮춤, 하게

체, 예사 낮춤, 해체, 하오체, 예사 높임, 합쇼체, 아주 높임, 해요체, 높임말,

낮춤말, 한 자리 서술어, 두 자리 서술어, 세 자리 서술어, 이어진 문장, 안

김, 안음, 안은 문장, 안긴 문장, 홑문장, 겹문장, 이야기, 말하는 이, 말 듣

는 이, 물음, 코안, 입술, 이, 윗잇몸, 목젖, 혀끝, 혓바닥, 혀뒤, 혀뿌리, 울대
마개, 목청, 울림소리, 안울림소리, 예사소리, 된소리, 거센소리, 소리를 내
는 자리, 소리를 내는 방법, 소리의 길이, 긴소리, 짧은소리, 음절 끝소리, 된
소리되기, 사잇소리

현재도 쓰이고 있는 고등학교용 〈문법〉 교과서(교육 인적 자원부 2004)의
양상은 다음과 같다.

(25) 예사소리, 된소리, 거센소리, 그림 문자, 목청, 울대마개, 목안, 코안, 입안,
입술, 센입천장, 여린입천장, 혀의 앞뒤, 입술의 모양, 혀의 높이, 입술소리,
잇몸소리, 센입천장소리, 여린입천장소리, 목청소리, 울림소리, 안울림소
리, 소리의 길이, 가운뎃소리, 첫소리, 끝소리, 끝소리 규칙, 사잇소리, 새말,
문장의 짜임, 한 자리 서술어, 두 자리 서술어, 세 자리 서술어, 홑문장, 겹
문장, 이어진 문장, 안긴 문장, 안은 문장, 높임 표현, 높임법, 상대 높임법,
주체 높임법, 직접 높임, 간접 높임, 객체 높임법, 하십시오체, 하오체, 하게
체, 해라체, 해요체, 해체(반말), 짧은 부정문, 긴 부정문, 이야기, 말하는
이, 듣는 이, 이야기의 짜임, 한글 맞춤법, 어법대로 적기, 소리대로 적기

용어 통일 이후 집필자들은 문교부 방안을 지키기에 노력하고 있으나,
이론이 달라지고 필자들이 바뀜에 따라 약간의 동요가 생기었음을 알 수
있다.

2.3. 품사 이름과 문법 용어의 통일에 대한 문제점

이상에서 살펴본 바와 같이 문법 용어가 결정되기 전·후에 각종 매스컴이나 학회에서는 찬·반 양론으로 갈라져 시끄러웠다.[10] 먼저 그 경과에 대한 다음과 같은 기사를 보면, 이것이 사회적으로 큰 관심사였음을 알 수 있다.[11]

(26) 말본, 문법, 對決 15年 다시 붙은 불꽃, 말본과 문법(文法)의 대결 15년─우리나라말의 문법용어를 고유한 한글로 표기해야 한다는 주장과 쓰기편한 한자식으로 표기해야 한다는 주장은 좀처럼 통일을 이루지 못해 문법을 배우는 학생들은 2중으로 문법용어를 배우지 않으면 안 되는 고통을 받고 있다.(朝鮮日報, 1963.5.23.)

(27) 學校文法統一案채택 보류=文敎部교육과정 審議會議=「말본」派서退場으로 流會, 未備·모순點 많아, 다시 部分的으로 檢討(서울신문 1963.6.5.)

(28) 〈「文法論爭」發端과經緯〉─「한글간소화」是非이래 가장 커다란 논쟁으로번져가고있는 「文法論爭」은 그뿌리가 깊다. 지금中高敎에서 쓰이고있는 國語文法敎科書가 저마다 다르고 또저자에 따라 用語및學說의 차이가있었기 때문에 一線敎師들은이미 오래전부터 學校文法의 統一 을 당국에 호소해왔다.(중략) 이같은 끈덕진論爭이벌어지는 가운데 지난4일 「學校文法專門委」의 假案이 國語敎育課程審議會에 上程되었으나 퇴장하는

---

10 이에 대하여 한글학회(1971:376-417)에 잘 정리되어 있고, 김석득(2000:124-126)에서 그 과정과 결과에 대하여 간단히 기술되어 있다. 필자가 이를 다시 정리하는 것은 당시에 이토록 사회적으로 큰 문제였던 것을 어떻게 정부에서 밀어붙였는가에 대하여 살펴보기 위함이다.

11 인용문의 '띄어쓰기'는 원문대로 한다. 이하 모두 같다.

委員이 많아 流會되다시피 했으며 10日(月)에·다시모이기로 되어있다. 國語教育課程審議會의 결의를 거치게되면 長·次官이 最終決定을 내리는데 과연어떤妙案이 나올는지 궁금하다.(東亞日報 1963.6.8.)

또한 그런 혼란에 대하여 걱정하는 다음과 기사도 보인다.

(29) 〈메아리〉(상략) ◆…오늘 우리의 한글學界는 「말본」이냐 「文法」이야의 論爭을둘러싸고 벌집을 쑤셔놓은듯 시끌짝하다. 十八年을 두고 떠들썩하던 論爭을 八對七의 投票로써 결판을 내려한다니 한심하다. 어느쪽이 옳고 그르냐는것은 굳이 따지고싶지않다. 다만 學術論爭을 그토록 간단히 투표로써 결정할수있으며, 결정했다고 그대로 통용되겠느냐하는點에 의문이 크다. 그나마 단순한 「말본」 혹은 文法의 몇가지 「術語」를 둘러싼 論爭에 그토록 귀중한 정력과 시간을 소비한한다는것도 이해키 어렵다. ◆…그보다 더큰일이 얼마든지 있다고 느껴진다. 가령 언젠가는 실현되어야할 한글 專用문제─그前提가 되어야할 漢字語의 알기쉬운 우리말化, 한글體系의整理와 그機械化普及, 外來語 의 混亂止揚과純化등 當面 課題는 山 더미처럼 쌓여있지않은가.(한국일보 1963.5.31.)

다음에는 먼저 한자어로 품사와 용어를 쓰는 것에 대하여 반대한 견해를 예를 들어 보기로 한다. 1963년 5월 13일에 보도된 신문 기사에 다음과 같은 내용이 있다.

(30) 朴種和 金八峰 趙芝薰 毛允淑씨등 79명의 저명한 소설가 시인 언론인들은 31일 상오 문교부의 「학교문법위원회」에서 국어문법용어 대부분을 한문식용어로 정하기로 한것은 시대의 역행, 문화의 후퇴를 의미하는것이라

고지적, 이를 시정해줄것을 관계당국에건의했다.

이들은 이건의문에서 한문식용어가 그대로 실행된다면 과거반세기이상 민족적 한글운동의 기본정신의 표현으로 길러온 우리말식 문법용어를 폐지하고 젊은 학생들에게 일본식 한자용어를 강요하는듯이 될뿐아니라 모든학과목과 사회각 방면에서 불꽃같이 일어나고있는 우리말 애용 자주 문화창조의 운동을 꺾는결과를 가져올것이라고 말했다. 79명인사의 명단은 다음과 같다.(이하 생략)(경향 신문 1963.5.13.)

이 기사로 보면, 많은 문예인, 문화인, 언론인 등이 당시 문교부의 한문식 용어로 통일하는 것에 대하여 반대했음을 알 수 있다. 그 외에 개별적으로 쓴 다음과 같은 글들이 보인다.

(31) 국어품사의 이름과 분류-심의회의 결의를 보고-, 익혀진 순한글식 버리고 왜 한문음을 써야 하나, 분류에도 체계와 균형잃어(上)(鄭寅燮, 1963.5.21. 한국일보)

(32) 국어품사의 이름과 분류-심의회의 결의를 보고-, 體言의 「토」를 獨立品詞로 다루는것은 커다란 矛盾(下)(鄭寅燮, 1963.5.22. 한국일보)

(33) 학교문법통일 시비(二), 말은 自然發生 아니다, '18년이나 골탕먹인건 누군가' 漢字用語는 거의 日本투(최현배 1963.5.23. 한국일보)

(34) 文法論爭, 나는 이렇게 생각한다(上), 학술을 권력으로통제할수없다, 「씨」란말「御製 訓民正音」번역본에나와, 투표로 결정함은 언어도단 (김윤경 1963.5.28. 東亞日報)

(35) 文法論爭, 나는 이렇게 생각한다(下), 이어받아야할「한글정신」,「名詞」
「動詞」등의 術語도 사람이만든것, 국가 만년대계를 위해 쉬운말로(김윤
경 1963.5.29. 東亞日報)

(36) 학교문법통일 是非……一線教師로서……,文教部案 改惡 우려있다, 學生
은 순 우리말 익숙(金桂坤 1963.5.30. 한국일보)

(37) 教授論壇 '학술용어는우리말본위로-도저히 참을수 없어…'(안호상
1963.6.1. 경향신문)

다음은 한자어로 품사 및 용어를 통일하는 것에 대하여 찬성하는 입장
에서 쓴 글을 살펴보자.

(38) 文法論爭, 許雄·鄭寅爕教授의 글을보고, 疑問에 대한 解明, 批判에 대한
對答, 「이름씨」「움직씨」等의述語는 造語에 不過하다, 「씨」란 말의語源
조차도 不分明(上)(金亨奎 1963.5.24. 東亞日報)

(39) 漢字音은 이미 韓國化된 것, 마치 韓末의 開國과 鎖國의兩論, 偏狹하고 固
陋한 생각은 버리도록(下)(金亨奎 1963.5.25. 東亞日報)

(40) 學校文法統一是非(三), 어렵고 까다로운 「말본」, 「순수한우리말도아니
고」(南廣祐 1963.5.28. 한국일보)

(41) 〈社說〉學校文法 統一문제는 解決된 것이다.-一部學者들의 固執은 不當
-(경향신문 1963. 6.20.)

(42) 學校文統一是非(一), 18년째 學生만 골탕 '우리이름도 풀어쓸생각인가' '한 글학회內에도 異論'(李熙昇 1963.5.21. 한국일보)

(43) 文法論爭, 言語現實이란 理想만으론 解決안된다(上), 「씨」는品詞와는 다른말, 名詞·動詞라해도 나라는망하지않는다, 造作語는 共感을 얻지못해 (金敏洙 1963.6.5. 東亞日報)

(44) 文法論爭, 言語現實이란 理想만으론 解決안된다(下), 國粹的思考는 自殺行爲, 異論百出의學術따르면 統一은不能, 個人的綴字法의고집은 公約의 違反(金敏洙 1963.6.6. 東亞日報)

(45) 學者들의 「文法論爭」을읽고, 學者들研究·討論은別途로, 우선學校文法 統一, 敎育面의 混亂解消위해時急(郭種元 1963 6.8. 東亞日報)

한편 언론사에서는 이에 대하여 중립을 지키려고 노력한 흔적이 보인다.

(46) 「이름씨」냐 「名詞」냐, 거듭되는 입씨름, ="우리文法은우리말로"崔氏側 主張 統一 위한 陣痛인가 ="二重用語쓸必要없다"李氏側主張(조선일보 1963.6.5.)

(47) 피흘리며 이어온運動 表決에 글힐수없다(최현배 1963.5.18. 경향신문) 衆意아닌 聲明우습다 새말은 自然發生的인것(이희승 1963.5.18.경향신문)

한편 학계에서도 이에 대한 찬·반 양론으로 갈라져 투쟁을 벌였는데, 그 예를 들어 보면 다음과 같다.

1963년 5월 16일자 한글학회의 '성명서'에서는 "1. 위원회 구성의 타당성 여부, 2. 국어 운동의 역사적 정신을 파괴해서는 안 됨, 3. 두 갈래 용어의 보급 현황이 고려 되어야 함, 4. 위원회 회의의 결과가 근본 목적에 위배됨, 5. 용어 문제는 국책으로 정할 일임"을 지적하였다.

1963년 2월 2일에 국어국문학회에서는 "中高校國語敎科書國定解除와 學校文法統一에關한建議書"를 낸 바 있다. 또한 1963년 5월 31일자 국어국문학회에서는 "학교 문법통일문제에 대한 성명서"에서 (1) 학교 문법통일은 긴급하다 (2) 문법용어의 통일문제 ① '이름씨'식 용어에는 억지가 많다 ② 문법, 명사 등은 우리말이다 ③ 문법, 명사 등은 일본말이 아니다 ④ 말본, 이름씨로 해야 애국이 되는 것은 아니다 (3) 문법 체계의 통일 문제를 들었다.

"1963년 6월 일"로 된 "학교문법 통일에 관한 건의서"에서는 "(1) 한자어도 우리말이다 (2) 문화와 학문에 관한 술어가 거의 한자어로 되어 있다 (3) 한자식 문법 용어는 일본에서만 쓰는 것이 아니다 (4) 한자어는 애국심을 손상하지 않는다"고 주장하였다. 이 건의서에는 언론인, 교수, 문화인, 학자, 중고교교사 등 950명의 명단이 첨부되어 있다.

이러한 논란에도 불구하고 문교부에서는 1963년 7월 25일 '학교 문법 통일안'을 문교부령으로 공포하여, 중학교는 1965년부터, 고등학교는 1966년부터 이 안대로 시행하도록 하였다.(한글학회 1971:387)

그런데 이런 논란은 이후에도 계속되어,[12] 1966년 11월 25일 자 동아일보 '사설'을 보면,[13] 문교부가 다시 통일안 이전의 방안으로 되돌리기

---

12 이른바 '전문 위원회'의 결정 이후 1967년까지의 이에 대한 찬·반 논란과 정치적 파동에 대하여는 한글학회(1971:378~417)에 자세히 언급되어 있다.

13 「國語文法의 混亂」- 文敎部는 앞으로 發行될 國語文法敎科書에 종래의學校文法統一案을 原則으로하되 또다른 하나의 學說도 並用하도록 決定하였다고한다. 주로 文法用語가 是非의 中心이되어 대체로 두갈래의 主張이 對立되어 오던바 이 두 갈래 主張을 다 並用한다는 것이 文敎部의

로 했다는 것과 그것을 국회에서 그렇게 하도록 압력을 가했다고 보도하고 있다. 그리고 통일안의 체계에 의하여 1966년에 중등 문법서가, 1968년에 고등 문법서가 나왔다고는 하나, 품사 설정이나 용어 사용에 혼란이 있었고,(고영근·남기심 1993:430-431) 이른바 '제2차 통일문법 검인정 시대(1979~1984)'(고영근·남기심 1993:439-440)에 나온 교과서들은 철저하게 통일안에 따랐으며, 이어 1985년에 이른바 통일문법이 나왔다.

품사 이름을 한자어로 한 것은 다음과 같은 점에서 재검토해야 한다.

첫째, 한자어로 된 품사 이름은 일본의 문법에서 온 것이라는 견해가 타당성이 있다. 즉 창의성이나 순수성이 결여되어 있다.

둘째, 한자어 이름들이 한국어의 특성에 맞는가에 대한 의문이 있다. '조사(助詞)', '부사(副詞)'와 같은 것이 그러하다.[14]

決定이다. 이에 의하면 母音은 母音도되고 「홀소리」도 되며 名詞는 名詞도 되고 「이름씨」도 된다. 또 우리 말 品詞는 9個도 되고 10個도 되는 것이다.(중략)

그러나 國家가 敎育上 必要해서 混亂에서 統一을찾고, 그統一된 것을 3年 이나 實施하여오다가 一朝에 統一을 버리고 混亂으로 돌아간다는 것은 어느 모로 보아도 駭怪하기 그지없는 處事가 아닐 수없다.

報道에 의하면 國會文公委員 몇몇 사람이 主張하여 이混亂에의 復歸를 强要하였다고 한다. 또 文敎部長官은 文公委員들의 이 말도 안되는 主張을 받아들여國語敎育의 混亂에 共同步調를취하고 나섰다니 眞實로 하늘 아래 둘도 없는 國會議員에 文敎部長官이다. 행여 新年度 豫算案과 바터 했다는 이야기도 없지 않다. 이것이 一時的便法 으로 바터의 對象이 될 性質의 問題인가. 어처구니없는 沒常識의 所致다.

우리는 여기서 어느 說이 옳고 그른 것을 論 할 意思는 없다. 問題는 國會議員과 長官의 生態에 있다. 생각해 보라. 國會議員이 學說을 左之右之하고 敎科書의 內容을 이래라 저래라 하는 버릇은 어디서 생겼으며 또 그것이 國會議員의 職分에 屬하는 일인가. 한걸음 나아가 이 말도 안되는 억설을 그대로 받아들여 全國數百萬學童들에게 混亂을 强要하는데 同調하는 長官의 所信은 무엇인가. 所信이라는 말이 流行語처럼된 昨今에 이렇게 所信없는 處事도 드물 것이다.

더구나 兩說이 엇갈려서 問題되는 部分은 入學試驗에 出題하지말라는 指示까지 내릴것이라고한다. 無定見의 極致라고할밖에없다. 國民의 血稅로 維持되는 國家機關에서 國事를맡은 人事들이 이런式으로 일을處理하는 것은 私的인 去來라는 指彈을 免할길이없을것이요, 一種의 兒戱에 틀림없다. 國事는 장난이 아니다. 猛省을 促求하여마지않는다.(東亞日報 1966.11.25.)

14 '助詞'를 그대로 직역하면, '무엇을 돕는 품사'라는 것인데, 어떤 것은 '돕는다'기보다 '의미를 보태'거나 '제한'하는 기능을 한다. '副詞'는 말 그대로 하면 '버금의 역할을 하는 품사'라는 뜻인데, 그에 해당하는 단어들이 버금의 기능을 한다고 보기 어렵다.

셋째, 여러 가지로 이견이 있는 것을 정부에서 강제로 단기간의 협의를 거쳐 결정했다는 것은 무리였다 할 만하다.

넷째, 당시 전문 위원들의 구성이 공평하지 못했다는 견해가 있음도 작은 문제가 아니다.

다섯째, 한자어식의 이름은 한자로 쓰지 않으면, 그 의미가 분명하지 않은데, 요즘같이 컴퓨터나 손전화와 같은 전기기기가 발달한 시대에는 한자로 써야 할 근거가 없다.

여섯째, 어린 피교육자들이 그 이름을 이해하지 못한다.

또한 현재 학교 문법의 용어는 위의 겹치는 문제 이외에 다음과 같은 점에서 재고할 여지가 있다.

첫째, 문장론의 용어는 한자어를 쓰고, 음성·음운론과 문장부호 등은 고유어를 쓰도록 한 것은 진정한 문법 용어의 통일이 아니다.

둘째, 한자어로 된 문법 용어는 많은 점에서 어렵거나 왜곡되어 있다.

셋째, 현행 〈문법〉교과서에서도 제정 당시의 원칙이 잘 지켜지지 않는 면이 있다.

3. 맺는말

이상에서 학교 문법의 품사 이름, 문법 용어의 결정과정에 대하여 살펴보았다. 이 논의 결과는 다음과 같다.

첫째, 우리 문법이 서양의 문법의 영향을 받을 수밖에 없었으므로, 그 분류와 명칭에서도 크게 벗어나지 않았다. 주시경(1910) 이후로 대다수 한국어 문법학자들은 첨가어로서의 한국어의 특질에 맞는 품사의 설정과 고유한 명칭을 붙이려는 노력을 기울였다. 최현배(1937)에 의하여 주시경 등이 붙었던 한 글자로 된 품사 명칭은 고유한 두 글자의 이름으로 바뀌었다.

둘째, 광복 이후 국가에서는 1949년에 고유어와 한자어로 품사의 이름을 붙이기로 하였다. 그리하여 1956년에 나온 각종 학교문법에서도 고유어와 한자어로 된 품사 이름과 용어가 대등하게 사용되었다.

셋째, 1963년에 국가적 차원에서 한국어의 품사 분류와 용어의 통일을 기하고자, 문교부 주체로 국어교육과정 심의회 산하 학교문법통일 전문위원회를 만들어, 많은 시간과 인력을 동원하여 마침내 결정을 보았다. 그러나 학자들은 물론 언론과 학계, 문화계 등에서 찬·반 양론으로 갈라져 논란이 그치지 않았다. 급기야 1966년 국회에서까지 문제가 되어 1963년의 결정을 무효화하려 했으나, 무위로 돌아갔다.

1985년의 이른바 통합 문법을 거쳐 현재까지 1963년의 원칙 아래 문법 교과서가 집필되었다.

필자는 1963년 당시 전문 위원회에서 논의한 내용과 표결의 과정, 그리고 결과를 자료에서 알 수 있었다. 그리고 고유어와 한자어의 지지자들은 양심, 혹은 이해관계에 따라 지지했기 때문에 그 잘, 잘못으로 구분한다든지, 누가 누구를 배반했다는 식의 평가는 옳지 않다. 다만 다음과 같은 문제점을 고려하여, 다음 세대에게 올바른 문법을 가르치게 해야 할 것임을 밝힌다.

첫째, 1963년 당시 이른바 전문 위원회의 구성이 객관적이고 공정했는지에 대하여 재론의 여지가 있다.

둘째, 당시 정치적, 사회적 분위기가 지극히 위압적이고 비민주적이었다.

셋째, 당시에는 한자를 많이 배운 세대가 모든 사회적, 문화적, 정치적 위치에서 활동하고 있었으나, 이미 반세기가 지나 현재는 한글세대가 주류를 이루고 있다. 어린 학생들은 한자식 용어를 잘 몰라 오히려 용어를 해석해 주어야 하는 모순을 낳고 있다. 예컨대 '명사'라고 하면, 그 뜻을 알 수 없어, 다시 '이름을 나타내는 말'이라고 설명해 주어야 하니 문제다.

넷째, 현재 학교 문법은 당시의 품사 분류는 물론 이론적인 면에 있어서도 상당히 달라진 바가 있으므로, 모순된 점과 잘못된 점은 바로 잡아야 할 시점에 와 있다.

다섯째, 당시에 결정하였던 소리에 관한 부분은 우리말로, 품사론과 문장론에 관한 부분은 한자어로 한다는 것도 많은 부분 혼용되고 있으니, 이제 재고할 필요가 있다.

여섯째, 이제 새로운 학설과 사회적 분위기에 맞추어서라도 제8차 문법 교과서는 검인정으로 바뀌므로 자유롭게 편성되어야 한다.

참고문헌

고영근(2005), 〈國語學硏究史〉, 서울: 學硏社.

고영근·남기심(1993), 〈표준 국어문법론〉, 서울: 塔出版社.

고창식·이명권·이병호(1965), 〈학교 문법 해설서-문교부 통일안에 따른-〉, 歷代韓國文法大系 第⬜部 第38册,⬜104, 金敏洙·河東鎬·高永根 편, 서울: 塔出版社.

교육 인적 자원부(2002), 〈고등 학교 문법〉, 서울: 교육 인적 자원부.

김석득(1983), 〈우리말 연구사〉, 서울: 정음문화사.

_____(2000), 〈외솔 최현배 학문과 사상〉, 서울: 연세대학교 출판부.

문교부(1964), 〈편수 자료〉 5집, 서울: 문교부.

문교부(1985), 〈고등 학교 문법〉, 서울: 문교부.

박태윤(1948), 〈중등 국어문법〉, 歷代韓國文法大界 第1部 第28冊, 1 73, 金敏洙·河東鎬·高永根 편, 서울: 塔出版社.

_____(1956), 〈표준 중등 말본〉, 歷代韓國文法大界 第1部 第31冊, 1 81, 金敏洙·河東鎬·高永根 편, 서울: 塔出版社.

박창해(1946), 〈쉬운 조선말본〉, 歷代韓國文法大界 第1部 第26冊, 1 65, 金敏洙·河東鎬·高永根 편, 서울: 塔出版社.

이숭녕(1956ㄱ), 〈중등 국어문법〉, 歷代韓國文法大界 第1部 第34冊, 1 89, 金敏洙·河東鎬·高永根 편, 서울: 塔出版社.

_____(1956ㄴ), 〈고등 국어 문법〉, 歷代韓國文法大界 第1部 第34冊, 1 90, 金敏洙·河東鎬·高永根 편, 서울: 塔出版社.

李崇寧(1960), 〈고등 국어문법 개정판〉, 歷代韓國文法大系, 第1部 第42冊, 1 121, 金敏洙·河東鎬·高永根 편, 서울: 塔出版社.

이인모(1949), 〈재미나고 쉬운 새 조선 말본〉, 歷代韓國文法大界 第1部 第30冊, 1 77, 金敏洙·河東鎬·高永根 편, 서울: 塔出版社.

이연철(1948), 〈중등 국어 문법〉, 歷代韓國文法大界 第1部 第30冊, 1 70, 金敏洙·河東鎬·高永根 편, 서울: 塔出版社.

이희승(1949), 〈중등 학교 국어과 초급 국어 문법〉, 歷代韓國文法大系, 第1部 第32冊, 1 85 金敏洙·河東鎬·高永根 편, 서울: 塔出版社.

_____(1956), 〈중등학교 국어과 중등 문법〉, 歷代韓國文法大系, 第1部 第32冊, 1 86, 金敏洙·河東鎬·高永根 편, 서울: 塔出版社.

장하일(1947), 〈중등 새말본〉, 歷代韓國文法大系 第1部 第29冊, 1 74, 金敏洙·河東鎬·高永根 편, 서울: 塔出版社.

_____(1949), 〈문교부 인정필 표준말본〉1-2, 歷代韓國文法大系 第1部 第29冊, 1 75, 金敏洙·河東鎬·高永根 편, 서울: 塔出版社.

_____(1949), 〈문교부 인정필 표준말본〉3, 歷代韓國文法大系 第1部 第四冊, 1 76, 金敏洙·河東鎬·高永根 편, 서울: 塔出版社.

周時經(1910), 〈國語文法〉, 歷代韓國文法大系 第1部 第4冊, 金敏洙·河東鎬·高永根 편, 서울: 塔出版社.

_____(1913), 〈朝鮮語文法〉, 歷代韓國文法大系 第1部 第4冊, 1 12, 金敏洙·河東鎬·高永根 편, 서울: 塔出版社.

최태호(1957), 〈중학말본〉I, 歷代韓國文法大系 第1部 第35冊, 1 92, 金敏洙·河東鎬·高永根 편, 서울: 塔出版社.

_____(1957), 〈중학말본〉II, 歷代韓國文法大系, 第1部 第35冊, 1 93, 金敏洙·河東鎬·高永根 편, 서울: 塔出版社.

_____(1957), 〈중학말본〉III, 歷代韓國文法大界 第1部 第35冊, 1 94, 金敏洙·河東鎬·高永根 편, 서울: 塔出版社.

최현배(1950), 〈중등 말본〉, 서울: 정음사.

_____(1947), 〈중등조선말본〉, 서울: 정음사.

_____(1982), 〈우리말본〉, 서울: 정음사.

_____(1999), 한글만 쓰기의 주장, 서울: 정음문화사.

한국국어교육연구회(1964), 〈문교부 학교통일에 따른 중학 국문법〉, 歷代韓國文法大系 第①部 第
　　38册, ①102, 金敏洙·河東鎬·高永根 편, 서울:塔出版社.

_____(1964), 〈문교부 학교문법 통일에 따른 고등 국문법〉, 歷代韓國文法大界系 第①
　　部 第38册, ①103, 金敏洙·河東鎬·高永根 편, 서울:塔出版社.

한글학회(1971), 〈한글학회50년사〉, 서울: 한글학회.

허웅(1993), 〈최현배〉, 서울: 동아출판사.

자료

문교부(1962ㄱ), "중·고등 학교 국어 문법 지도 지침"(유인물), 서울: 문교부.

문교부(1962ㄴ), "문교부 제정 문법 용어표" 미간행물, 서울: 문교부.

문교부(1963ㄱ), "소위원회 보고 사항" 미간행물, 서울: 문교부.

문교부(1963ㄴ), "학교 문법 통일을 위한 경과 보고서" 미간행물, 서울: 문교부.

문교부(1963ㄷ), "술어에 대한 여론" 미간행물, 서울: 문교부.

문교부(1964), "중·고등학교 학교 문법의 통일," 편수 자료 5집, 서울: 문교부.

최현배(1963. 5. 18.), "피흘리며 이어온 運動 表決에 글킬수없다,"(경향신문 1963.5.18.)

이희승(1963. 5. 18.), "衆意아닌 聲明우습다 새말은 自然發生的인것,"(경향신문 1963.5.18.)

한글학회(1963. 5. 16.), "성명서"

국어국문학회(1963. 2. 2.), "中高校國語教科書國定解除와 學校文法統一에關한建議書"

_____(1963. 5. 31.), "학교 문법통일문제에 대한 성명서"鄭寅燮(1960.5.21.), "국어품사의 이름
　　과 분류-심의회의 결의를 보고-, 익혀진 순한글식 버리고 왜 한문음을 써야 하나, 분류에도
　　체계와 균형잃어(上)"(한국일보 1963.5.21.)

_____(1963. 5. 22.), "국어품사의 이름과 분류-심의회의 결의를 보고-, 體들의 「토」를 獨立品
　　詞로 다루는 것은 커다란 矛盾"(下)(한국일보 1963.5.22.)

최현배(1963. 5. 23.), "학교문법통일 시비(二), 말은 自然發生 아니다, '18년이나 골탕먹인 건 누군가'
　　漢字用語는 거의 日本투,"(한국일보 1963.5.23.)

김윤경(1963. 5. 28.), "文法論爭, 나는 이렇게 생각한다(上),학술을 권력으로통제할수없다, 「씨」란말
　　「御製 訓民正音」번역본에나와, 투표로 결정함은언어도단"(東亞日報 1963.5.28.)

_____(1963. 5. 29.), "文法論爭, 나는 이렇게 생각한다(下), 이어받아야할 「한글정신」, 「名詞」「動詞」
　　등의 術語도 사람이만든것, 국가 만년대계를 위해 쉬운 말로"(東亞日報 1963.5.29.)

金桂坤(1963. 5. 30.), "학교문법통일 是非……一線教師로서……,文教部案 改惡 우려있다, 學生은
　　순 우리말 익숙,"(한국일보 1963.5.30.)

안호상(1963. 5. 30.), "教授論壇'학술용어는우리말본위로-도저히참을수없어…,"(경향신문

1963.6.1.)

金亨奎(1963. 5. 24.), "文法論爭, 許雄 · 鄭寅燮敎授의 글을보고, 疑問에 대한 解明, 批判에 대한 對答, 「이름씨」「움직씨」等의述語는 造語에 不過하다, 「씨」란 말의 語源 조차도 不分明,"(上)(東亞日報 1963.5.24.)

_____(1963. 5. 25.), "漢字音은 이미 韓國化된 것, 마치 韓末의 開國과 鎖國의兩論, 偏狹하고 固陋한 생각은 버리도록"(下)(東亞日報 1963.5.25.)

南廣祐(1963. 5. 28.), "學校文法統一是非(三), 어렵고 까다로운 「말본」, 「순수한 우리말도아니고"(한국일보 1963.5.28.)

李熙昇(1963. 5. 21.), "學校文統一是非(一), 18년째 學生만 골탕 '우리이름도풀어쓸생각인가' 한글학회內에도 異論,"(한국일보 1963.5.21.)

金敏洙(1963. 6. 5.), "文法論爭, 言語現實이란 理想만으론 解決안된다(上), 「씨」는品詞와는 다른말, 名詞 · 動詞라해도 나라는망지않는다, 造作語는 共感을 얻지 못해,"(東亞日報 1963.6.5.)

_____(1963. 6. 5.), "文法論爭, 言語現實이란 理想만으론 解決안된다(下), 國粹的思考는 自殺行爲, 異論百出의學術따르면 統一은不能, 個人的綴字法의고집은 公約의 違反,"(東亞日報 1963.6.6.)

郭種元(1963. 6. 8.), "學者들의「文法論爭」을읽고, 學者들硏究 · 討論은別途로, 우선學校 文法統一, 敎育面의 混亂解消위해時急(東亞日報 1963.6.8.) '기사'(경향 신문 1963.5.13.)

"말본, 문법, 對決 15年 다시 붙은 불꽃, 말본과 문법(文法)의 대결 15년―,"(朝鮮日報, 1963.5.23.)

"〈메아리〉"(한국일보 1963.5.31.)

「이름씨」냐 「名詞」냐, 거듭되는입씨름＝우리文法은우리말로 崔氏側 主張 統一 위한 陣痛인가＝ "二重用語쓸必要없다"李氏側主張,(조선일보 1963.6.5.)

"學校文法統一案채택 보류＝文敎部교육과정 審議會議＝「말본」派서退場으로 流會, 未備 · 모순點 많아, 다시 部分的으로 檢討,"(서울신문 1963.6.5.)

"「文法論爭」發端과經緯- ,"(東亞日報 1963.6.8.)

"〈社說〉學校文法 統一문제는 解決된 것이다.—部學者들의固執은 不當-,"(경향신문 1963. 6.20.)

"社說,"(東亞日報社1966.11.25.)

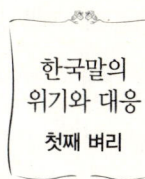
세종의 훈민정음 창제와
한국말의 개념 문제*

신 운용

1. 들어가는 말

　세계의 근대사는 동서양의 충돌이라고 할 수 있다. 서양의 동양침탈은
단순한 무력충돌로만 이해할 수 없는 측면이 있다. 서양인들의 세계관과
인간관이 자본주의와 결합하여 결국 침략이라는 현상을 낳았던 것이다.
서양은 우선 많은 새로운 개념으로 동양을 무기력하게 만들었다. 특히 허
버트 스펜서 등의 서양 학자들은 다윈의 진화론을 왜곡하여 선진적인 서
양이 미개하고 후진적인 동양을 계몽된 세계로 이끌어야 한다는 사회진
화론을 제공하여 동양침략에 결정적인 역할을 하였다. 이러한 의미에서

---

* 우학모 한글날 기림 학술대회(2010년 10월 9일)(주제: 한국말의 힘과 생산성) 발표문

세계의 근대사는 동서양 '개념들의 전쟁'이라고 할 수 있다.

동양의 근대사는 무력을 앞세운 서양의 개념들에 완패한 역사라고 할 수도 있을 것이다. 하지만 되돌아보면 동양의 개념이 서양의 그것과 비교하여 뒤떨어지거나 없애버려야 할 구시대의 유물은 결코 아니었다. 오히려 동양의 개념들은 오늘날 미래를 열 대안으로 등장하고 있다. 반면 침략을 뒷받침하고 세계의 평화를 파괴하는 이론으로 작동된 서양의 개념들은 이제 한계 상황에 직면해 있다.

이를 정확하게 파악한 이가 바로 안중근이다. 그는 철도, 병원, 학교, 위생시설을 만들어 조선을 진보시켰다는 서양의 개념을 맹종한 일제의 주장에 대해 "일제가 아니었다면 한국은 더욱 진보하였다"는 대응논리를 전면에 내세웠다.[1] 이처럼 그는 다양한 형태의 평화론으로 위장된 서양의 식민지근대화론에 사로잡힌 일제와 '동양평화론'이라는 이론으로 무장하여 한바탕 '개념전쟁'을 벌였던 것이다. 의거도 이 개념전쟁의 일환이었음은 이미 밝혀진 사실이다.[2]

오늘날의 동양은 여전히 서양의 개념에서 벗어나지 못하고 있는 것이 현실이다. 한국 대학의 모든 학문개념들은 서양의 그것에 점령당한지 오래되었다. 오늘날에도 이는 계속 강요되어 장차 한국말조차 없어질 위기에 처해 있다.[3] 한국은 서양인들이 만든 개념에 의해 파생된 모든 문제를 해결할 수 있는 능력을 이미 상실하였다고 해도 과언이 아니다.

이는 2007년 미국에서 발생한 금융위기로 촉발된 경제 위기 속에서 한국에 수많은 경제학자들이 있음에도 어느 누구도 해결책을 제시치 못하

---

1 신운용, 「안중근의 '동양평화론'과 이토 히로부미의 '극동평화론'」, 『안중근과 한국근대사』, 2009, 채륜 참조.

2 이에 대해서는 신운용, 위의 글 참조.

3 유재원, 「자기말로 학문한 사례 소개-그리스인들의 그리스말로 학문하기」, 『우리말로 학문하기의 사무침』, 우리말로 학문하기 모음, 2008, 119~120쪽.

였다는 사실에서도 여실히 드러난다. 그 이유는 무엇일까. 한국의 경제학자들이 미국의 경제개념을 무비판적으로 받아들이는 데 급급했지 새롭고 독자적인 이론을 만들려는 생각도 의지도 없다는 데 그 원인이 있는 것이다.

한국이 외부의 충격에 쉽게 노출되지 않고 세계의 경제를 주도하기 위해서는 서양의 개념을 맹종해서는 안 된다는 진리를 2007년 미국의 경제위기에서 우리는 새삼 확인하였던 것이다. 그렇다면 자본주의로 대표되는 서양의 경제이론으로 초래된 사람들의 존재성 파괴를 막고 새로운 세상을 열기 위해서는 경제란 무엇인가에 대한 진지한 철학적 고민이 있어야 할 것이다.

서구의 경제개념 핵심은 대체로 "최소의 투자로 최대의 이익을 창출하는 것"으로 이해되고 있다. 필자는 경제란 무엇인가에 대한 물음에 대해 경제의 우리말 '살림'에서 해답을 찾고자 한다. 살림은 동사 '살리다'의 명사형이다. 이러한 점에서 경제[4](학)의 총론으로 "물질적 측면에서 모든 사람을 살리는 이론"이라는 개념을 세우고 사람을 살리는 방법을 각론의 중심으로 삼는다면 한국은 물론 세계를 본질적으로 변화시킬 수 있을 것이다.

정치라는 개념도 마찬가지이다. 서구의 정치개념 핵심은 "권력의 획득과 지배"로 이해해도 좋을 것이다.[5] 한국의 정치학자들이 대부분 서구의 이론을 추종하고 있는 현실 속에서 한국의 정치가 발전할 가능성은 전혀 없다는 것이 진실에 가까운 이야기일 것이다.

---

4 우리 조상들은 경제(經濟)의 경자(經字)의 경(經)의 뜻풀이를 '다스리다'로 새겼고 제자(濟字)의 제(濟)를 '돕다'로 뜻풀이하였다. 이로 보건데 경제의 본질적 의미를 물질적 측면에서 "도와서 다 살리는 행위"로 풀이해도 좋을 것이다.

5 서구인들은 정치를 "권력을 매개로 한 가치분배", "갈등과 분쟁의 해결", "사회적 제가치의 권력적 분배" 등으로 정의하고 있다(김우태, 「정치의 개념」, 『정치학』, 형설출판사, 1989, 32~39쪽). 하지만 결국 그들의 정치개념의 핵심은 권력의 획득과 지배라는 것은 분명한 사실이다.

따라서 정치개념도 한국의 역사와 문화 속에서 찾아내 서구이론의 추종에서 벗어나 새롭게 만들어야 한다는 것이 이 시대 사람들의 사명이라고 해도 과언이 아니다. 필자는 정치(政治)라는 말을 다스릴 정(政), 다스릴 치(治)로 선조들이 풀이하였다는 사실에서 정치의 개념을 되짚어보고자 한다. '다스리다'는 말은 '다ᄉᆞ리다'라는 고어에서 온 말로 '다(모두) 살리다'라는 뜻이다. 따라서 필자는 정치의 개념을 "모든 사람을 살리는 일"로 규정하고자 한다.

이제 이러한 방법론을 모든 분야로 확대하여 새로운 개념을 만들어 낸다면 우리의 문제를 극복할 수 있고 세계를 진정한 의미에서 이끌어갈 수 있는 것이다. 그러나 우리의 현실은 이러한 바람과는 너무나 멀어지고 있는 것이 오늘날의 상황이다.[6]

한국의 역사에서 중국인이 만들어 놓은 개념에서 벗어나 우리의 개념을 만들려고 뼈와 살을 깎는 노력을 한 분은 세종이다. 세종은 당시의 시대를 장악한 한자 중심의 학문에서 벗어나 역사의 정통을 잇고 나랏사람을 모두 살리기 위한 방안으로 『훈민정음』을 만들었던 것이다. 또한 백성을 살리기 위한 정치이론으로 『용비어천가』를 지었던 것이다.

이러한 의미에서 필자는 훈민정음과 용비어천가에서 세종이 제시한 '소통'과 '정치'의 개념을 되짚어 봄으로써 서양어의 개념에서 벗어나 나랏사람 모두를 살리는 한국말의 개념을 만드는 기회로 삼고자 이 글을 쓴다. 필자는 이 작업이 새로운 한국말(학문)의 개념을 만드는 데 조금이라도 기여하기를 바라마지 않는다.

---

6 우리말이 영어에 밀리는 현실 속에서 우리말로 학문하기 모임은 우리의 글과 말, 얼을 지키고 발전시키는 개념전쟁의 선구적 역할을 하였다. 이 모임에서 낸 다음과 같은 책은 이들의 투쟁 결과물로 이 분야 연구에 꼭 참고해야 할 걸작들이다. 이분들의 노고에 경의를 표한다. 우리말로 학문하기 모임, 『우리말로 학문하기의 사무침』, 푸른사상사, 2008; 『우리말로 학문하기의 고마움』, 채륜, 2009; 『우리말로 학문하기의 용틀임』, 채륜, 2010.

2. 말과 글 그리고 사람과 소통

조선은 성리학과 단군론[7]을 바탕으로 하여 1392년에 세워졌지만 여전히 사회의 모든 방면에 고려의 영향은 남아 있었다. 조선이란 나라의 안착과 강력한 자의식을 바탕으로 한 새로운 문화의 정착은 세종대의 시대적 과제였다. 특히 권력의 안정을 다져야 했던 세종은 백성을 지배의 대상으로 보고 왕권을 견제하면서 기득권을 유지하려는 세력과의 대립을 마다하지 않았다.[8] 물론 이러한 세종의 정치적 입장은 왕권강화를 통하여 지배력을 높여 정권의 안정화를 꾀하려는 그의 의지가 반영된 결과이기도 하다. 하지만 이는 새로운 사회를 만드는 데 지대한 관심을 갖고서 한자를 중심으로 한 개념에서 벗어나려는 그의 열망에서 나온 것이 분명하다. 세종은 이를 구체적으로 실현하기 위해 '소통'이란 무엇인가 하는 문제의식을 하나하나 풀어내는 데 온 힘을 기울였던 것이다.

그런데 문제는 기득권층과의 대립을 극복하면서 시대문제를 해결하여 나라의 발전을 어떻게 꾀하느냐 하는 데 있었다. 이러한 과제를 풀기 위해서 세종은 백성과의 소통을 바탕으로 권력 기반을 조선 건국에 결정적인 역할을 한 지배세력에서 백성으로 옮기려고 하였다. 이를 위해서는 지배

---

7 신운용, 「조선건국의 사상적 배경에 관한 시론 – 여말·선초의 단군론을 중심으로」, 『한국사의 檀君 인식과 단군운동』, 세계역사문화연구소, 2006 참조.

8 중국의 개념에 의지하여 조선을 지배하던 지배세력에게는 세종은 자신들의 기득권을 빼앗아가는 위험한 인물이었던 것이다. 이들을 대표하여 중국개념으로 세종과 개념전쟁을 한판 벌인 이가 바로 최만리였다. 최만리는 세종이 훈민정음을 만들고 2개월 후 다음과 같은 내용의 상소문을 올려 세종이 글자를 만드는 일을 신랄하게 비판는 등 사대모화적 태도를 드러냈다. ① 훈민정음은 사대모화에 부끄러운 일이다. ② 훈민정음은 중국문명에 큰 누(累)를 끼치는 일이다. ③ 훈민정음은 천하기 그지없어 학문과 정치에 전혀 도움이 되지 않는다. ④ 훈민정음으로 옥사를 공평하게 처리할 수 없다. ⑤ 훈민정음의 창제는 나라의 급무가 아니다. ⑥ 훈민정음은 중국학문인 성리학을 연마하는 데 방해가 된다(「卷一百三」, 『世宗實錄』). 세종은 훈민정음을 만든 이유는 오직 백성을 위한 것이라는 논리로 최만리 등의 반발을 물리쳤다.

세력의 사람(백성)에 대한 인식부터 뿌리째 바꾸어야만 했다.

그 방법은 바로 세종 자신의 생각을 지배세력에 주입시키면서 백성과 공유하는 것이었다. 이는 백성과의 소통의 확대를 의미하는 것이었다. 이러한 의미에서 세종은 지배세력과 피지배세력인 백성 사이에서의 소통을 정치철학으로 역사 전면에 내세운 최초의 인물이라고 할 수 있을 것이다.

참소통은 그 나랏사람의 삶과 역사를 담은 말과 글이 있을 때만이 가능해지는 것이다. 그것도 모든 사람이 쉽게 배우고 실생활에서 쓸 수 있는 글이 만들어질 때 계급 사이의 참소통이 이루어지는 것이다. 더욱이 글이 모든 말을 쉽게 표현할 수 있을 때만이 나랏사람들 사이의 소통이 원활하게 이루어질 수 있는 것이다. 말을 담을 수 없는 글, 자기의 생각을 손쉽게 드러낼 수 없는 말은 소통을 막고 나랏사람들 사이의 갈등과 대립을 불러오는 요인이 되는 것이다. 따라서 나랏사람들의 삶과 생각을 담아내고 풀어낼 수 있는 쉬운 말과 글은 소통의 물줄기가 되는 것이다.

이처럼 세종의 정치철학의 핵심은 바로 백성과 어떻게 소통하는가 하는 것이었다. 그는 백성을 소통의 대상 즉, 말을 함께 섞고, 글을 주고받음으로써 삶을 더불어 열어가는 대상으로 보았던 것이다. 따라서 이를 위하여 세종은 훈민정음을 만들 수밖에 없었던 것이다.

훈민정음은 바로 이러한 세종의 모든 정치철학이 녹아 있는 최고의 소통방법을 제시한 글이었다. 세종은 조선 사람의 '말'이 중국'어'와 다르다는 사실을 분명히 하는 것으로 훈민정음을 시작하고 있다. 이는 한문으로는 조선 사람들 사이의 소통을 이끌어낼 수 없음을 절절히 느낀 결과이기도 하다.

한문으로 백성과 세종 사이의 소통이 불가능하다면 이제 남은 방법은 글을 새로 만드는 것밖에 없다고 세종은 역설하고 있는 것이다. 그리하여 세종은 훈민정음 머리에서 소통이란 무엇인가 하는 문제를 스스로 "나랏

말쏘미 듕귁에 달아 문쭝와로 서르 스뭇디 아니홀씨"[9]라고 풀어내고
있다. 그런데 이는 한자본에 "國之音異乎中國與文字不流通"라고 되어 있
는 점을 주시할 필요가 있다. 세종은 "유통(流通)하다" 즉 "소통(疏通)하다"
를 "서르 스뭇다"고 뜻풀이하고 있다. '스뭇다'는 사무치다의 15세기 고어
이다. 사무치다[10]는 "뼈에 사무치다"는 용례에서 볼 수 있듯이 "그 무엇인
가 깊이 들어가 있는 상태"를 뜻한다.

따라서 "나랏말쏘미 中國(듕귁)에 달아 文字(문쭝)와로 서르스뭇디 아니
홀씨"는 나라의 말과 글(한자)이 서로 달라서 서로의 생각(세종, 백성의 생각)
이 백성(세종)의 마음속으로 깊이 들어가지 않는다는 뜻으로 세종과 백성
사이에 소통이 되지 않는 현실을 드러내고 있는 대목이다.

더불어 특히 여기에서 주목할 점은 '나랏말쏘미'의 '나라'와 '말쏘미'라
는 대목이다. 세종은 조선이 중국과는 역사와 문화가 뿌리부터 다른 나라
임을 선언하면서 조선에 알맞은 '말씀'이 있어야 한다는 당위성을 강조하
였던 것이다.

그런데 훈민정음에 중국을 설명하면서 "皇帝(꿩뎽)겨신 나라히니 우리
나랏 常談(쌍땀)애 江南(강남)이라ㅎ느니라"고 하였다. 여기에서 세종이 '우
리나라'라고 한 것은 바로 타국(중국)과 구별되는 역사와 문화의 경험을 함
께한 집단으로서 '우리'가 만든 나라를 의미하는 것으로 해석된다. 따라서

---

9 세종,『훈민정음』(유창균,『訓民正音』, 1982, 형설출판사), 34쪽. "우리나라말이 중국어와 달라 백성들이
서로 그 뜻을 알지 못하므로"

10 최봉영 교수는 '사무치다'를 "어떤 것을 하고자 하는 임자가 그것에 이르는 길을 뚫어서 그 일을 온
전하게 마치는 것"이라고 정의한다(최봉영,「말과 길-사람은 말로써 슬기의 길을 닦는다」,『우리말로 학문
하기 2009년 겨울 말나눔 잔치(제16차)』, 우리말로 학문하기 모임, 38쪽). 반면 구연상 교수는 "서로의
마음과 환경과 사정까지 속속들이 깊이 미루어 헤아리는 것", 즉 말이나 글로써 드러내는 것과, 그
드러난 것을 통해 짐작할 수 있는 숨겨진 것을 한데 아울러 생각하는 것이라고 정의하고 있다(구연
상,「글쓰기와 사무침」,『우리말로 학문하기의 고마움』, 우리말로 학문하기 모임, 채륜 2009, 196쪽). 사무침
을 무엇으로 정의하든 그 핵심은 소통임에 분명하다.

훈민정음은 피지배계급인 백성만을 위한 글이 아니라 지배계급까지도 아우르는 모든 나랏사람들의 혈맥 속의 피를 흐르게 하는 소통수단이라고 할 수 있다. 이러한 맥락에서 훈민정음은 우리 사이의 소통을 원활하게 하여 '우리'라는 민족의식을 더욱 사무치게 하는 문화의 물줄기였던 것이다.

또한 세종은 말을 소통의 내용물로, 글을 말을 담을 수 있는 소통의 그릇으로 보았던 것이다. 따라서 뜻을 분명하게 주고받을 수 있는 글을 만드는 일은 그의 소통철학을 완성하는 길이었다. 세종이 "이런 젼ᄎᆞ로 어린 百姓(ᄇᆡᆨ셩)이 니르고져 홇배이셔도 마ᄎᆞᆷ내 제ᄠᅳ들시러펴디몯홇노미하니라"[11]라고 한 데서 글이 없음을 백성과 소통되지 않는 가장 큰 원인으로 판단하고, 더 나아가 이를 '한'[12]으로 여기고 있음을 알 수 있다.

이처럼 세종은 단순한 의사소통을 넘어서 백성과 하나가 되는 방법으로 훈민정음을 만들었음을 분명히 밝히고 있는 것이다. 그리하여 소통되지 않음의 '한'을 풀어내기 위해 세종은 "내 이를 爲(윙)ᄒᆞ야 어엿비너겨 새로 스믈여듧 字(ᄍᆞᆼ)를 ᄆᆡᇰᄀᆞ노니 사ᄅᆞᆷ마다 ᄒᆡ여 수ᄫᅵ 니겨 날로 ᄡᅮ메 便安(뼌한)키ᄒᆞ고져 홇ᄯᆞ르미니라"[13]하여 훈민정음 창제의 목적을 밝히고 있다.

더욱이 여기에서 세종이 '사ᄅᆞᆷ마다'라는 표현을 하고 있다는데 주목할 필요가 있다. 왜냐하면 소통은 '사람 사이'에서 이루어지기 때문이다. 세종과 백성은 서로의 소통대상이 된다는 말이다.

그런데 이를 한자본에는 '인인(人人)'이라고 기록하고 있다. 인(人)이라

---

11 세종,『훈민정음』, 35쪽. "이런 까닭으로 어린 백성이 할 말이 있어도 마침내 제 뜻을 펴지 못하는 사람들이 많다."

12 한에 대한 많은 뜻 풀이(개념)이 있지만 필자는 '한'을 삼국사기 고조선조의 '환국'·'환인'·'환웅'의 환과 '한밭'·'한강'의 한으로 보고 인간이 상상할 수 있는 '최고의 경지'라고 생각한다. 따라서 세종이 "소통되지 않음을 한한다"는 표현은 '소통'의 최고 경지를 이루지 못함을 사무치게 여긴다는 의미에서 필자가 사용하고 있는 것이다.

13 세종,『훈민정음』, 35~36쪽. "내가 이 때문에 백성을 위하여 28자를 만드노니 모든 사람이 쉽게 익혀 편안하게 할 따름이다."

는 한자는 한 사람이 서 있는 모습을 형상화한 것으로 철학적 의미를 담고 있지 않다. '사람'은 여러 가지로 설명할 수 있지만 '살+암'으로 볼 수 있다.[14] '살'의 동사는 '살다'이다. 사람은 관계를 맺으며 살아간다. 살다의 타동사 '살리다'는 바로 이러한 사람과 사람의 사이를 개념화할 수 있는 말이다. 우리는 '사람답다', 또는 '사람 같지 않다'는 말을 한다. 여기에서 필자는 사람이 다른 사람을 살릴 때 '사람답다'라는 말을 쓰고, 그렇지 않고 죽일 때 '사람 같지 않다'는 말을 쓰는 것으로 생각한다. 따라서 사람이라는 의미는 "다른 사람을 살리는 존재"라고 개념 지을 수 있다.

이러한 점에서 세종이 백성을 사람으로서 어떻게 모실 것인가 하는 문제의식 속에서 훈민정음을 만들었음도 엿볼 수 있다. 세종은 백성을 오로지 지배의 대상으로 본 것이 아니라 '사람' 즉 살려야 하는 대상으로 보았던 것이다. 그렇기 때문에 훈민정음은 백성을 어떻게 살릴까 하는 세종의 정치철학의 구체적인 실천 결과라고 할 수 있다. 결국 임금과 백성 사이의 소통의 '한(최고 경지)'은 "백성을 편안하게 하는 것"이라는 결론에 도달하게 되는 것이다.

위에서 보았듯이 세종은 소통의 개념을 "서로 사무침을 바탕으로 백성과 하나가 되는 것", "백성을 사람으로 모시는 것", "백성(사람)을 편안하게 하는 것" 등으로 뜻풀이를 하였던 것이다. 따라서 우리의 소통개념은 "모든 사람 사이를 좋게 하는 것"으로 정의할 수 있다.

---

14 안옥규, 『우리말의 뿌리 : 알고 쓰면 유익한 우리말 900가지』, 학민사, 1994, 171~172쪽.

3. 하늘과 백성 그리고 정치

백성과의 소통을 정치철학의 으뜸으로 여겨 세종은 훈민정음을 만들었다. 백성을 살려야 할 대상으로 생각한 세종이 자신의 조상이 백성을 살린 역사를 이어갔음을 구체적으로 풀어서 밝힌 것이 『용비어천가』이다. 용비어천가에 대한 평가는 긍정과 부정의 극단을 달리고 있다.[15] 하지만 용비어천가가 조선의 정치 입문서라는 것은 두말할 필요 없을 것이다. 세종은 용비어천가를 통하여 정치란 무엇이며, 어떻게 해야 하며, 그 궁극적 목적이 어디에 있는지를 스스로 다지면서 후대의 임금들을 가르쳐 나라와 사람들을 살리는 정치를 하도록 이끌려는데 글 짓는 목적을 두었던 것이다.

정치의 핵심을 '하늘'과 '사람'이라고 세종은 보았던 것이다. 말하자면 하늘에 대한 풀이 속에서 사람을 있게 하는 힘 즉 현실 밖의 하늘이 있음을 확인하면서 역사 현실 속의 하늘이 무엇인지 구체적으로 드러냈던 것이다.[16]

'하늘'과 '그 하늘의 뜻'에 대한 세종의 해석은 "狄人(적인)ㅅ 서리예 가샤 狄人(적인)이 글외어늘 岐山(기산) 올ᄆ샴도 하ᄂᆞᆯ 뜨디시니(狄人與處狄人干侵岐山之遷實維天心) 野人(야인)ㅅ 서리예 가샤 野人(야인)이 글외어늘 德源(덕원) 올ᄆ샴도 하ᄂᆞᆯ 뜨디시니(野人與處野人不禮德源之徒實是天啓)"[17]에서 살펴볼 수 있다. 이는 중국 고사인 목조와 익조의 고사를 통하여 이성계 가문이 하늘의 뜻을 얻는 과정을 설명하는 대목이다.

---

15 정두희, 「朝鮮建國史 자료로서의 《龍飛御天歌》」, 『진단학보』68, 진단학회, 1989 참조.

16 박창희, 「龍飛御天歌에서의 '天'과 '民'의 觀念」, 『千寬宇先生 還曆紀念 韓國史學論叢』, 정음문화사, 1985, 452~453쪽.

17 세종, 「제4장」『용비어천가』(국어국문학자료씨리즈), 서울아세아문화사, 1972, 30~31쪽. "狄人들의 모여 사는 곳으로 가시었는데 狄人이 덤비어 오거늘 기산으로 옮기신 것도 하늘의 뜻이니"

세종은 하늜뜯(하늘의 뜻)을 앞 노래(중국의 고사)에서는 천심(天心)으로 뒷 노래(조선의 고사)에서 천계(天啓)로 따로따로 설명하였다. '천심'과 '천계'의 차이점은 무엇일까. 천심은 단순한 하늘의 마음이라고 한다면, 천계는 하늘이 스스로의 뜻을 구체적으로 보임으로써 현실의 역사를 어느 방향으로 이끌고 가려고 하는지 계시적으로 보이는 것이다. 그러므로 여기에서 '하늘의 뜻'은 일정한 방향으로 이끌고 가는 '계시적' 하늘의 의지를 담고 있다는 의미이다.

이는 구체적으로 다음에서 확인할 수 있다. 4장, "狄人(적인)ㅅ 서리예 가샤 狄人(적인)이 굴외어늘 岐山(기산) 올ᄆ샴도 하늜뜯디시니"[18], 8장 "世子(세자)를 하늘히 굴히샤 帝命(제명)이 ᄂ리어시늘 聖子(성자)를 내시니이다"[19], 19장 "쇠 한 도ᄌ글 모ᄅ샤 보리라 기드리시니 셴 할미를 하늘히 보내시니"[20], 21장 "하늘히 굴히어시니 누비즁 아닌들 海東黎民(해동여민)을 니ᄌ시리잇가"[21], 30장 "뒤헤는 도딘 즁싱 알픠는 기픈 모새 열븐 어르믈 하늘히 구티시니"[22], 34장 "城(성) 높고 ᄃ리 업건마른 하늘히 도ᄫ실ᄊ 몰론자히 ᄂ리시니이다"[23], 37장 "나라해 忠臣(충신)이 업고 ᄒᄫᅀ 至誠(지성)이실ᄊ 여린 홀글 하늘히 구티시니"[24], 46장 "聖武(성무)

---

18 위와 같음.

19 세종, 「제8장」 『용비어천가』, 44쪽. "세자(=환조)를 하늘이 가리시어, 원 나라 임금이 명을 내리시므로 하늘이 성자이신 태조를 내신 것입니다."

20 세종, 「제19장」 『용비어천가』, 326쪽. "익조가 꽤 많은 도적을 모르시어, 보고자 기다리시니, 머리 센 할미를 하늘이 보내시니. "

21 세종, 「제21장」 『용비어천가』, 332쪽. "하늘이 이미 가리어 놓으신 바이니, 누비옷 중이 아닌들 하늘이 우리 나라 백성을 잊으시겠습니까?"

22 세종, 「제30장」 『용비어천가』, 428~429쪽. "뒤에는 모진 짐승(이요), 앞에는 깊은 못인데 엷은 얼음을 하늘이 굳히시니."

23 세종, 「제34장」 『용비어천가』, 469쪽. "성은 높고 사닥다리는 없건만 하늘이 도우시어 태조는 말을 탄 채로 그 높은 성에서 내려 오신 것입니다."

24 세종, 「제37장」 『용비어천가』, 489쪽. "고려에 충신이 없고 오직 태조 혼자 지극한 충성심을 가지시어, 여린 흙을 하늘이 굳히시니."

를 뵈요리라 하늘히 님금 달애샤 열 銀鏡(은경)을 노ᄒ시니이다"25, 68장 "한비를 아니 그치샤 날므를 외오시니 하늘히 부러 우릴 뵈시니"26, 72장 "하늘히 獨夫(독부)를 ᄇ리샤 功德(공덕)을 漢人(한인)도 숣거니 國人(국인) ᄆᅀᆞ미 엇더ᄒ리잇고"27, 83장 "자ᄒ로 制度(제도)ㅣ 날씨 仁政(인정)을 맛됴리라 하ᄂᆞᆯ 우흿 金尺(금척)이 ᄂᆞ리시니"28, 86장 "石壁(석벽)에 수멧던 녯녓글 아니라도 하ᄂᆞᆳ ᄠᅳ들 뉘 모ᄅᆞᅀᄫᅳ리"29, 90장 "두 버디 빅 배얀마른 ᄇᄅᆞ미 하ᄂᆞᆯ 계우니 어마님 드르신 말 엇더ᄒ시니"30, 102장 "모맷 病(병) 업스샤ᄃᆡ 뎌 지븨 가려ᄒ시니 하늘히 病(병)을 ᄂᆞ리오시니"31(밑줄: 필자)

이러한 계시적 하늘의 뜻이 역사 현실 속에서 반드시 드러나게 되어 있는데, 세종은 이를 바로 "임금이 백성의 고통을 외면할 때"라고 여기고 있다. 즉, 116장에서 "道上(도상)애 僵尸(강시)를 보샤 寢食(침식)을 그쳐시니 긔 天之心(민천지심)애 긔 아니 ᄠᅳ디시리 民瘼(민막)을 모ᄅᆞ시면 하늘히 ᄇ리시ᄂᆞ니 이 ᄠᅳ들 닛디 마ᄅᆞ쇼셔"32(밑줄: 필자)라고 하여 임금이 백성을

---

25 세종, 「제46장」『용비어천가』, 596쪽. "성스러운 무력을 다른 이에게 보이려고, 하늘이 임금 공민을 달래시어, 열 은경을 놓으신 것입니다."

26 세종, 「제68장」『용비어천가』, 781쪽. "큰 비를 하늘이 그치지 아니하시어 나는 물을 에워가게 하시니, 하늘이 부러 우리에게 보이시니."

27 세종, 「제72장」『용비어천가』, 804쪽. "하늘이 독부(신왕(辛王)과 창왕(昌王))를 버리시어 태조의 공덕을 한나라 사람도 말하는데, 우리나라 사람의 마음은 어떠하겠습니까?"

28 세종, 「제83장」『용비어천가』, 903쪽. "자로써 제도가 나므로 하늘은 태조에 인정을 맡기리라고 하여 하늘에 있는 금자가 내리시니."

29 세종, 「제86장」『용비어천가』, 908쪽. "석벽에 숨었던 옛 시대의 글이 아니라도 하늘 뜻을 누구가 모르리오"

30 세종, 「제90장」『용비어천가』, 919쪽. "태종의 두 벗이 배가 엎어지건마는, 바람이 하늘을 이기지 못하니, 어머님께서 들으신 말이 어떠하신가."

31 세종, 「제102장」『용비어천가』, 986쪽. "(이조 태종은) 몸에 병이 없으시지만, 저 집에 가려 하시니, 하늘이 태종에게 병을 내리시니."

32 세종, 「제116장」『용비어천가』, 1039쪽. "백성의 고통을 모르시면 하늘이 버리시나니, 이 뜻을 잊지 마소서."

외면하거나 그로 인해 백성이 임금을 외면하는 것과 임금이 하늘의 버림을 받는 것은 같은 의미임을 강조하고 있다. 이는 백성이 하늘과 일정한 관계가 있음을 암시하고 있는 것이다. 더 나아가 118장에서도 "님긊 德(덕) 일흐시면 親戚(친척)도 叛(반)ᄒᆞᄂᆞ니 이 ᄠᅳ들 닛디 마ᄅᆞ쇼셔"[33]라고 하여 왕실의 지지조차 임금의 덕에 달려 있다고 세종은 주장하고 있다.

세종은 조선의 건국을 하늘의 뜻이라는 계시적이고 암시적인 어떤 힘이 도운 결과임을 중국의 고사에 견주면서 설명하는 입장을 취하였다. 그런데 세종은 계시적 암시적으로 설명되던 하늘 실체를 120장에서 구체적으로 밝히어 그의 정치철학의 '본'을 드러내고 있다. 즉 세종은 120장에서 "百姓(백성)이 하늘히어늘 時政(시정)이 不恤(불휼)홀씨 力排群議(역배군의)ᄒᆞ샤 私田(사전)을 고티시니 征斂(정감)이 無藝(무예)하면 邦本(방본)이 곧 여리ᄂᆞ니 이 ᄠᅳ들 닛디 마ᄅᆞ쇼셔"[34](밑줄: 필자)라고 하여 하늘의 실체는 '백성'이고 하늘의 뜻이 바로 '백성의 뜻'임을 선언하였던 것이다. 이처럼 세종이 용비어천가를 통하여 말하고자 하는 핵심은 바로 "백성이 곧 하늘이고 백성의 뜻이 바로 하늘의 뜻"이라는 사실이다. 여기에서 알 수 있듯이 세종의 정치철학의 중심은 지배세력이라기보다 '백성'에 있었던 것이다.

결국 세종은 정치의 개념을 "하늘의 뜻 즉 백성의 뜻을 파악하는 일"이고 "백성의 뜻을 받드는 것"이며 "백성을 살리는 행위"라고 정의하였을 뿐만 아니라, 이 개념을 후대 임금들에게 가르치고 있는 것이다. 이러한 세종의 정치개념은 정치(政治)의 정(政)자와 치(治)자를 '다스린다' 즉, "사람을 살리다"는 뜻으로 새긴 선조들의 그것과 맞닿아 있는 것이다. 이러한 의미

---

33 세종, 「제118장」『용비어천가』, 1041쪽. "임금의 덕을 잃으시면 친척도 배반하나니, 이 뜻을 잊지 마소서."

34 세종, 「제120장」『용비어천가』, 1042~1043쪽. "백성으로부터 세금을 대중없이 거둬들이면 나라의 근본이 곧 위험하게 되오니, 이 뜻을 잊지 마소서."

에서 한국인의 정치철학의 개념을 '사람을 살리는 이론이자 행위'로 규정지어도 무리는 없을 것이다.[35]

그리하여 세종은 110장부터 125장까지 "잊지 마소서"로 끝나는 대목에서 정치를 함에 있어 후대의 임금이 꼭 지켜야 할 핵심내용을 제시하고 있다. 특히 125장에서 "千世(천세) 우희 미리 定(정)ㅎ샨 漢水北(한수북)에 累仁開國(누인개국)ㅎ샤 卜年(복년)이 ㄱ업스시니 聖神(성신)이 니ㅿ샤도 <u>敬天勤民(경천근민)</u>ㅎ샤ᅀㅏ 더욱 구드시리이다. 님금하 아ᄅㆍ쇼셔 洛水(낙수)예 山行(산행) 가이셔 하나빌 미드니잇가"[36](밑줄: 필자)라고 하여 정치의 본을 "경천근민"이라고 뜻풀이하였던 것이다. 이처럼 현실세계를 있게 하는 하늘을 받들고 현실정치의 실체인 백성을 잘 보살피는 것을 세종은 정치라고 생각하였던 것이다.

그런데 용비어천가에서는 하늘의 뜻을 '하늘'이 어떻게 한다거나 하늘의 뜻이 어떠하다거나 또는 '천명(天命)'이라고 풀이하고 있다. 천명이라는 용어는 13장, 32장, 37장에서 3번 나온다. 반면 하늘(뜻)로 해석될 수 있는 대목은 약 18번[37]이나 나온다. 이는 천명보다 하늘(뜻)이라는 단어가 조선 사회에 일반화되어 있다는 의미로 해석된다.

이러한 점에서 계급을 초월하여 사람들과의 의사소통에 정치적 의미를 두고 있었던 세종이 용비어천가를 구성하는 핵심단어로 훈민정음에서 한자인 천명보다 한글인 '하늘(뜻)'을 골라 쓰고 있는 것은 당연한 결과였

---

35 한국 사람의 정치개념은 최봉영, 「한국인에게 정치는 무엇을 뜻하는가」, 『東洋社會思想』제20집, 2009, 11~17쪽 참조.

36 세종, 「제125장」『용비어천가』, 1049쪽. "오랜 옛적에 미리 정하신 한강 북쪽에 어진 일을 많이 하시어 나라를 열어 영원하겠지만 성신이 계시어도 하늘을 공경하고 백성을 위하여 힘쓰셔야 나라가 더욱 굳으실 것입니다. 임금님이시여 아소서. 한 나라 태강처럼 낙수에 사냥만 다니고서 할아비만을 믿으시겠습니까?"

37 4장·9장·18장·19장·21장·30장·34장·37장·34장·46장·68장·72장·83장·86장·90장·102장·116장·129장.

다고 하겠다. 또한 정치적 기반을 지배세력에서 백성으로 옮겨 백성을 살리고자 했던 세종의 열정이 '하늘(뜻)'의 사용빈도를 높였던 것이다. 아울러 이는 백성들이 세종의 뜻을 쉽게 이해하도록 한 선처였던 것으로 해석된다. 이처럼 세종은 천명보다 '하늘(뜻)'을 정치적 개념으로 사용하였다는 데 큰 의미를 부여할 필요가 있다.

여기에서 하늘의 뜻과 관련하여 하늘(뜻)의 정통성을 중국에서 찾지 않고 바로 단군에 직결시키고 있다는 점을 또한 특히 주목할 필요가 있다. 즉 세종은 15장 "公州(공주)ㅣ 江南(강남)을 저ᄒᆞ샤 子孫(자손)을 ᄀᆞᄅᆞ치신들 九變之局이 사ᄅᆞᆷ 뜨디리잇가"[38]에서 조선의 건국을 구변지국과 관련짓고 있다. 즉, 이 글(구변지국)에서 "우리나라 역대의 도읍이 아홉 번 번한다고 하고, 아울러 본조가 하늘의 명을 빌아 도읍을 세운 일을 말했다"[39]고 하여 조선의 건국과 한양으로의 천도는 단군과 연결된 필연적인 결과라는 점을 강조하였다.[40]

제42장에서도 "東寧(동녕)을 ᄒᆞ마 아ᅀᆞ샤 구루미 비취여늘 日官(일관)을 從(종)ᄒᆞ시니"[41]에서 동령의 역사적 연원을 설명하는 주에 단군이 고조선을 세운 내용이 보인다. 이러한 의식은 단군의 영역인 만주 땅[42]에서 이성계 가문이 성장한 사실을 밝힘으로써 역사적 정통성을 단군에 잇고자 하는 열망을 드러내는 것이다. 특히 13장 "놀애를 브르리 하ᄃᆡ 天命(천명)

---

38 세종, 「제15장」 『용비어천가』, 243쪽. "고려 태조가 공주의 강남을 두려워하시어 그 자손을 가르친들, 구변지국이 사람들의 뜻이겠습니까."

39 이윤석, 『완역 용비어천가』(상), 보고사, 1994, 147쪽.

40 신운용, 「조선건국의 사상적 배경에 관한 시론 – 여말·선초의 단군론을 중심으로」, 『한국사의 檀君인식과 단군운동』, 세계역사문화연구소, 2006, 참조.

41 세종, 「제42장」 『용비어천가』, 571~572쪽. "태조께서 동녕부를 이미 빼앗으시어 구름이 비치매, 일관의 말을 좇으시니."

42 일설에 이성계 가문이 활동했던 만주 지역을 '곰터'(神州)이라고 한다. 곰터는 '곰의 땅'이라는 뜻이다. 이는 단군의 어머니인 웅녀의 본거지가 만주 지역이라는 것을 의미한다.

을 모르실씨 ᄭᅮ므로 알외시니"[43]의 해설에 "목자(木子)가 나라를 얻는다는 노래가 있는데 이번에 군중에서도 모두 불렀다. 목자(木子)를 합자면 이자(李字)가 된다"[44]라는 대목이 있는데 '놀애'는 이를 이르는 말이다. 또한 86장 "石壁(석벽)에 수멧던 네벗글 아니라도 하ᄂᆞᆶ ᄠᅳ들 뉘 모르ᅀᆞᄫᅳ리"[45]의 해설에 "이성계에게 목자(木子)가 돼지를 타고서 삼한의 경계를 바로잡는다는 글을 어떤 스님이 주었다"는 대목이 있는데 '石壁(석벽)에 수멧던 네벗글'은 이를 이르는 말이다. 여기에서 목자(木子)는 단군(檀君)의 단자(檀字)의 목(木)과 직결되는 것(木子得國論)으로 조선을 세운 이성계가 단군의 아들이라는 점을 강조하여 조선 건국의 정통성을 단군에서 찾는 세종의 역사의식을 여기에서도 엿볼 수 있다.[46]

이러한 맥락에서 세종은 하늘의 역사적 정통성은 단군으로부터 물려받은 것이고 역사의 실체로서의 하늘이 백성이라는 개념을 제시하고 있는 것이다.

그런데 백성이 곧 하늘이라는 세종의 정치철학은 "사람이 곧 하늘"이라는 인내천(人乃天)을 주장한 천도교의 사상으로 이어졌던 점을 여기에서 짚고 넘어가지 않을 수 없다. 이처럼 세종의 사람에 대한 개념은 "하늘의 본질이 사람"이라고 생각하는 한국 사람의 인식의 밑바탕을 이루는 것이다.

---

43 세종, 「제13장」 『용비어천가』, 217쪽. "노래를 부를 사람이 많지만, 천명을 모르시므로 꿈으로 천명을 알리시니."

44 세종, 「제13장」 『용비어천가』; 이윤석 역, 「제 9장」, 『완역 용비어천가』(상), 61쪽.

45 세종, 「제86장」 『용비어천가』, 908쪽. "석벽에 숨었던 옛 시대의 글이 아니라도 하늘의 뜻을 누구가 모르리오."

46 신운용, 앞의 글 참조.

4. 나오는 말

　필자는 세종이 훈민정음을 창제하지 않을 수밖에 없는 이유를 규명하면서 한국말의 개념 문제의 중요성을 드러내는데 본고의 목적을 두었다.

　오늘날 우리의 학문적 성과의 대부분은 서양의 개념에 근거하여 이루어진 것이 사실이다. 이는 다른 말로 우리의 개념들이 서양의 그것에 사로잡혀 있어 서양이 몰락하면 우리도 파멸할 수밖에 없다는 뜻으로 이해되는 대목이다.

　예컨대 우리가 직면한 가장 중요한 문제 중 하나인 노인문제는 서양의 사회복지학으로 해결할 수 없다는 것은 명백한 사실이다. 조선의 학자들은 "자식들이 부모를 모시는 것을 극히 자연스런 일로 여겨왔고 불효를 가장 큰 죄악으로 여겨온 전통"을 조선사회에 확고하게 뿌리를 내려 발전시켰다. 이는 단순히 성리학으로만 설명할 수 없는 것이다. 조선 사람들이 효를 '본받을 효'[47]라고 새긴 데서 알 수 있듯이, '본'이라는 우리말로 갈고 닦은 의식 있는 조선의 선비들의 피와 땀으로 이루어진 결실이 조선의 효 사상을 태어나게 했던 것이다.[48] 따라서 노인문제는 이러한 전통 위에 사회복지학이 이루어질 때만이 해결될 수 있다는 것은 분명한 사실이다. 물론 이는 부모와 자식이란 무엇인가 하는 철학적 물음에 대한 이론을 구축하는 학문적 작업에서 시작되어야 할 일이지만 우리 자신의 문화로 돌아가는 마음의 길을 잡는 것이 시급한 과제이다.

47　'본받다'의 '본'은 본질(하늘의 이치)를 뜻하고 '받다'는 받아들여 자기의 것으로 만든다는 뜻으로 풀이된다. 따라서 본받다는 "본질을 실천한다"는 의미로 해석할 수 있다. 이러한 맥락에서 효란 우주의 본연의 모습을 을 구현한다는 의미로 해석된다. 다시 말해 사람을 살린다는 뜻의 사람과 일맥상통하는 것이다. 따라서 효를 행하는 것은 우주만물을 살리는 출발점이라는 면에서 사람이 사람으로서의 존재를 증명하는 행위로 우주의 본질을 실천하는 단초라고 필자는 보고 있다.

48　최봉영 교수는 이황의 성리학은 우리말을 갈고 닦은 결과라고 설명하고 있다(최봉영, 「퇴계학의 바탕으로서 한국말」, 『우리말로 학문하기의 용틀임』, 참조).

이러한 문제의식을 갖고서 필자는 서양과 우리 사이에 놓인 개념들의 전쟁을 선언하기 위해서 세종이 중국의 개념과 어떻게 전쟁을 벌이었는지를 '소통'과 '정치'를 화두로 삼아 본고에서 구체적으로 살펴보았다. 세종은 정치의 핵심을 '소통'으로 보았다. 그리하여 훈민정음을 만들었고 정치 입문서로 용비어천가를 지었다. 세종은 훈민정음에서 중국과 조선은 다른 역사와 문화의 배경을 갖고 있다는 사실에서 출발하여 조선의 '하늘'인 백성과의 소통을 되찾으려고 하였던 것이다. 그 결과 세종은 용비어천가에서 하늘의 실체가 백성임을 보였고 백성을 섬기는 것을 정치의 핵심 개념으로 내세웠던 것이다.

　한국말의 '본'을 되살려 백성을 살리려고 하였던 세종은 중국의 개념에 사로잡혀 있던 성리학을 기반으로 한 최만리로 대표되는 지배계급과 투쟁을 마다하지 않고 여러 가지 개념을 만들어 한국사 속에 뿌리를 내렸던 것이다.

　이러한 맥락에서 한국말을 서양의 개념으로 설명할 때는 소통의 본질을 훼손하여 사회적 갈등을 낳고 온갖 격차와 차별을 심화시킨다는 사실을 세종의 예를 통하여 필자는 밝히려고 한 것이다. 따라서 한국말의 개념을 정확하게 살려 쓸 때 우리의 정통을 이어갈 수 있고 민족의 미래를 담보할 수 있다는 진리를 이 글을 통하여 확인할 수 있었다.

　끝으로 필자는 외국의 개념과 한 바탕 치열한 싸움을 벌여야 하는 이 시점에서 세종의 전술과 전법을 익히는데 온 힘을 다하는 것이 이 시대의 역사적 과제임을 역설하면서 이글을 맺으려고 한다.

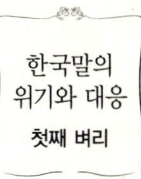
요약(要約)은 줄이기이다*

구 연상

1. 요약의 뜻

요약(要約)은 글줄이기를 뜻한다. 글줄이기에서 줄여지는 것은 글자의 크기가 아니라 낱말의 수이다. 낱말의 수를 줄이는 기술은 "**압축**(壓縮) **기술**"로 불릴 수 있다. 압축은 일반적으로 어떤 물체의 부피가 밖에서 누르는 힘으로 말미암아 줄어드는 현상을 일컫지만, 정보 전달과 관련해서 압축은 주어진 정보를 가능한 한 적은 신호로 주고받거나 저장하기 위한 것을 말한다. 신호 압축은 그것이 비록 정보를 얼마쯤 잃을 수는 있지만 빠른 정보 전송을 위해서는 충분히 유용한 것이다.

---

* 우학모 한글날 기림 학술대회(2010년 10월 9일)(주제: 한국말의 힘과 생산성) 발표문

글줄이기는 글의 부피를 작게 하는 일이다. 글은 낱말이라는 기호(記號)로 짜인다. 기호가 의미와 같은 것을 전달하기 위한 수단이 될 때 그것은 신호(信號)가 된다. 하나의 글을 짜 이루는 낱말의 수를 줄인다는 것은 신호의 양을 줄이는 것과 같다. 신호가 일정한 약속의 체계에 따라 쓰일 때 그것은 부호(符號)가 된다. 부호화는 부호를 짜 엮기 위한 규약(規約)이나 양식에 따라 다르게 구현될 수 있다. 표현 기호로서의 낱말은 그 짜임 방식에 따라 의미하는 바가 사뭇 다를 수 있다. 이는 글의 의미가 다양한 방식의 낱말 짜임을 통해 표현될 수 있다는 것을 뜻한다. 요컨대 글줄이기는 글월(문장, 文章)의 의미가 달라지지 않는 한에서 글월의 길이를 짧게 줄이는 기술을 뜻한다.

압축 기술은 가능한 한 정보 손실이 없는 가운데 빠른 정보 전달을 목적으로 한다. 글줄이기 또한 일종의 압축으로서 글 속에 담긴 정보를 가능한 한 빠르게 전달하기 위한 것이다. "**정보(情報)**"라는 말은 "적의 정황(情況)에 대한 보고(報告)"로서 2차 대전 당시 일본의 해군정보부가 동아시아 전역을 대상으로 각국 상황(狀況)과 시시각각으로 급변하는 전황(戰況)을 다양한 전술적 차원을 고려해 공개적으로 발표하던 문서를 말했다.[1] 동일한 정보는 그것을 보고받는 사람이 달라질 때마다 그 사람에 맞는 양식으로 고쳐 쓰인다. 정보란 누군가에게 그가 알고 싶어 하는 바를 확실하게 알려 주는 어떤 것을 말한다. 보기를 들어, 만일 누군가 한국외대가 어디에 있는지에 대한 정보를 알고 싶을 때, 그에게 외대의 위치를 정확하고 확실하게 알려주는 것이 바로 정보가 된다.[2]

---

[1] 동경대학 편, 『정보』(권은경 역, 계명대학교출판부, 1983), 7~8쪽 살핌.

[2] 정보에 대한 간략한 설명에 대해서는 『매체정보란 무엇인가』(구연상, 살림, 2004) 제2장을 살필 것: "정보"는 "어떤 것에 대해 무엇인가를 알려 주는 것"을 뜻한다. 그것은 문서일 수도 있고, 한 마디 말일 수도 있고, 책이거나 보고서, 그림이거나 사진, 심지어 표정이나 침묵 등일 수도 있다. "정보"라는 말의 폭넓은 사용은 "정보"라는 낱말이 영어 "Information"의 번역어로서 채택되면서 가능케 된 것이

정보는 글의 경우 보통 '줄-글' 형태, 또는 그림이나 도표 등이 섞이는 '줄-그림' 형태로 짜이지만, 인터넷에서 많이 보이는 '줄-고리얽이(hypertext)' 형태, '줄-그물(network)' 형태, 또는 '줄-계층화(hierarchical structure)'³ 형태로 짜일 수도 있다. 위치 정보와 같은 것은 지도가 곁들여진 글을 통해 더 잘 알려 줄 수 있다. **글의 형태**, 즉 글의 보고 양식은 읽는 이의 이해력에 큰 영향을 준다. 글이 길거나 어수선할 경우 읽으미[읽음+이=읽으미=읽는 사람]는 정보를 캐내기도 어려울 뿐 아니라 캐낸 정보를 가지런히 정리(整理)하거나 그것을 제대로 써먹기도 쉽지 않을 것이다. 만일 어떤 글이 그것의 길이나 형식 때문에 정보를 얻기 힘들다면, 우리는 그 글을 짧게 줄이거나 그 형태를 정보를 얻기 쉽도록 바꿔 줄 필요가 있다.

요약은 본디의 글 속에 담긴 정보를 그 표현 형태를 달리하여 보다 짧은 글로 적는 일, 또는 주어진 글을 읽기 쉬운 형태로 바꿔 그 속에 담긴 정보를 얻기 쉽도록 해 주기 위한 글쓰기를 말한다. 한마디로 말해, 요약은 주어진 글을 **알기 쉽도록 줄여 쓰는 일**이다. 글의 길이를 줄이는 일은 글을 고치는 일에 속한다. 고친다는 것은 휘어지거나 비뚤어지거나 어긋난 것을 알맞게 맞춘다는 것을 뜻한다.

글줄이기는 긴 글을 그 짧아진 길이에 맞도록 고치는 일로서 불필요한 내용은 딱딱 잘라내거나 툭툭 쳐내는 일과, '본디-글'의 뼈대와 핵심은 또

다. "Information"은 "In+form-a-tion"으로서 형식이나 틀로서의 form 속으로 집어넣어진(in-) 것을 뜻한다. "information"이란 낱말은 "안내(案內)" 또는 "알림"이라는 일상적 의미도 갖고 있지만, 통신공학 또는 정보이론의 차원에서 수량적 개념으로도 사용되고 있다.

3 "줄-글"은 글을 가로 세로 또는 그 밖의 꼴로 죽 잇따라 늘어놓은 모양을, "줄-그림"은 줄글 사이 어딘가에 그림이 놓이는 모양을, "줄-고리얽이"는 줄글 가운데 특정 낱말이나 그림 또는 자리에 다른 글로 통하는 문고리가 달려 있고, 누군가 그 고리를 잡아당기거나 누르면 거기에 얽혀 있던 글이 보일 수 있도록 펼쳐지도록 마련된 [하이퍼링크] 구조를, "줄-그물"은 모든 정보들이 그물처럼 서로 한데 이어져 있는 모양으로서 '고리얽이'의 확장된 [네트워크] 형태를, "줄-계층화"는 다양한 형태의 정보들을 켜켜이 또는 겹겹이 내리쌓거나 치쌓거나 나란히 쌓거나 하는 [시스템] 꼴로 모아 보이는 것을 말한다.

렷하게 밝혀내어 간결(簡潔)하고 알고 쉬운 형태로 바꿔 쓰는 일을 필요로 한다. 글줄이기는 '본디-글' 속에 담긴 정보를 '그대로' 또는 '그것과 다르지 않게' 새로운 글로 짧게 고쳐 서술하는 것이므로, 줄이미는 '본디-글' 속에 묻힌 정보를 자신의 언어로, 달리 말해, 자신이 이해한 바대로 바꿔 표현할 수 있어야 한다. 글줄이기는 '본디-글'의 정보를 알기 쉽게 알리기 위해 그것(정보)이 틀리지 않는 한에서 짧은 글로 고쳐 쓰는 일이다.

2. 글줄이기의 목적과 방법

글줄이기 까닭은 '본디 글(원문, 原文)'의 정보를 손쉽고 빠르게 **알리기 위함**이다. 알림은 '알게 해 줌', 즉 '앎을 주는 일'이다. 무엇인가를 성공적으로 알리기 위해서 알리미는 자신이 알리고자 하는 바(내용)를 정확히 이해하고 있어야 할 뿐 아니라, 그 알바(내용)를 알아들어야 하는 사람들이 누구인지도 잘 알고 있어야 한다. 글의 알림거리로서의 정보는 '글에 대한 정보'를 뜻하지 않고 글 자체의 핵심(核心), 즉 글이 나타내는 내용과 글쓰미[글씀+이=글쓰미=글 쓰는 사람]가 말하고자 하는 바를 일컫는다.

글줄이기가 알림을 위한 것인 한, 줄이기에는 반드시 **'본디-글'의 정보에 대한 올바른 파악**이 앞서 일어나야 한다. 정보 파악은 읽음이 아니라 이해 (理解)를 통해 가능하다. 이해는 어떤 현상이 왜 그러한지를 스스로 깨닫는 것, 즉 사물의 이치를 스스로 풀어낼 줄 아는 것을 말한다. 글 속 정보는 글자 모양처럼 감각을 통해 지각되는 게 아니라 읽으미가 글에서 캐내거나 알아내야 할 어떤 것이다. 정보는 캐낼 것으로서 글 속에 묻혀 있는 것이고, 알아낼 것으로서 '아직 모르는 것'이다. 글을 줄이기 위해 우리는 주어진 글 속에 묻힌 정보를 알아내어 말로 올바로 풀어낼(풀이할) 수 있어야 한다.

그리고 글줄이기가 알림을 위한 것인 한, 거기에는 **독자(읽으미)에 대한 파악**도 함께 고려되어야 한다. 줄임글이 정보를 성공적으로 알리려면, 줄임글 자체가 정보 수용자로서의 독자의 눈높이에 맞춰져 있어야 한다. 즉 글줄이미는 자신의 독자가 누구인지를 올바로 예상하고, 줄임글을 그것을 읽을 사람이 쉽게 이해할 수 있는 말로 써야 한다. 또한 읽으미가 사장님인지, 국민인지, 친구인지, 자기 자신인지에 따라 줄임글에 담길 정보도 달라져야 하고, 글줄이기가 요구되는 상황에 따라, 즉 시험 상황인지, 인용 상황인지, 정보 전달 상황인지, 메모 상황인지 등에 따라 줄이기에 쓰일 말과 알려야 할 정보가 적절히 선택되어야 한다.

글줄이기(요약)에서 맨 먼저 해야 할 일은 '글의 길이'를 재는 일이다. 비록 '본디-글'의 길이와 줄임글의 길이에 따라 그 줄임의 방식이 사뭇 달라질 수 있겠지만, 글줄이기는 어쨌든 **주어진 글을 다시 줄여 쓰는 일이다.** '다시 줄여 쓰기'는 고쳐 쓰기의 한 가지이다. 글줄이기는 누군가 정보를 쉽게 얻을 수 있도록 읽기에 쉽도록 짧게 고쳐 쓰는 일이다. '고쳐 쓰기'는 번역(飜譯, 뒤쳐 옮김)과 비슷하다. 번역에서는 원문의 뜻에 들어맞는 번역어를 이리저리 찾아내는 뒤침의 과정과 그렇게 찾아낸 뒤친 말로써 번역문을 만들어내는 옮김의 과정이 속한다.

글줄이기는 '본디-글'의 정보를 누군가에게 보다 손쉽게 그리고 보다 빠르게 알릴 수 있는 말로 짧게 옮기는 글쓰기 방식이다. 글 줄이기에서 **옮겨져야 할 바는 정보이고, 줄여져야 할 바는 표현(表現) 방식**이다. '본디-글'은 그 길이가 줄어들수록 뜻의 정확성과 정보의 구체성 그리고 표현의 풍요로움을 잃기 십상이다. 줄인 글은 이 때문에 본디글에 대한 오해를 불러일으킬 수도 있다. 줄임글은 본디글과 그 정보에서는 같아야 하지만, 그 형식이나 문체 또는 표현 방식에서는 다를 수 있다. 우리가 이러한 "같으면서 다름"을 "**틀리지 않음**" 또는 "**다르지 않음**"[4]이라는 말로 규정할 수 있다면, 글줄이미는 '본디-글'의 정보에 대한 이해에서는 틀려서는 안 되지만, 그 정보를 표현하는 방식에서는 그 나름의 자유를 즐길 수 있다.

글줄이기는 주어진 글을 짧게 줄여 새롭게 서술하는 것과 같다. 이런 의미에서 **요약**(줄이기)은 결코 **인용**(引用)이 아니다. 인용은 우리가 어떤 책이나 글로부터 글월(문장, 文章) 자체를 '따오는 일'이지만, 요약은 우리가 어떤 글 속에 담긴 정보에 대해 주어진 분량과 형식에 맞춰 새로운 글을 쓰는 일이다. 이렇듯 글줄이기가 새 글을 짓는 일이라면, '줄인 글' 또한 그 자체로 온전한 글의 형태를 갖춰야 한다. 이는 줄인 옷이 하나의 완전한 옷이어야 입을 수 있고, 더욱 성기게 제작된 지도일지라도 그것이 그 자체로 필요한 지도의 기능을 다할 수 있어야 지도가 되는 것과 같다.

글줄이기를 통해 '본디-글'의 **정보가 틀리지 않게 전달되려면**, 줄이미(요약자)가 그 정보를 똑바로 이해하고 있어야 할 뿐 아니라, 그 정보에 자신의 주장을 억지로 덧붙이거나 정보의 연결이나 흐름을 무리하게 연결하지 말아야 한다. 또한 정보가 담기는 '틀' 자체 또한 올발라야 한다. '정보-틀'은 하나의 정보와 다른 정보들을 한데 짜나가는 짜임새, 즉 정보들을 논리적으로 얽어 나가는 얼개(構造)를 말한다. 이 얼개는 글의 개요나 논증 구성에 다름아니다. 틀의 어긋남이 그 안에 담기는 것들의 뒤틀림을 낳는 한, 줄임글의 얼개는 언제나 올바로 갖춰져 있어야 한다. 잘 짜인 틀 위에서 관련 정보들이 깔끔하고 가지런히 바루어져 있을 때 글은 읽기 쉽고 알기 쉬워진다. 이는 글줄이기의 중요한 목적 가운데 하나이다.

줄임글은 '본디-글'에 비해 그 글자 수는 적지만, 그 담고 있는 정보량은 다르지 않아야 한다. 동일한 정보가 보다 성긴 짜임새의 글에 맞춰지기

---

4 "다르지 않음"의 뜻하는 바에 대해서는 구연상, 「번역, 옮김인가 뒤침인가」, 『우리말로 학문하기의 사무침』(푸른사상, 2008) 살핌.

위해서는 '본디-글'의 단락들과 글월들 그리고 낱말들 하나하나까지 새로운 짜임새에 맞도록 다듬어져야 한다. **글다듬기**는 나무를 깎아 조각을 만들듯 '이미 쓰인 글을 새로운 짜임새에 맞춰 맵시 있게 고침'을 뜻한다. 이는 줄이미가 '본디-글'의 중요 문장들을 그대로 베껴 쓰거나, '조각 짜깁기'의 방식으로 얼기설기 얽어내거나 그럴듯하게 이어 붙여서도 안 될 뿐 아니라, 그와 반대로 '본디-글'을 지나치게 독창적으로 줄이려다 '낱말의 꽈배기'를 꼬아서도 안 된다는 것을 뜻한다.

글줄이기의 근본 목적은 '본디-글'의 길이를 짧게 줄임으로써 그 글의 정보를 보다 알기 쉽게 알리는 데 있으므로 줄임글 자체는 그 형식이 단순하고 그 내용이 쉬워 누구나 잘 이해할 수 있어야 한다. 단순하고 쉬운 글은 글이 엮이는 매듭이 뚜렷하여 그 속에 담긴 정보나 생각을 잘 드러낼 수 있는 반면 그 말투가 너무 딱딱하고 단정적이 되기 쉬워 읽으미에게 반감을 불러일으키기 쉽다. **좋은 줄임글**은 간결하면서도 그 표현의 아름다움이 살아 있어야 한다. 간결(簡潔)은 '짤막하고 깔끔함'을 뜻한다. 짤막함은 글이 한눈에 쏙 들어온다는 것을 뜻하고, 깔끔함은 글이 거치적거리는 군더더기 없이 매끄럽다는 것을 말한다.

3. 글줄이기의 갈래

글줄이기로서의 요약은 '본디-글' 속 핵심 글월들을 단순히 모아놓는 것이 아니라 그 글에 담긴 정보를 '짧은 글로 고쳐 쓰는 것'이다. 글줄이기의 갈래는 다음 세 가지 빗대기(비유)로써 나눌 수 있다. 첫째, 몸에 맞지 않는 큰 옷을 알맞게 줄이듯 필요 없는 부분을 잘라 옷을 알맞게 줄이는 일, 둘째, 지도의 세밀함을 낮춰 지역에 대한 전체적 개관(槪觀)을 목적으로 하는 소축척지도(小縮尺地圖, small scale map)를 제작하는 일, 셋째, 제련(製鍊)하는 일.

옷 줄이기는 몸에 맞지 않는 큰 옷을 몸에 맞추는 일을 말한다. 옷 줄이기에서 옷의 크기는 줄지만 그 모양은 그대로 유지된다. 만일 누군가 옷을 줄이면서 그 모양까지 바꾸었다면, 그는 옷을 줄였다기보다 새로 지은 것이 된다. 옷 줄이기에서 중요한 점은 그 옷의 크기가 사람에게 잘 맞아야 한다는 점이다. 우리가 글을 줄일 때 중요한 점은 읽으미가 본디글의 정보를 손쉽게 그리고 똑바로 얻을 수 있어야 한다는 점이다. 옷 줄이기에서는 옷 모양이 그대로 유지되어야 한다면, 글줄이기에서는 글의 정보가 틀리지 않아야 한다.

소축척은 우리가 특정 지역을 지도로 나타낼 때 대축척지도에 비해 더 넓은 향토(鄕土)를 그리는 방식을 말한다. 축척이 줄어들면 지도에 표시되는 부분들은 더욱 작아지거나 아예 삭제되기도 한다. 글줄이기는 선택적 소축척지도, 보다 정확히 말하자면, **약도(略圖) 제작**에 빗댈 수 있다. 약도는 누군가 약속된 곳을 제대로 찾을 수 있도록 그려주는 지도이다. 약도는 특정 지역 전체를 무차별적으로 표시하는 복사물(複寫物)이 아니라 길찾기에 필요한 특징들만을 선택적으로 그려내는 상상물(想像物)인 셈이다. 글줄이기는 약도 제작과 마찬가지로 본디글의 무차별적 복제, 즉 본디글의 핵심 내용을 그대로 베껴 쓰는 게 아니라 본디글의 핵심 정보를 읽으미가 알기 쉽도록 새롭게 고쳐 쓴 창작물(創作物)이라고 할 수 있다.

제련(製鍊, smelting)은 광석(鑛石)으로부터 금속(金屬)을 필요한 순도로 뽑아내는 일을 말한다. 광석제련은 조(粗)제련과 정(精)제련으로 나뉘고, 제련된 원료나 조제품(粗製品)을 가공하여 한층 더 순수한 것으로 만드는 일을 일러 "정제(精製)"라 한다. 정제는 어떤 것을 다른 것은 아무것도 섞이지 않은 깨끗한 상태로 녹여내는 일을 말한다. 녹은 것이 식어 단단해지면,

그것은 순도가 매우 높은 물질이 된다. 녹은 것은 그 양 또한 적어진다. 즉 부피가 준다.

녹여내기(제련)로서의 글줄이기는 본디글에서 필요한 정보만 녹여낸 뒤 그것을 군더더기 없는 알짜 글 속에 담아내는 것이다. '알짜 글'은 미사여구와 같은 껍질을 모두 불려 버린 알맹이만으로 된 글을 뜻한다. 불림은 광산에서 채굴한 광석으로부터 필요한 금속을 캐내듯 본디의 글(原文)에서 핵심이 되는 내용이나 누군가에게 필요한 내용만을 뽑아내는 일을 말한다. 글줄이기는 본디글 속에 묻힌 알짜 내용을 녹여내어 정제된 형태로 고쳐 쓰는 것과 같다.

옷 줄이기와 약도(소축척 지도) 제작 그리고 녹여내기(제련)는 글줄이기의 세 갈래를 나타낸다. 이 셋 가운데 옷 줄이기는 주어진 옷에서 몸에 맞지 않는 부분만을 잘라내 버린다는 점에서 글의 골자만 추려 글을 줄이는 방식과 같고, 약도 제작은 본디글이 말하고자 하는 핵심 논지만을 드러낸다는 점에서 논지 잡기와 비슷하며, 녹여내기는 여러 글들에서 그 벼리가 되는 바로써 알짜 내용들을 정제하는 벼리 잡기와 같다. 이제 골자 추리기와 논지 잡기 그리고 벼리 당기기라는 글줄이기의 세 갈래에 대해 알아보자.

1) 골자 추리기

골자 추리기는 글줄이기의 한 갈래로서 마치 몸에 맞지 않는 큰 옷을 몸에 맞도록 줄이는 것처럼 주어진 본디글에서 불필요한 부분을 잘라내어 그 필요한 골자만을 뽑아내어 글을 짓는 방식이다. **골자**는 글의 줄거리를 떠받치는 뼈대를 말한다. 줄거리가 식물에서 잎을 뺀 줄기의 가닥을 말한다면, 글 줄거리는 글이 펼쳐지는 줄거리 뼈대를 뜻할 것이다. 줄거리는 쓸데없는 군더더기를 모두 떼어낸 나머지를 말한다. 줄거리 비유는 글을 나무에 빗댄 것이다. 나무에 빗대어 볼 때, 글에는 숨겨진 동기나 전제와 같은 뿌리 또는 흙이 있고, 거기서 자라난 줄기가 있으며, 그 줄기에서 뻗어 나간 가지와 그 가지에 붙은 잎들이 있다.

글의 골자는 우리가 글을 읽으면서 세워나가는 이정표(里程標)와 같다. 여기에는 장소와 거리 그리고 방향이 적혀 있다. 글에는 머리가 되는 곳, 몸통과 팔다리가 되는 곳 그리고 다리가 되는 곳이 있고, 곳곳마다 중요한 지점들이 있다. 골자는 글의 흐름을 뚜렷하게 보이거나 표시하기 위해 중요한 곳마다 박아두는 푯돌과 같다. 우리가 이 푯돌들을 따라 줄을 그을 때 만들어진 줄이 곧 글의 흐름길이 된다.

골자 추리기는 본디글에서 중요한 골자들만을 골라내어 그것들을 알맞은 차례로 가지런히 벌여 놓는 일을 말한다. 추림의 사전적 의미가 비록 "섞인 것 가운데 여럿을 뽑아내거나 골라내는 것"이지만, 추림은 간추림으로서 골라낸 것들을 가지런히 바로잡아 놓는 것까지를 뜻할 수 있다. 골자 추리기는 '골자 바루기'로서 글의 뼈대나 줄거리를 본디글이 쓰인 순서대로 간략하게 정리해 놓는 일이다. 글을 이해한다는 것 가운데 기초는 글의 줄거리를 아는 것이다. 골자 추리기는 글의 흐름과 뼈대를 짧게 알릴 때 쓸모가 많은 글줄이기 방법이다. 아래 보기글을 '골자 추리기'로써 줄여보자.

단군은 환웅과 곰네 사이에서 태어나 고조선을 세우고 도읍지를 세 차례 옮겼으며 1908세를 살다가 아사달의 산신이 되었다고 하는 내용이 고작이다. 그 행적은 두 가지뿐이다. 역사적으로 보면, 고조선을 세운 사실과 도읍지를 몇 차례 옮겼다고 하는 사실이 전부다. 환웅본풀이와 같은 서사적 줄거리도 거의 없다. 역사적 사실만 간략하게 요약한 셈이다. 그런데도 단군의 고조선 건국 사실은 역사적으로 아주 중요하다. 고조선 건국사로 보면 이 부분이 핵심이기 때문이다.

따라서 고조선본풀이는 '환웅풀이' 부분과 '단군풀이' 부분, 또는 '신시풀이' 내용과 '고조선풀이' 내용의 결합으로 이루어진 이중구조를 이루고 있는 것이다. 굿판에서 전승되고 있는 실제 본풀이에서도 대부분 이중구조라 할 만큼 두 유형의 서사적 본풀이가 따로 또는 함께 구연되고 있다. 태초부터 지금 여기까지 노래하는 본풀이의 논리로 보면, 말이 이중구조일 뿐 사실은 두 본풀이가 하나의 본풀이로 이어져 구연될 따름이다. 구비 전승되는 본풀이는 역사의 전개에 따라 계속 보태어 나가기 때문이다.[5]

윗글 글쓰미는 "단군신화"라는 익은 말을 버리고 그 대신 "환웅본풀이"라는 낯선 말을 쓰자고 외치고 있다. 더 나아가 글쓴이는 번역어로서의 "신화(神話)" 대신 "본풀이"라는 토박이 우리말을 쓰자고 제안할 뿐 아니라, 흔히 입에서 입으로 말로 전해 내려온 이러한 본풀이를 '역사적 기록'으로 인정해야 한다는 놀라운 주장까지 펼치고 있다. 만일 우리가 윗글에 대한 이러한 배경 지식을 갖고 있다면, 우리는 윗글을 골자 추리기 방법을 통해 줄이는 게 편리하다. 왜냐하면 윗글은 글의 흐름을 정리하는 것만으로도 그 길이를 크게 줄일 수 있기 때문이다.

골자 추리기에서 가장 먼저 할 일은 글의 졸가리 또는 얼거리를 잡는 것이다. 골자 추리기는 곧 글의 얼개를 파악하는 일과 같다. 글 줄거리는 글이 전개되는 단락마다의 주제를 연결한 것이다. 글이란 주제에 대한 생각을 글자로써 가지런히 펼쳐낸 것이다. **주제**(主題)는 마치 누군가 촛불로써 어둔 곳을 밝혔을 때 밝혀지는 자리처럼 글쓰미가 글을 통해 밝히고자 하는 지점(한가운데)을 말한다. 한마디로 말해, 주제는 글쓰미가 밝히고자 하

---

5 임재해, 「우리말 '본풀이'의 역사인식과 본풀이 사관의 수립」, 『우리말로 학문하기의 용틀임』, 우리말로 학문하기 모임, 채륜, 2010, 366~367 쪽.

는 대상, 즉 '밝힐 거리'이다. 글을 쓴다는 것은 밝혀 나간다는 것이고, 밝혀 나감은 어둠을 헤치고 한 걸음 한 걸음 길을 간다는 것이며, 길 감은 개념의 직물을 짜나간다는 것을 뜻한다.

골자 추리기는 이삭 훑기와 같다. 우리는 글을 줄이기 위해 먼저 글을 읽어야 한다. 이때 글 읽기는 그 속에 담긴 뜻을 훑어내어 먹기 좋게 가지런히 벌여 놓는 일과 비슷하다. 글줄이기는 마치 짜임새를 갖춘 '개념 지도'를 그려내는 것과 같다. 골자 추리기에서 가장 먼저 할 일은 단락마다의 골자를 캐내는 일이다. 윗글의 골자를 추려본다.

⇒ **첫 번째 단락의 골자**: 단군은 고조선을 세웠고, 도읍지를 세 차례 옮겼다.
⇒ **두 번째 단락의 골자**: 고조선본풀이는 단군풀이와 환웅풀이가 유기적으로 짜인 것이다.

이렇게 골자가 추려지면, 줄이미는 그 골자를 바탕으로 본디글과 그 정보가 틀리지 않는 한도 내에서 글을 줄여나갈 수 있다. 골자 추리기에서 줄임글의 얼개는 본디글을 따르는 게 좋고, 곁다리 주장이나 군더더기, 꾸밈말이나 접속사처럼 빼도 되는 말은 거침없이 잘라내는 게 바람직하다. 즉 여기서는 골자만 추려 알맞게 배열하는 게 관건이다.

[줄임글] 단군은 환웅과 곰네 사이에서 태어나 고조선을 세웠고, 도읍지를 세 차례 옮겼으며, 1908세를 산 뒤 아사달의 산신이 되었다. 단군신화는, 그것이 비록 고조선 건국과 관련해서는 가장 중요한 기록물일지라도, '본풀이의 논리'에 따르자면, 환웅본풀이와 신시본풀이에 뒤이어 덧붙여진 또 하나의 본풀이에 불과할 따름이다. 이 세 개의 본풀이가 차례로 이어 짜인 게 바로 '고조선본풀이'이다.

2) 논지(論旨) 잡기

골자 추리기가 본디글의 핵심 내용을 골고루 알맞게 줄이는 데 쓸모가 크다면, 논지 잡기는 본디글의 논지를 독자에게 알리는 데 적합하다. 논지는 핵심 내용을 뜻한다기보다 취지를 일컫는다. "**취지**(趣旨)"는 글쓴이나 글(말)이 '**말하고자 하는 근본 뜻**'을 말한다. **논지**는 그 말하고자 하는 취지를 드러내기 위해 주어진 문제와 관련된 구체적 내용들을 따지고 밝히는 바를 가리킨다. '따지고 밝히는 바'로서의 논지는 단순히 글의 골자를 뜻하는 게 아니라 누군가 어떤 사실이나 문제에 대해 믿음을 갖고, 즉 근거를 갖추어 내린 옳고 그름에 대한 '자기 판단'을 말한다.

논지(論旨)는 글쓰미가 '마침내 말하고자 하는 바', 즉 자신이 말한 바로써 뜻하고자 하는 바를 일컫는다. 논지는 글의 종류나 목적에 따라 사뭇 다르게 파악될 수 있다. 만일 하나의 글이 어떤 사실을 설명하는 글이라면, 그 글의 논지는 그 사실의 어떠함을 밝혀 주는 말에 놓이게 된다. 아래의 글을 읽어보자.

세계 350대 부자들은 지구의 35억 빈민층이 사용할 수 있는 돈을 쓰고 있다. '녹색혁명', 즉 대량 화학비료의 집중 투입과 특히 남아시아의 무분별한 저수지 개발이 크게 성공했음에도 불구하고, 세계적으로 2달러 미만의 돈으로 하루를 연명해야 하는 가난한 사람들의 절대숫자는 늘어났다. 비록 늘어나는 전체 인구에서 가난한 자들의 비율은 그대로거나 줄어들었지만 말이다. 인류 역사상 이렇게 많은 아이들, 여자들, 남자들이 간신히 연명하면서 근심과 불행과 죽음의 공포로 살았던 적은 없었다.[6]

---

6 안드레아스 베버 지음, 박승재 옮김, 『자연이 경제다』, 프로네시스, 2009, 126 쪽.

이 글은 사회적 부가 자본 소유 계층에게 집중됨으로써 가난한 사람들이 겪게 되는 불행, 즉 가난의 공포를 설명한다. 만일 우리가 이 글을 골자 추리기 방식으로 줄인다면, 우리는 이 글의 취지를 살리기가 어려울 것이다. 왜냐하면 이 글의 취지는 글자 너머에 놓여 있기 때문이다. 이 글의 논지는 현대 사회가 녹색혁명과 같은 것을 통해 엄청난 성공을 거두고 있음에도 부의 분배, 특히 가난의 문제는 무서울 정도로 심화되고 있다는 데 놓인다. 만일 우리가 이러한 연관성을 올바로 짚어내는 글줄이기를 하고 싶다면, 우리는 논지를 올바로 잡아내는 방식으로 글을 줄여야 한다.

논지 잡기의 방법으로 글을 줄이기 좋은 글들은 아래의 보기글처럼 그 취지가 복잡하게 얽혀 있거나 숨겨져 있는 글들 또는 어떤 주장을 내세우는 글들이다. 그런데 주장이 담긴 글은 일반적으로 논증 방식으로 구성되기 때문에 그러한 글의 논지는 쉽게 파악이 된다. 보기를 들어, 모든 사람은 이성적이고, 이성은 언제나 선을 택하는 능력이라면, 사람은 마땅히 선을 택할 수 있어야 한다는 논증에서 "사람은 선을 택할 수 있어야 한다."라는 결론이 바로 이 논증의 논지가 된다. 우리는 논지 파악이 좀 어려운 글로써 논지 잡기를 해 보자. "커뮤니케이션 사회로의 변동"이라는 제목을 붙일 수 있는 아래 보기글을 줄여본다.

우리는 오늘날 정보사회로부터 커뮤니케이션 사회로 옮아가는 급격한 변화를 겪고 있는 바 이는 장차 우리들의 정보소비양식에 매우 심대한 영향을 끼치게 될 것이다. 정보사회는 인쇄술과 더불어 시작되어 출판, 신문, 잡지, 라디오, 영화, 텔레비전과 더불어 오늘에 이르기까지 계속되고 있다. 한편, 커뮤니케이션 사회에서는 개인 간의 정보망이 특히 강조되고 정보에 대한 선택적 접근이 주안점을 이룬다. 실제로 새로운 기술들에 힘입어 각 개인은 그 정보의 생산자인 동시에 소비자가 될 수 있는 것이다.

정보사회에 있어서는 여러 가지 요인들이 서로 결합되어 천편일률의 단조로움이 생겨날 수 있다. 정보의 크기와 성격이 최대 다수의 구매자들에 맞도록 규격화됨으로써 그 스타일과 내용이 어쩔 수 없이 평준화된다. 그 떠들썩한 배경의 잡음 속에서 어떻게 하면 하나의 특정된 정보가 두드러지게 떠오를 수 있을 것인가? 커뮤니케이션 전문가들이 사용하는 술어로 정보란 잡음들 가운데서 분리되어 떠오르는 하나의 〈신호〉이다. 신호와 잡음 사이의 관계를 개선하는 데는, 매우 어려운 일이긴 하지만 배경의 잡음을 줄이는 방법도 있겠고 아니면 신호를 강화하는 방법도 있겠다. 정보 매체들이 정보를 활성화하고 지속성을 확보하여 독자를 붙잡아놓는 방법으로 타이틀, 특서 "스쿠프", "카피", 반박, 논쟁 등에 큰 비중을 두는 까닭은 바로 여기에 있는 것이다.

타성에 사로삽힌 배경 속에서 색다른 변화를 보여주는 것이야말로 뉴스의 요체들 중 하나이다. 변화는 여러 가지 원천으로부터 생겨나며 여러 가지 양식들에서 힌트를 얻는다. 왜 어린아이들은 TV광고의 특수효과("클립")를 그토록 좋아하는 것일까? 메시지가 짧고 분명하고 살아 있으며 다양하고 독창적인 동시에 대개는 재미있고 기억에 담아두기 쉽기 때문이다. 이는 바로 뛰어난 정보가 갖는 속성들이다. 어떤 동일한 주제의 반복은 흥미를 더하게 한다. 그렇게 하면 소비자가 어떤 효과를 기대하게 되기 때문이다. 어떤 정치인이 사실은 치밀하게 계산하여 만든 정치광고 슬로건인 한마디 말, 〈적당히〉란 표현을 끊임없이 반복하여 효과를 얻어낸 일이 있는데 이런 경우는 그 같은 논리의 연장선상에서 설명될 수 있다. 짧은 한마디가 배경의 잡음 속에서 떠올라 유난히 귀에 들어온다. 그것은 이리하여 커뮤니케이션 전문가들이 의미하는 '정보'의 모든 자질을 지니게 되는 것이다. 인위적으로 변화를 유발하는 또 한 가지 방법은 힛퍼레이드에 의존하는 방법이다. 정치인, 영화, 책, 도시, 배우의 힛퍼레이드…. 마찬가지로 무궁무진한 위력을 지닌 공식은 바로 반복을 이용하여 새로움을 창출하라는 것이다.

그러나 불행하게도 "생중계 죽음"의 음산한 매력이란 것도 있다는 것을 잊어서는 안 된다. 카메라 앞에서 처형되는 인질: 허공에 몸을 던진 사람의 낙하산이 펴지지 않은 장면: 화재가 난 건물의 20층에서 뛰어 내리는 사람…. 이런 현장이 TV에 생생하게 그대로 보도된다. 다른 사람들이 죽는 장면을 반복하여 보여준다는 것은 우리들 자신의 죽음에 대한 공포를 몰아내는 한 수단이다. 단 한 번뿐인 특별한 한 순간이 다른 사람들에 의하여 수천 번씩 반복 체험된다. 미셸 세르가 말했듯이 삶에 있어서 의미 있고 중요한 순간은 오직 두 번뿐이다. 지금 당장과 나의 죽음의 순간이 그것이다. 지금은 내가 "내 손안에 거머쥐고 있는" 순간이고 나의 죽음의 순간은 시간이 정지하는 순간이다. 그 나머지 시간은 그저 물처럼 흘러갈 뿐이다. 특별한 한 순간을 진정으로 묘사하자면 어떤 가치 체계와 관련하여 선택해야 한다. 가치 체계란 사람에 따라서 다 다르다. 현대 정보매체들의 입장에서 보면 "지금"이 가장 뜨거운 뉴스성을 지니고 있다. 또 하나의 순간, 즉 죽음의 순간은 그저 다른 사람들의 죽음의 반복일 뿐이다.

그렇다면 우리는 항상 이러한 인위적인 조작에 속아 넘어가고만 있는가? 우리는 정보, 배경잡음, 인위적인 정보 사이의 파행을 감소시킬 수 있는가? 오늘날 정보사회의 맥락에서 이런 상황의 변화를 기대한다는 것은 지나치게 순진하거나 꿈에 불과한 것 같아 보인다. 그러나 다른 체제들이 자리잡아가고 있는 것도 사실이다. 정보사회의 피라미드식 구조와 병행하여 커뮤니케이션 사회의 망으로 짜인 구조들이 생겨난다. 정보는 이제 더 이상 "하향적"이기만 한 것이 아니라 여러 차원에서 상향적이 되어간다. 생산자들과 소비자들 사이에서 정보가 "수평적으로" 교환되기 시작한 것이다. 이런 면에서는 미니텔, 개인용 컴퓨터, 대중용 정보통신, 그리고 멀지 않은 장래에 널리 이용될 광케이블망 개인 간의 새로운 소통수단들의 도움이 중요해진다. 이제 우리가 점차로 접하게 되는 것은 최대다수의 대중에게 적합한 동질성이 아니라 폭발적인 다양성의 출현이다. 이미 대중용 정보통신을 사용하고 있는 모든 사람들에게는 정복해야 할 새로운 세계가 열려 있다. 그 세계에서는 머지않아 구매력과 사회적 지위보다 아이디어와 재능이 훨씬 더 중요해질 것이다. 더할 수 없이 다양한 주제들에 대한 상호간의 정보, 서비스의 교환은 이러한 망들 속에서 발전의 새로운 기초를 발견하게 될 것이다.[7]

우리가 이 보기글을 논지 잡기의 방식으로 줄이려면 무엇보다 먼저 이 글의 논지가 올바로 드러나 있어야 한다. 이러한 논지 파악 자체가 곧 글 줄이기의 지름길인 셈이다. 윗글의 논지들을 단락 차례로 알아보자. 이때 논지는 주로 아래에서 밑줄이 쳐진 곳에 자주 놓인다.

첫 번째 단락의 요지는 지은이가 이 글의 주제를 제시하는 글월에 드러나 있다. 그 요지는 "사회가 정보사회로부터 커뮤니케이션 사회로 급격히 변화하는 바람에 정보기술과 개인들 사이의 소통방식이 크게 바뀌고 있다."라고 말해질 수 있다. 둘째 단락의 요지는 물음에 대한 대답들 속에 놓여 있다. 그 요지는 "그 떠들썩한 배경의 잡음 속에서 어떻게 하면 하나의 특정된 정보가 두드러지게 떠오를 수 있을 것인가?"라는 물음에 대한 대답들에서 찾아질 수 있다. 즉 정보에 대한 정의, 신호와 잡음의 차이에 대한 설명, 정보를 활성화하고 지속성을 확보하는 여러 방법들에 놓인다.

셋째 단락의 요지는 보기들이 나오기 바로 앞에 나타난다. 그것은 타성에 사로잡힌 배경 속에서 색다른 변화(광고효과, 반복효과, 힛퍼레이드 등)를 줌으로써 정보 효과를 높일 수 있다는 데 있다. 넷째 단락의 요지는 보기들과 인용이 잇따르는 곳 바로 앞에 어정쩡히 던져져 있다. 그 요지는 정보 효과에는 부정적 결과들이 따르기도 한다는 사실이다. 다섯째 단락의 요

---

7 김화영 편역, 『홀로서기 논술과 요약』, 도서출판 창, 1995, 121~124 쪽. 이 보기글은 프랑스 대학입학 자격시험 바칼로레아 논술 문제이다.

지는 물음에 의한 전환과 그에 대한 대답에 깃들인다. 그 요지는 "우리는 정보, 배경잡음, 인위적인 정보 사이의 파행을 감소시킬 수 있는가?"라는 물음에 대한 대답, 즉 "다른 체제들이 자리잡아가고 있는 것도 사실이다." 라는 대답에 놓인다. 이제 위에서 분석한 요지들을 중심으로 본디글을 줄여보자.

오늘날 우리는 매체 기술의 발달로 정보사회로부터 커뮤니케이션 사회로 급격히 진입하고 있다. 개인의 정보 선택권은 강화되고, 커뮤니케이션 기술의 진보에 힘입어 개인은 정보 생산자이자 동시에 정보 소비자의 지위를 갖게 되었다.

정보사회에서 정보들은 대중적 소비를 위해 규격화·평준화되어 단조로워진다. 이러한 대중적 정보는 "배경의 잡음"으로 전락하기 쉽기 때문에 대중 정보를 두드러지게 떠오르는 "신호"로 활성화시켜 독자들의 관심을 유지하기 위해서는 특별한 커뮤니케이션 기법이 요구된다.

정보 효과를 높이기 위해 TV광고의 특수효과처럼 통상의 배경 속에서 뭔가 색다른 변화를 보여주기도 하고, 정치 슬로건처럼 귀에 쏙 들어오는 "짧은 한마디"를 반복하기도 하며, 힛 퍼레이드처럼 인위적으로 변화를 유발하기도 한다. 하지만 다른 사람들의 죽음의 장면들을 대중 매체를 통해 생중계함으로써 사람들로 하여금 단 한 번뿐인 죽음을 반복적으로 체험하도록 하는 부정적 정보 효과들도 늘어나고 있다.

정보의 대중 조작은 앞으로도 피할 길이 없겠지만, 커뮤니케이션 사회의 도래와 더불어 정보의 생산 양식과 교환 방식에 큰 변화의 물결을 일으킬 새로운 "체제들이 자리 잡아가기" 시작했다. 망으로 짜인 개인 간의 새로운 소통단들은 정보의 수평적 교환을 가능케 하고, 그로써 정보의 다양성을 폭발적으로 증가시키고 있다.

3) 벼리 당기기

골자 추리기는 주어진 글이 그 글 자체의 흐름에 맞춰 핵심 내용을 가지런히 늘어놓을 수 있을 때 써먹기 좋은 줄이기 방법이고, 논지 잡기는 그 취지가 복잡하게 뒤엉켜 있거나 잘 드러나 있지 않은 글을 줄일 때 써먹기 좋다. 이와 달리 벼리 당기기는 주제가 비슷한 글들을 '하나'의 글 안에 줄여 담고자 할 때 쓸모가 많다. 제련이나 정제로서의 글줄이기가 여러 글 속에 담긴 공통의 핵심 내용들만을 녹여내는 일을 뜻했다면, '벼리 당기기'로서의 글줄이기는 서로 다른 내용의 글들을 그 공통성과 차이성에서 벼리라는 끈으로 한데 잡아 묶는 일을 뜻한다.

"벼리"는 그물을 펼치고 접어들이고 할 때 그물의 위쪽 코들을 가지런히 꿰어 한 묶음으로 잡아 줄 수 있도록 만든 줄을 뜻한다. 벼리는 그물의 모든 줄을 가지런히 벌러주거나 거두어들이기 위한 것이다. 그물 벼리는 물고기를 잡는 데 쓰인다. 고기잡이가 쟁이그물[8]을 멀리 뿌리듯 넓게 펼쳐 던지면, 쟁이는 원뿔꼴로 좍 퍼지면서 물속으로 가라앉는다. 고기잡이가 강바닥에 닿은 쟁이의 벼리를 감아올리듯 잡아당기면, 쟁이는 그물 밑에 달린 무거운 추 때문에 우산이 접히는 꼴로 걷히고, 그 안에 갇힌 물고기들은 그물에 잡힌다.

벼리 당기기로서의 글줄이기는 주어진 글에서 줄이미 자신이 잡아내고자 하는 내용들만을 선택적으로 길어 올리는 방법이다. 보기를 들어 우리는 사과를 훔친 것과 자동차를 훔친 것을 절도죄(竊盜罪)로 범주화할 수 있고, 절도죄는 다시금 살인죄 등과 더불어 범죄(犯罪)라는 '보다 큰 범주'에 묶을 수 있다. 벼리 당기기를 통한 글줄이기는 우리가 주어진 글들

---

8 그림 가져온 곳: daum 국어사전 "쟁이" 항목.

에서 길어 올리고자 하는 논지(하고자 하는 말)나 내용(한 말), 또는 공통점이나 비교점(차이점)을 먼저 정하고, 그 정한 관점에 따라 글 내용을 범주화하는 것을 말한다.

벼리 당기기는 앞서 정해진 과제, 보기를 들어 공통점이나 차이점을 비교하거나 그 논지가 같은 것끼리 묶어서 글을 줄이라는 과제 등에 맞춰 글 내용 전체를 범주화하는 일로서 '포르피리오스 나무'를 그리는 일과 비슷하다. 벼리 당기기는 우리가 서로 다른 논지나 성격의 글을 다양한 목적에 맞춰 줄일 때 알맞다. 이를 위해서는 무엇보다 먼저 주어진 글들의 골자가 앞서 추려져 있거나 논지가 앞서 잡혀져 있어야 한다. 골자 추리기는 벼리 당기기의 과제가 공통점을 단순히 종합적으로 줄이라는 정도일 때 필요하고, 논지 잡기는 그 과제가 복잡할 때 요구된다. 다음 보기글들을 그 공통점에서 줄여보자.

> (가) 리(理)가 있은 다음에 기(氣)가 있다. 기가 있은 다음에 양(陽)의 가볍고 맑은 것이 올라가 하늘이 되고 음(陰)의 무겁고 탁한 것이 내려가 땅이 되며, 사계절이 순환하고 이에 만물이 생성된다. 사람은 그 사이에서 천지의 리를 온전히 얻고 또 천지의 기를 온전히 얻으니 만물 중 가장 귀하다. 천지의 리가 사람에게 있어 성(性)이 되고 천지의 기가 사람에게 있어 형상[形]이 되며, 마음[心]은 또 리와 기를 겸하여 얻어 한 몸의 주재자가 된다. 맹자는 젖먹이가 우물로 기어가는 것을 언뜻 보면 모두 놀라고 측은해 한다고 하였다. 또 이 측은지심(惻隱之心)을 인(仁)의 단서라고 하였다. 이는 측은해 하는 정(情)이 내 마음에 본래부터 있다는 것을 말한다. 사람은 천지가 만물을 만들고 기르는 마음을 얻어 태어나니 이른바 인(仁)이라는 것이다. 이 리(理)가 내 마음에 갖추어져 있기에 어린아이가 우물로 기어가면 측은지심이 저절로 생기는 것을 막을 수 없다. 이 마음을 확충하면 인(仁)은 이루 다 쓸 수 없어 세상에 모두 적용할 수 있다.

어떤 사람은 태어나면서부터 도(道)를 알고, 어떤 사람은 배워서 알고, 어떤 사람은 어려움을 겪고 나서야 알게 된다. 그러나 도를 알게 된다는 점에서는 모두 마찬가지이다. 어떤 사람은 편안하게 도를 행하고, 어떤 사람은 이롭게 여겨 행하며, 어떤 사람은 억지로 애써 행하지만, 도에 이른다는 점에서는 매한가지이다. 참은 하늘의 도이고, 참되고자 함은 사람의 도이다. 참되고자 함은 선(善)을 택하여 굳게 잡고 있는 것이다. 곧 널리 배우고, 자세히 묻고, 신중히 생각하고, 명료하게 판단하고, 독실하게 실천하는 것이다.

(나) 양식(良識)은 세상에서 가장 공평하게 분배되어 있는 것이다. 누구나 자신이 양식을 충분히 지니고 있다고 생각하기 때문에, 다른 모든 일에는 만족할 줄 모르는 사람들도 양식을 지금보다 더 가지고 싶어 하지는 않는다. 이 점과 관련해서 사람들이 다 잘못 생각한다고 볼 수는 없다. 오히려 이것은 잘 판단하고, 참된 것을 거짓된 것으로부터 가려내는 능력, 즉 바로 양식 혹은 이성이라는 것이 모든 사람에게 태어날 때부터 평등하게 부여된다는 사실을 보여준다. 또한 우리들의 의견이 서로 나뉘어 다른 것은 어떤 사람들이 다른 사람들보다 이성을 더 많이 지니고 있어서가 아니라, 단지 서로 다른 방식으로 사고하고, 또 관심이 다르다는 것을 보여주는 것이다. 좋은 정신을 지니는 것으로는 충분하지 못하고, 그것을 잘 활용하는 것이 중요하다. 가장 위대한 정신을 지닌 사람은 가장 큰 덕행을 할 수도 있고, 가장 큰 악행을 할 수도 있다. 아주 느리게 걷는 사람도 언제나 곧은길을 따라가기만 하면, 뛰어가되 곧은길에서 벗어나는 사람들보다 훨씬 더 전진할 수 있다.

나는 내 정신이 다른 보통 사람보다 더 완전하다고 주제넘게 생각해 본 적은 한 번도 없다. 오히려 나는 몇몇 다른 사람만큼 생각이 재빠르고, 상상이 빈틈없이 선명하며, 기억은 풍부하고 생생하기를 가끔 간절히 바랐다. 나는 이 여러 성질 외에는 정신의 완전성을 이루는 성질을 전혀 알지 못한다. 그런데 이성, 즉 양식만이 우리를 인간되게 하는 것으로서 우리를 짐승들로부터 구별케 하므로 나는 사람마다 그것이 온전히 갖추어져 있다고 믿고 싶으며, 또 이 점에서는 철학자들의 일반적인 의견을 따르고 있다. 이들은 말하기를 동일한 종의 개체들에 있어서 우연적인 속성들 사이에는 많고 적은 차이가 있지만, 형상들, 즉 본성 사이에는 그런 차이가 전혀 없다고 한다.[9]

(가) ① 정도전, 삼봉집 권10 「心氣理篇」. ② 〈中庸〉 제20장.
(나) 데카르트(최명관 역), 〈방법서설〉, 서광사, 1983.

주어진 두 글은 그 맥락이나 용어 그리고 바탕에 깔린 형이상학적 가정까지 사뭇 다르다. 그럼에도 두 글의 내용은 서로 통하는 점들이 많다. 우리가 이 두 글을 공통의 내용에서 '하나의 글'로 줄이기 위해서는 두 글이 겹치는 내용을 훑어내야 한다. 이는 곧 벼리를 만드는 일에 다름 아니다. 여기서는 쫭이그물의 벼리를 만드는 게 제격으로 보인다. '쫭이'는 가장 넓고 높은 개념을 으뜸으로 삼아 아래로 버금 개념들을 내리 펼친 모양으로 그려나가면 된다. 쫭이가 그려지면, 글의 내용 흐름이 한눈에 들어온다. 글 (가)와 (나)의 '쫭이 그림'은 다음과 같다.

---

9 2007년 법학적성시험 예시문항 1번: 제시문 (가)와 제시문 (나)의 중심 생각을 각각 밝히고 비교하라.(200~400자)

◇ 쟁이 그림 (가-①)

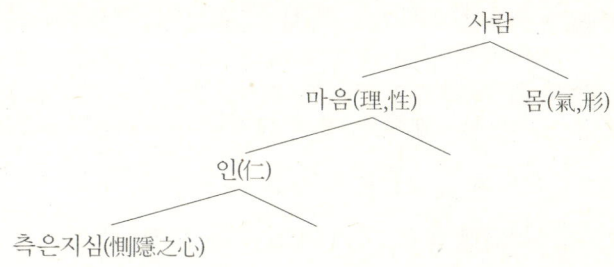

◇ 쟁이 그림 (가-②)

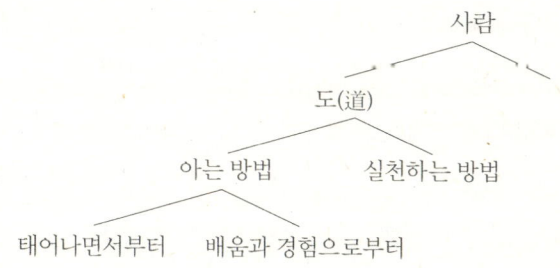

◇ 쟁이 그림 (나-①)

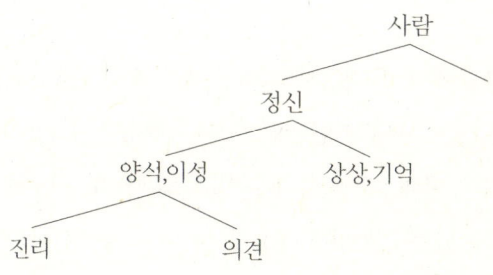

글 (가)의 쟁이 그림은 (가-①)과 (가-②) 두 개로 나뉜다. 이는 글 (가)의

논지가 둘임을 나타낸다. 여기서 쟁이 그림 (가-②)는 글 (가)의 두 번째 단락을 나타낸다. 이와 달리 쟁이 그림 (나-①)은 그 논지가 하나로 가지런하다. 쟁이 그림으로 보자면, 쟁이 그림 (나-①)과 공통된 내용이 많은 것은 쟁이 그림 (가-①) 보다는 쟁이 그림 (가-②)다. 이는 주어진 과제와 관련하여 우리가 집중적으로 골자를 추려야 할 부분이 쟁이 그림 (가-②)와 (나-①)임을 말해 준다. 먼저 글 (가)부터 그 골자를 추려보자.

   ⊛ 골자 추리기 (가-①)

   사람 마음[心]은 우리 몸의 주재자로서 이기(理氣)와 성형(性形)을 두루 갖추었다. 사람 마음에는 본디 "측은지심(惻隱之心)"이 들어 있는데, 이 마음은 위험이나 불행에 처한 사람을 불쌍히 여기는 마음으로서 사람의 어짊(仁)이 드러나는 한 모습이다.

   ⊛ 골자 추리기 (가-②)

   사람은 도(道)를 아는 방법에서는 차이가 있을지언정 모두가 도를 알 수 있다는 점에서 같고, 또 그 도를 행하는 목적과 방법에서 다름이 있을지라도 모두가 도에 이른다는 점에서 마찬가지이다. 사람은 도에 이르러 참되기 위해 언제나 선(善)을 택해야 하고, 배우고 생각하고 실천하는 일에 게을러서는 안 된다.

글 (가)의 골자에 따를 때, 사람 마음에는 본래부터 측은지심이 들어 있고, 그 마음은 때에 따라 자연스럽게 드러난다. '사람 마음'은 '사람 몸을 다스리는 것(주재자)'인데, 그 마음에는 비록 그 방법은 다를지라도 '사람다운 삶을 살아갈 수 있는 길(道)'을 깨달을 줄 아는 능력이 주어져 있다. 사람은 누구나 '사람다운 길'을 갈 수 있으므로 사람은 이 '길'을 찾고 닦는 데 온 힘을 기울여야 한다. 글 (가)는 길(道)의 보편적 본성과 그에 대한 실천의 필요성을 주장한다. 그렇다면 글 (나)의 골자는 어떻게 추려질 수 있는가?

✵ 골자 추리기 (나)

양식(良識)과 이성(理性)은 사람 누구에게나 태어날 때부터 평등하게 그리고 충분히 주어져 있다. 이성은 참과 거짓을 올바로 판단하는 능력인데, 사람은 그가 가진 이성의 분량에서가 아니라 그 생각하는 방식과 관심에서 다르기 때문에 의견의 차이를 갖는다. 만일 사람이 그 이성을 곧게 활용하기만 한다면 모두 진리를 얻게 될 것이다.

사람의 정신은 생각, 상상, 기억으로 이루어져 있고, 바로 그 사실에서 사람은 짐승과 구별된다. 정신의 여러 속성 가운데 본질적 속성인 이성과 양식은 다른 "우연적 속성들"과 달리 많고 적은 차이가 전혀 없다.

글 (나)의 골자에 따를 때, 사람의 정신에는 '우연적 속성'과 '본질적 속성'이 있다. 우연적 속성은 그 많고 적음 또는 뛰어남과 그렇지 않음 등에서 차이를 갖지만, 본성적 속성은 그러한 차이가 전혀 없다. 양식과 이성은 정신의 '본질적 속성'이다. 그러므로 이성은 사람이면 누구에게나 평등하게 그리고 충분히 주어져 있어야 한다. 다만 그 이성을 사용하는 방법은 사람마다 다를 수 있고, 그 다름 때문에 사람마다 의견이 차이를 보인다. 만일 우리가 그 이성을 잘 사용하여 언제나 '참인 판단'만을 내린다면, 우리는 언제나 참되고 좋은 삶을 살 수 있다.

만일 우리가 글 (가)와 (나)의 공통 논지만을 잡아 벼리를 당기고자 한다면, 우리는 논지가 하나인 쟁이 그림 (나)에 맞춰 쟁이 그림 (가-①)과 (가-②)를 헤쳐 모으면 된다. 다만 줄임글은 보기글의 차례에 따라 배열하는 게 읽기에 좋으므로 위 보기글은 다음과 같이 줄일 수 있다.

(가) 사람 마음에는 태어날 때부터 인(仁)이 들어 있고, 이 '어진 마음(仁)'은 남을 불쌍히 여기는 마음(惻隱之心)에서 잘 드러난다. 사람은 누구나 '어진 마

음'을 갖고 태어나기 때문에 모두가 도(道)를 깨달을 수 있고, 실천할 수 있다. 다만 그 깨닫고 실천하는 방법은 서로 다를 수 있다. 어떤 이는 태어나 절로 알고, 다른 이는 배우거나 경험을 거쳐야만 알며, 어떤 이는 쉽게 도를 행하지만, 다른 이는 이해타산과 강제에 의해 도를 행한다. 사람은 마음으로 도를 깨닫고 실천할 수 있으므로 마땅히 사람의 도를 배우고 생각하고 실천하는 "독실(篤實)"해야 한다.

(나) 사람의 정신은 두 속성으로 되어 있다. 본질적 속성은 양식과 이성을 말하고, 우연적 속성은 상상과 기억을 말한다. 이성은 '정신의 본성'으로서 모든 사람에게 태어날 때부터 평등하고 충분하게 주어져 있는 능력이다. 사람은 참과 거짓을 올바로 판단하는 이성의 능력을 잘 활용함으로써 진리에 더욱 가까이 다가갈 수 있다. 따라서 사람은 자신에게 주어진 이성을 올바로 활용하도록 끊임없이 노력해야 한다.

이렇게 '벼리 당기기'는 쟁이 그림에 나타난 공통 논지를 따라 보기글들의 골자를 추리고, 그렇게 추려진 골자들을 쟁이 흐름에 맞춰 줄이는 방식을 일컫는다. 벼리 당기기는 글의 핵심 논지들을 '쟁이 꼴 그림'으로 범주화하는 일을 거친다. 이 '쟁이 그림'은 글의 개념 흐름도로서 서로 다른 글들 사이에 놓인 공통점뿐 아니라 차이점까지 비교하기가 쉽다. 이는 벼리 당기기가 내용들 사이의 공통점을 추려 줄이는 과제뿐 아니라 논지의 차이점을 밝혀 줄이라는 과제에도 잘 활용될 수 있음을 뜻한다. 이제 논지의 차이점을 밝히면서 글을 줄여야 하는 아래의 문제를 풀어보자.

1. 제시문 (가)와 (나)를 논지의 차이점이 드러나게 요약하시오. (400~500자, 20점)

(가) '놀라운 가설'에 따르면 당신, 즉 당신의 기쁨과 슬픔, 당신의 기억과 야망, 당신의 자유 의지는 신경 세포, 신경 세포들을 연결시키는 분자들 그리고 그 모두의 집합물의 행동에 불과하다. 『이상한 나라의 앨리스』의 앨리스라면 이렇게 말했을지도 모른다. "너는 뉴런들의 꾸러미에 지나지 않아." 이 가설은 일반적인 통념과 너무 동떨어져 있어서 진정 놀라운 것이라 볼 수 있다.

'놀라운 가설'이 이상해 보이는 한 가지 이유는 의식의 본성 때문이다. 철학자들은 특히 감각질(感覺質)의 문제―가령 붉은색의 붉은 느낌 또는 통증의 아픈 느낌과 같은 주관적 경험을 객관적으로 설명할 수 있는지―에 대해 고민해 왔다. 이것은 매우 난감한 문제이다. 문제는 내가 아주 생생하게 지각하는 붉은색의 붉은 느낌이 다른 사람의 그것과 완벽하게 같은지를 확인할 수 없다는 사실에서 발생한다. 그렇다면 의식을 환원주의적으로 설명하려는 시도는 난관에 봉착할 것이다. 그렇다고 해서 이것이 붉은색을 보는 것과 상관된 신경 상태를 설명하는 것이 미래에도 불가능하다는 뜻은 아니다. 바꾸어 말해 만약 당신의 머릿속에서 특정 뉴런이 특정한 방식으로 행동한다면, 그리고 오직 그 경우에만, 당신이 붉은색을 지각한다고 할 수 있을 것이다.

설사 붉은색의 붉은 느낌이 설명 불가능한 것으로 판명된다고 해도 당신이 내가 보는 것과 동일한 방식으로 붉은색을 본다는 것을 우리가 확신할 수 없다는 말은 아니다. 만약 붉은색과 상관된 신경 상태가 당신의 뇌에서나 나의 뇌에서나 정확하게 같다는 것이 밝혀진다면 당신도 내가 보는 것처럼 붉은색을 본다고 추론하는 것이 과학적으로 그럴듯할 것이다. 따라서 의식의 다양한 양상을 이해하기 위해서는 먼저 그와 상관된 신경 상태들을 알아야 할 필요가 있다.

(나) 의식에 대한 문제를 다룰 때에는 '쉬운 문제'와 '어려운 문제'를 구분하는 것이 유익하다. '쉬운 문제'란 다음과 같은 물음들이다. 인간이 어떻게 감각 자극들을 구별해 내고 그에 대해 적절하게 반응하는가? 두뇌가 어떻게 서로 다른 많은 자극들로부터 정보를 통합해 내고 그 정보를 행동을 통제하는 데 사

용하는가? 인간이 어떻게 자신의 내적 상태를 말로 표현할 수 있는가? 이 물음들은 의식과 관련되어 있지만 모두 인지 체계의 객관적 메커니즘에 관한 것이다. 따라서 인지 심리학과 신경 과학의 지속적인 연구가 이에 대한 해답을 제공해 줄 것이라고 충분히 기대할 수 있다.

이와 달리 '어려운 문제'는 두뇌의 물리적 과정이 어떻게 주관적 경험을 갖게 하는가에 대한 물음이다. 이것은 사고와 지각의 내적 측면—어떤 것들이 주체에게 느껴지는 방식—과 관련된 문제이다. 예를 들어 하늘을 볼 때 우리는 생생한 푸름과 같은 시각적 감각을 경험한다. 또는 말로 표현할 수 없는 오보에 소리, 극심한 고통, 형언할 수 없는 행복감을 생각해 보라. 이러한 의식 현상들이야말로 마음에 관한 진정한 미스터리를 불러일으키는 것들이다.

최근 신경 과학과 심리학의 분야에서 의식과 관련된 연구가 돌풍을 일으키고 있다. 이 현상을 감안하면 그러한 미스터리가 풀리기 시작했다고 생각할 수도 있다. 그러나 자세히 살펴보면 오늘날의 거의 모든 연구가 의식에 대한 '쉬운 문제'를 다루고 있음을 알 수 있다. 환원주의자들의 자신감은 '쉬운 문제'와 관련된 연구가 이룩한 성과에서 나오는 것이지만 그 중 어느 것도 '어려운 문제'와 관련해서는 명확한 해답을 주지 못한다.

'쉬운 문제'는 인지 기능 혹은 행동 기능이 어떻게 수행되는가와 관계된다. 일단 신경 생물학이 신경 메커니즘을 적절하게 구체화하면서 어떻게 기능들이 수행되는지를 보여주면, '쉬운 문제'는 풀린다. 반면에 '어려운 문제'는 기능 수행 메커니즘을 넘어서는 문제이다. 설사 의식과 관계된 모든 행동 기능과 인지 기능이 설명된다고 해도 그 이상의 '어려운 문제'는 여전히 해결되지 않은 채로 남을 것이다. 그 미해결의 문제는 이러한 기능의 수행이 왜 주관적 의식 경험을 수반하는가라는 것이다.[10]

---

10 2009학년도 법학적성시험 1번 문제.

벼리 당기기를 위해 먼저 글의 내용 흐름을 한눈에 볼 수 있도록 글 (가)와 (나)의 '쟁이 그림'을 그려보고, 그 그림이 내보이는 바를 짧게 풀이해 보자.

△ 쟁이 그림 (가-①)

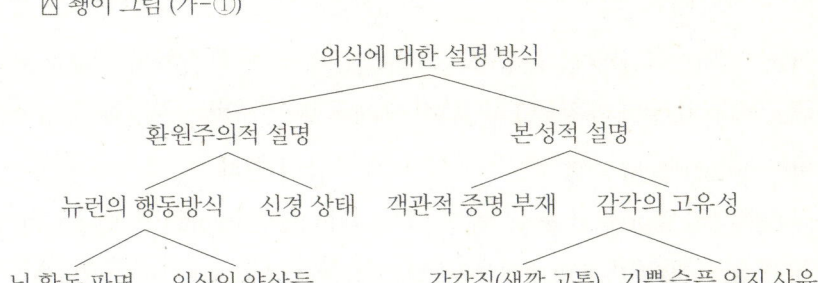

위 쟁이 그림에 따를 때, 의식의 문제는 과학적 방법과 철학적 방법을 통해 접근될 수 있는데, 이 두 가지 설명 방식은 서로 대립된다. 즉 <u>철학적 설명</u>은 '감각의 고유성'을 인정하고, 주관적 경험을 탐구하지만, <u>과학적 설명</u>은 본성적 설명이 대상으로 하는 '감각의 고유성 또는 실재성'을 부정하고 그것을 신경 메커니즘으로 환원하려 한다.

△ 쟁이 그림 (나-①)

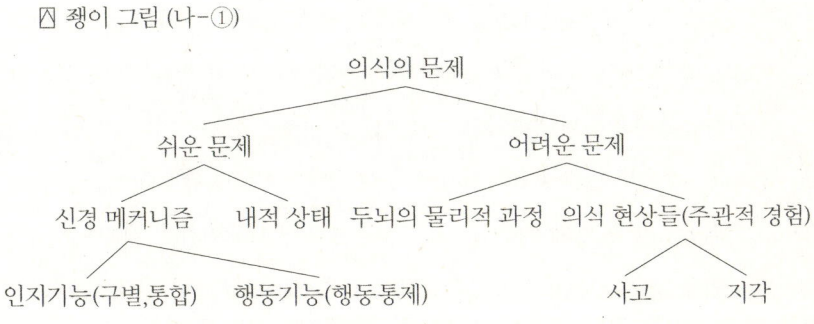

반면 쟁이 그림 (나-①)에 따를 때, 의식의 문제에 대한 설명의 차이는 일종의 난이도 차이에 그친다. 신경 과학과 심리학에서 주로 연구되는 의식 문제는 대부분 <u>쉬운 문제</u>들로서 의식과 관련된 "인지 체계의 객관적 메커니즘", 즉 두뇌의 인지 기능과 행동 기능의 메커니즘을 설명하는 문제이다. 하지만 쉬운 문제를 넘어선 <u>어려운 문제</u>, 즉 "두뇌의 물리적 과정"이 어떻게 "의식의 다양한 현상들(주관적 경험)"을 갖게 하는가라는 문제는 제대로 다뤄지지 않는다. 오늘날 쉬운 문제는 많은 발전을 거듭하고 있지만, 어려운 문제는 여전히 해결되지 않은 채로 남아 있다.

위 두 '쟁이 그림'은 글 (가)와 (나)의 주제가 모두 '사람의 의식(意識)'이고, 그 문제에 대한 접근 방법이 흔히 말하는 물질과 정신의 이분법적 도식을 이용하는 방법이라는 점에서 같지만, 그 문제가 다루어지는 학문 분야에 따라 **주장이 크게 달라진다**는 것을 보여 준다. 이렇게 쟁이 그림을 통해 글의 뼈대가 밝혀지고 나면 그 논지를 잡는 것은 그리 어렵지 않게 된다. 글 (가)와 (나)에 대한 논지 잡기를 해 보자.

   ❋ 논지 잡기 (가)

    의식에 대한 설명 방식에는 본성적 방식과 환원주의적 방식이 있다. 본성적 설명에 따를 때, 주관적 의식은 객관적으로 설명될 수 없다. 이러한 사실은 "감각질의 문제"를 통해 증명된다. 색깔과 고통 등에 대한 주관적 느낌은 사람마다 다를 뿐 아니라, 그 느낌이 서로 다른 두 사람 사이에서 완벽하게 같다는 사실을 증명할 길은 없다. 반면 "놀라운 가설"로 불리는 환원주의적 설명에 따를 때, 의식이나 의지는 뉴런들의 특정한 행동 방식이나 신경 상태로 설명될 수 있다. 이러한 설명이 비록 현재에는 불완전할 수밖에 없을지라도 미래에는 뇌의 신경 상태를 판명함으로써 의식의 상태를 충분히 이해할 날이 올 것이다.

⊛ 논지 잡기 (나)

　　의식의 문제는 "쉬운 문제"와 "어려운 문제"로 나누어 다루는 게 좋다. 쉬운 문제는 두뇌가 감각들을 구별하고, 감각 정보들을 통합하여 알맞은 행동을 수행하는 "신경 메커니즘"을 구성하는 문제이다. 쉬운 문제는 신경 과학이나 심리학 분야에서 연구되며 의식과 관련된 "인지 체계의 객관적 메커니즘"을 밝히는 것이다. 반면 어려운 문제는 두뇌의 신경 체계가 어떠한 방식으로 "주관적 경험"을 불러일으키는지를 밝히는 문제이다. 이 문제는 "마음에 관한 진정한 미스터리"를 탐구하는 것으로 "사고와 지각의 내적 측면", 즉 주체성과 관련된 문제이다. 오늘날 쉬운 문제는 많은 발전을 거듭하고 있지만, 어려운 문제는 여전히 해결되지 않은 채로 남아 있다.

　　주어진 과제는 글 (가)와 (나)를 그 논지의 차이점이 드러나게 줄이라는 것이었다. 이를 위해서 우리는 먼저 쟁이 그림에서 두 글의 논지가 어디에서 차이를 보이는지를 확인했고, 그런 다음 그 차이가 두드러질 수 있는 방식으로 논지 잡기를 수행했다. 줄임글 (가)는 의식에 대한 두 가지 설명 방식을 벼리(으뜸 개념)로 삼아 과학적 설명 방식과 철학적 설명 방식이 어떻게 다른지에 초점을 맞췄고, 줄임글 (나)는 과학적 설명의 틀을 벼리로 삼아 의식의 문제가 어떻게 두 차원으로 나뉘는지에 초점을 맞췄다.

　　이러한 벼리에 맞춰 글 (가)와 (나)의 차이점을 잡아내 보자. 글 (가)의 논지는 의식에 대한 연구가 과학에 의해 주도될 것이라는 데 있지만, 글 (나)의 논지는 이와 달리 과학적 발전이 곧바로 주관적 경험이나 주체성의 문제를 해명해 주는 게 아니라는 데 놓인다. 즉 글 (가)는 과학에 대한 전적인 신뢰를, 글 (나)는 과학에 대한 제한적 신뢰를 표하고 있다는 점에서 큰 차이를 보인다. 이러한 내용에 대한 줄임글은 다음과 같다.

(가) 의식에 대한 설명 방식에는 본성적 방식과 환원주의적 방식이 있다. 본성적 설명에 따를 때, 주관적 의식은 객관적으로 설명될 수 없는 고유한 영역이지만, 과학적 설명에 따를 때, 모든 의식은 뉴런들의 특정한 행동 방식이나 신경 상태로 환원되어 설명될 수 있다. "놀라운 가설"로 불리는 환원주의가 현재 비록 "감각질 문제"로 불리는 감각의 고유성 문제를 완전히 설명할 수는 없을지라도 미래에는 뇌의 신경 상태에 대한 정밀한 판명을 통해 의식의 상태를 충분히 설명할 수 있게 될 것이다.

(나) 신경 과학이나 심리학 분야는 의식의 문제를 "쉬운 문제"와 "어려운 문제"로 나누어 연구한다. 쉬운 문제는 두뇌가 감각들을 구별하고, 감각 정보들을 통합하여 알맞은 행동을 수행하는 "신경 메커니즘"을 구성하는 문제이고, 어려운 문제는 두뇌의 신경 체계가 어떠한 방식으로 "주관적 경험"을 불러일으키는지를 밝히는 문제, 즉 주체성과 관련된 문제를 말한다. 오늘날 쉬운 문제는 많은 발전을 거듭하고 있지만, 어려운 문제는 여전히 해결되지 않은 채로 남아 있다.

벼리 당기기는 글마다에 담긴 논지(論旨)의 차이점뿐 아니라 공통점을 뚜렷이 밝히는 데 알맞다. 논지 차이(差異)가 글들이 다루는 주제나 말하려는 뜻이 서로 어긋나 그 말이 달라지는 것을 말하고, 공통(共通)이 글들이 그 뜻을 함께하는 것을 말한다면, 벼리 당기기는 글들의 골자와 논지 그리고 글들 사이의 차이점과 공통점을 찾아내는 데 매우 훌륭한 방법인 셈이다. 아래의 문제가 비록 복잡해 보이긴 하지만, 우리가 글마다의 쟁이 그림만 제대로 그려낼 수 있다면, 그 문제에 대한 올바른 대답을 마련하는 일은 그리 어렵지 않을 것이다. 아래의 문제를 '벼리 당기기'로써 풀어보자.

I. 제시문 (가) ~ (라)를 통치 원리에 따라 둘로 분류하고, 같은 원리를 담고 있는 제시문끼리 묶어서 요약하시오. (350~450자, 20점)

(가) 걸왕과 주왕은 어찌하여 천하를 잃었고, 탕왕과 무왕은 어찌하여 천하를 얻었는가? 그것은 바로 걸왕과 주왕은 사람들이 싫어하는 일을 잘하였고, 탕왕과 무왕은 사람들이 좋아하는 일을 잘하였기 때문이다. 사람들이 싫어하는 일이란 무엇인가? 사기와 쟁탈, 탐욕이다. 사람들이 좋아하는 일이란 무엇인가? 예의와 사양, 충신(忠信)이다. 지금 군주들은 자신을 탕왕과 무왕에 비유하며 그들과 나란히 하고자 한다. 그러나 나라를 통치하는 방법은 걸왕이나 주왕과 다를 바가 없으면서 탕왕이나 무왕과 같은 공적과 명성을 추구하니 어찌 가능하겠는가? 사람에게는 생명보다 귀중한 것이 없고, 평안보다 즐거운 것이 없다. 생명을 기르고 평안을 즐기는 방법으로는 예의보다 나은 것이 없다. 사람이 생명을 귀하게 여기고 평안을 즐기고자 하면서도 예의를 버린다면, 이는 오래 살고 싶어 하면서 스스로 목을 베는 것과 같다.

(나) 매와 채찍으로 때리고 재갈을 물리지 않으면 조보(造父*)라 할지라도 말을 몰 수 없다. 곱자와 그림쇠를 쓰지 않고 먹줄을 긋지 않으면 왕이(王爾**)라 할지라도 네모와 원을 그릴 수 없다. 위엄 서린 권세와 상벌을 정한 법이 없으면 요순(堯舜)이라 할지라도 세상을 다스릴 수 없다. 견고한 수레와 좋은 말을 타면 험한 고갯길도 올라갈 수 있고, 편안한 배를 타고 좋은 노를 저으면 큰 강도 건널 수 있다. 법술(法術)이라는 방책을 쥐고, 벌을 무겁게 하고 사형을 엄히 행하면 패왕(霸王)의 위업을 달성할 수 있다. 나라를 다스리면서 법술과 상벌을 갖추는 것은 견고한 수레와 좋은 말이 있고 날렵한 배와 편리한 노가 있는 것과 같으니, 이것에 의지해야 목표를 이룰 수 있다.

(다) 화폐를 널리 유통시켜도 백성의 살림이 넉넉지 못한 것은 물자가 한 곳으로 몰리기 때문이다. 수입을 헤아리고 지출을 조절해도 백성이 굶주리는 것은 곡식이 한 곳에 쌓이기 때문이다. 영리한 사람은 백 사람의 수입을 올리고

어리석은 사람은 본전도 찾지 못하니, 군주가 조절하지 않으면 반드시 백성 중에 상대를 해치는 부자가 생긴다. 이것이 어떤 사람은 백 년 먹을 양식을 쌓아 두고, 어떤 사람은 술지게미나 쌀겨조차도 배불리 먹지 못하는 이유이다. 백성이 너무 부유하면 녹봉을 주어도 부릴 수 없고, 백성이 너무 강하면 위엄을 세우거나 형벌을 가할 수가 없다. 쌓인 것을 흩고 이익을 고르게 하지 않으면 균등해질 수 없다. 그러므로 군주가 식량을 비축하여 재정을 확보하고, 남는 것을 제어하여 부족함을 보충하며, 과도한 이문을 금하여 부당한 욕심을 막아야, 집집마다 넉넉하고 사람마다 풍족하게 될 것이다.

(라) 옛날에는 덕을 귀하게 여기고 이익을 천하게 여겼으며, 의를 중하게 여기고 재물을 가볍게 여겼다. 삼왕(三王)이 다스리던 때라 해도 흥하기도 하고 쇠하기도 했지만, 쇠하면 떠받쳤고 기울면 바로잡았다. 그래서 하(夏)는 진실했고 은(殷)은 경건했으며 주(周)는 문아(文雅)했으니, 상서(庠序***)의 교육과 공경하고 사양하는 예(禮)가 찬연하여 참으로 볼만했다. 후대에 이르러 예의가 무너지고 미풍이 사라져 녹봉 받는 관리부터 의를 어기고 재물 모으기에 급급하니, 큰 자가 작은 자를 삼키고 서로 격렬히 다투어 넘어뜨리게 되었다. 이에 어떤 사람은 백 년 먹을 양식을 쌓아 두고, 어떤 사람은 배를 채울 수도 몸을 가릴 수도 없게 되었다. 옛날에 관리는 농사를 짓지 않았고 사냥꾼은 고기 잡이를 하지 않았으며, 수문장이나 야경꾼도 모두 일정한 수입이 있어서 두 가지 이익을 취하지 않고 재물을 독차지하지 않았다. 옛날처럼 하면 우둔한 자와 영리한 자의 수입이 고르게 되어 서로 상대방을 쓰러뜨리지 않게 된다.[11]

* 조보: 옛날에 말을 잘 몰았던 사람의 이름

** 왕이: 옛날에 솜씨가 매우 뛰어났던 장인의 이름

---

11 법학적성시험 예비시험 논술 제1번 문제(2008.1).

*** 상서: 은(殷), 주(周)의 교육 기관

주어진 과제는 네 글 사이에 공통점을 갖는 것들을 찾아낸 뒤 그것들을 함께 묶어서 줄이라는 것이다. 벼리 당기기를 위해 우리는 먼저 네 글에 대한 '통치 원리(統治原理)'를 벼리(으뜸 개념)로 삼은 쫭이 그림을 그리기로 한다. 쫭이 그림의 모양과 거기에 담긴 뜻이 많이 겹치는 글일수록 공통점이 많다고 할 수 있다. 아래 '쫭이 그림'들은 많이 겹치는 것끼리 묶어 놓은 것이다. 먼저 다음의 두 쫭이 그림이 겹치는 부분이 많다.

◬ 쫭이 그림 (가-①)

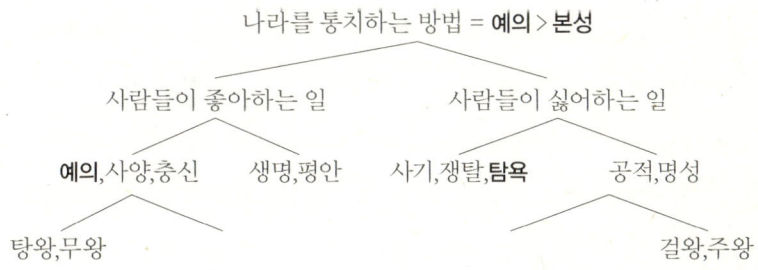

◪ 쫭이 그림 (라-①)

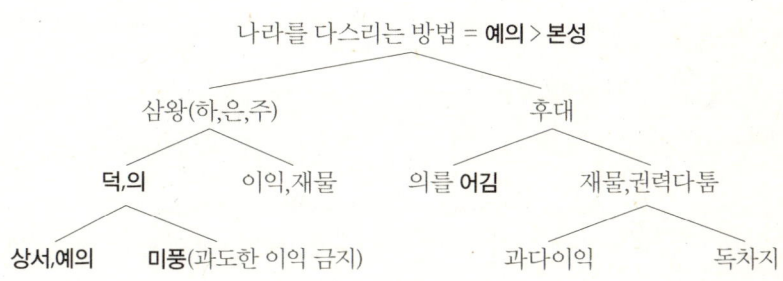

쟁이 그림 (가-①)과 (라-①)은 그 둘이 '**인간 본성에 기초한 예의**'를 통치 원리로 삼아야 한다고 주장한다는 점에서 같을 뿐 아니라, 그 원리에 대한 반대 사례로서 제시한 내용까지 거의 비슷하다. 나머지 두 쟁이 그림은 아래와 같다.

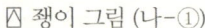
쟁이 그림 (나-①)

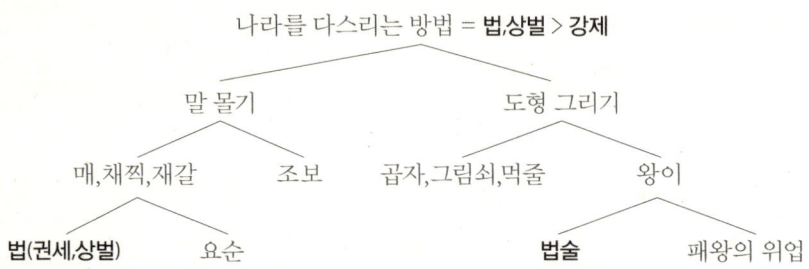

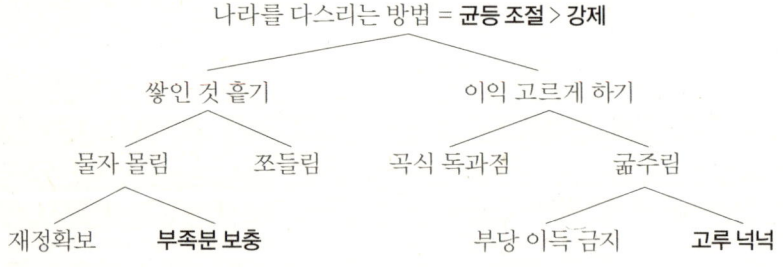

쟁이 그림 (나-①)의 통치 원리는 법률에 의해 상벌을 엄히 적용해야 한다는 '**법치(法治)**'이지만, (다-①)은 백성이 모두 고루 잘 살도록 다스려야 한다는 '**군주의 덕**'을 나타낸다. 이 둘은 '통치 원리'가 똑같지는 않지만, 그 둘

이 '**외적 강제(법, 권력)에 의한 통제**'로써 군주의 통치 목적을 달성하는 방법을 제시한다는 점에서 닮았다.

우리가 해결해야 할 마지막 과제는 '통치 원리'가 같은 글들끼리 한데 묶어 줄이는 것이다. 우리가 윗글들을 통치 원리가 같은 것끼리 묶는다면 사람의 선한 본성에 기초한 통치 원리를 내세우는 (가)와 (라)가 하나로 묶일 수 있고, 사람의 욕심을 통제하기 위한 법에 그 통치 원리를 둔 (나)와 (다)가 다른 하나로 묶일 수 있다. 글줄이기는 글들 사이의 공통점과 차이점을 잘 드러내 주는 쫑이 그림을 따라 논지 잡기의 방식으로 이루어지는 게 좋다. 그에 따른 줄임글은 다음과 같다.

글 (가)에서 탕왕과 무왕은 사람의 생명을 귀히 여기고 평안을 즐기는 최고의 방법인 예의(禮義)로써 나라를 다스려 천하를 얻었고, (라)에서 삼왕은 공경하고 사양하는 예(禮)와, 두 가지 이익을 취하지 않는 의(義)로써 통치하여 국가를 고르게 했다. 이 둘은 모두 예의라는 덕치의 원리를 통치의 근간으로 삼아야 함을 주장한다.

반면 (나)에서 통치자는 말을 몰기 위해 채찍으로 때려야 하듯 세상을 다스리기 위해 권세와 상벌을 정한 법을 엄히 행해야 하고, (다)에서 군주는 영리한 사람과 어리석은 사람의 관계를 균등하게 조절함으로써 어느 한쪽은 부가 넘치고 다른 쪽은 굶주리게 되지 않도록 해야 한다고 주장한다. 이 둘은 형벌에 기초한 법치를 주장한다.

4. 끝맺기

요약(要約)은 글줄이기이다. 글을 줄이는 까닭은 가깝게는 글을 짧게 만들고 싶기 때문이지만, 멀게는 글 속에 담긴 정보를 보다 쉽게 알리기 위함이다. 글은 글자로써 짜임새 있게 쓰인 것으로서 정보량으로 재어질 수 있다. 글줄이기는 일차적으로는 정보량으로서의 글자의 수를 줄이는 것을 의미한다. 글을 짜고 있는 글자의 수가 줄어들면 글 자체의 뜻도 달라질 수 있다. 만일 줄임글이 본디글의 뜻하는 바를 제대로 옮기지 못한다면, 그것은 글이 잘못 줄여진 경우라고 할 수 있다. 글줄이기는 주어진 글을 그것이 뜻하는 바와 다르지 않게 짧게 고쳐 쓰는 것을 말한다.

글줄이기에서 옮겨지는 바는 정보이고, 달라지는 바는 그 짜이는 방식, 즉 표현 방식이 된다. 글줄이기의 원리는 본디글과 줄임글 사이의 관계에서 찾아질 수 있다. 줄임글은 본디글보다 그 길이가 짧아야 할 뿐 아니라, 그 표현 방식이나 문체가 짧아진 글 길이에 맞게 바뀌어야 한다는 점에서 본디글과 달라야 하지만, 그것은 동시에 본디글이 뜻하는 바를 올바로 전달해야 한다는 점에서 본디글과 같아야 한다. 우리는 이러한 글줄이기의 원리를 "틀리지 않음"이라 불렀다. 줄임글이 본디글과 그 문체나 표현 방식에서 달라야 하고, 그 다름이 줄이미의 독창적 '고쳐 쓰기'에 의한 것이기 때문에 글줄이기는 인용과는 전혀 달라야 한다.

글줄이기의 갈래는 그 쓰임새에 따라 크게 세 가지로 나눌 수 있다. 첫째, 골자 추리기는 주어진 글의 내용을 본디글의 흐름 그대로 줄일 때 써먹기 좋은 방법이다. 이 방법은 보통 본디글의 흐름이 분명하고, 그 내용이 체계적일 때 편리하다. 골자 추리기는 본디글에서 중요하다고 여겨지는 골자들만을 추려내어 본디글의 뼈대 흐름에 발맞춰 가지런히 정리하는 방법이다. 이때 가장 먼저 해야 할 일은 글의 얼개를 정확히 파악하는 일이고, 다음 일은 단락마다의 주제를 정확히 잡아내는 일이며, 마지막 일은 그 주제들 사이의 긴밀한 관련을 따라 마치 개념 지도를 그리듯 글을 새롭게 짜나가는 것이다.

둘째, 논지 잡기는 그 내용이 골자를 추리는 것으로는 제대로 정리되기 어려운 글을 줄일 때 쓸모가 높다. 논지는 골자와 달리 우리가 글의 전체 취지를 깨달을 때에만 밝혀진다. 논지는 주어진 문제에 대한 자기 나름의 올바른 주장, 짧게 말해, 글쓰미가 말하고자 하는 바를 말한다. 논지 잡기는 다양한 글에 써먹을 수 있는데, 특히 논증적 글에 적합하다. 논지 잡기에서 주요한 바는 복잡하게 뒤엉켜 있거나 아예 숨겨져 있는 핵심 논지를 올바로 드러내는 일이다. 이를 위해서는 논증 실력을 길러야 한다.

셋째, 벼리 당기기는 그 이름과 내용이 비록 매우 낯설긴 하지만 여러 글들을 하나로 줄이기 위해서는 매우 요긴한 방법이다. 벼리는 일종의 '으뜸 개념' 또는 '최상위 개념'으로서 주어진 글의 내용을 전체적으로 분류할 때 가장 포괄적인 범주를 가리킨다. 벼리 당기기는 이러한 으뜸 개념을 꼭대기로 하고, 그 아래에 딸릴 수 있는 버금 개념들(하위 개념들)을 포르피리오스 나무처럼 내림차순으로 주렁주렁 매달아 놓는 것, 한마디로 말해, 쟁이 그림을 그리는 것과 같다. 쟁이 그림은 글 속의 개념 흐름을 한눈에 볼 수 있게 해줄 뿐 아니라, 글의 논지가 하나인지 여럿인지도 밝혀 주고, 더 나아가 서로 다른 글들이 어느 지점에서 겹치고 떨어지는지도 시각적으로 가름해준다.

나는 이 글에서 "요약(要約)"이라는 한자말을 "글줄이기"라는 우리말로 바꾸어 풀이했다. 요약은 요점을 간추려 묶는다는 단출한 뜻을 갖지만, 글줄이기는 옷의 크기나 지도의 축척이나 제련 등의 비유를 통해 보다 풍요로운 뜻을 갖출 수 있다. 줄임의 뜻에 따라 골자를 추리거나 논지를 잡거나 벼리를 당기는 글줄이기 방법들이 찾아질 수 있었고, 그러한 방법들을 통해 글줄이기를 구체적으로 시도해 보았다.

막힘과 뚫림

우리가 세계를 온통 '그것'으로 만들어버릴 때 나를 제외한 내 바깥의 세계는 모두 버려진 세계가 된다. 이편의 세계가 아니라 저편의 세계가 온통 죽은 세계가 되어버리는 것이다. 오늘날의 저쪽 세계는 비단 귀신과 신령의 세계뿐만이 아니다. 마음의 경계, 제도의 경계, 개념의 경계에 갇혀 알지 못하고 바라보지 못하는 세계는 모두 저쪽 세계이다. 일종의 저승인 셈이다. 그러나 세계를 '그것'으로 바라보기만 했던 오구대왕이 불치의 병에 걸리는 것처럼 '그것'으로만 보는 자는 스스로는 절대로 치유할 수 없는 병을 앓게 되어 있다. 그 병을 낫게 하는 것은 그가 버린 아이가 버려진 세계에서 가져온 물과 꽃이다.

/207쪽 김융희

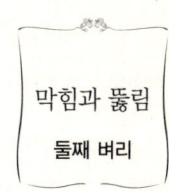

오염된 말, 염색된 글[*]

이 부영

1. 머리말

공부하는 사람도 아닌 필자에게 이렇게 자리를 마련해주신 '우리말로 학문하기 모임'의 최봉영 회장을 비롯한 회원 여러분에게 인사드린다. 필자가 말하려는 내용은 학문적 체계나 논리를 통해서 얻어진 것이 아니라 지난 반세기 동안 살아오면서 최근까지 보고 들은 경험에서 얻어진 것이다. 그러므로 학덕 높은 학자들 앞에서 발표문이라고 해서 말하는 것이 적당하지 않다. 그러나 우리말로 학문하기를 목표로 하는 이 모임에서 지난 반세기 가까이 우리말이 겪은 신산고초를 필자가 보고 느낀 바를 통해

---

* 우학모 제18차(2010년 2월 25일) 말나눔 잔치 발표문(주제: 사람됨과 인문학 교육)

서 일별해보는 것도 타산지석의 의미를 가진다고 하겠다. 다만 필자를 이 모임에 오도록 강권하신 정현기 교수께 누가 되지 않을까 걱정된다.

어느 나라 어느 민족이 쓰는 말과 글도 그 나라 그 민족이 걸어오면서 겪은 시대의 빛과 그늘을 나이테처럼 지니게 마련이다. 우리 민족의 경우 지난 세기 동안 지내온 세월의 험난한 상흔이 말과 글에 그대로 새겨져 있다. 다만 필자가 철들어 분별력을 갖기 이전, 그러니까 대학에 들어가기 이전의 일들은 전문가들의 영역으로 남겨놓고 1961년 군사쿠데타 이후의 몇 가지 사례들을 살펴보는 것으로 그치려 한다.

2. 5.16군사쿠데타 이후

4월혁명 이후 고조되었던 민주화와 통일운동의 열기는 5.16군사쿠데타로 한순간에 얼어붙었다. '반공'을 국시로 내세운 군부세력은 4월혁명에서 분출한 민주주의와 통일 열망을 용공 내지 친북으로 몰아 탄압했다. 박정희를 비롯한 일부 군부세력의 좌익 전력을 희석시키기 위해서도, 그리고 군부쿠데타의 명분을 위해서도 '반공'을 전면에 내세워야 했던 것으로 보인다. 군사쿠데타 직후 북한으로부터 남파되었던 거물공작원 황태성의 존재는 박정희 군부세력의 입지를 더욱 좁혔던 것으로 보인다. 황태성은 박정희의 중형이자 47년 대구 10.1사건의 주동인물이었던 박상희의 동지이기도 했다. 북한은 박정희의 좌익 전력 그리고 접선 가능성 때문에 황태성을 밀파했지만, 미 정보기관의 촉수로서 국가재건최고회의 비서실장으로 앉아 있던 이후락의 감시망을 우회하기는 어려웠을 것이다. 황태성은 사형당했고 박정희 정권의 자기결백을 위한 반공 광기는 더욱 강화되었다.

5.16군사쿠데타 이후 박정희 정권의 언론정책은 쿠데타에 성공하자마자 언론을 완벽하게 장악하기 위해 '언론정화'니 '자율규제'니 '한국적 언론자유'니 갖가지 이유를 내세워 때로는 물리적 압력으로 탄압하거나 때로는 온갖 특혜로 회유하기도 했다. 60년대 중반까지는 그래도 언론이 자주적 자세를 지켜가는 듯했지만 64년 '언론윤리위원회법' 파동을 거치면서 급속히 무너져 갔다.

언론을 옥죄면서 진행된 사안이 이른바 '한일수교협상'이었다. 대학들 안에서 한일협상에 대한 반대 운동이 거세지자 박정희 정권은 자신들의 이념을 '민족적 민주주의'라고 강변했다. 한일협상이 '매국적, 굴욕적'이라는 비판에 우선 대응하기 위해 자신들을 '민족적 민주주의자'들이라고 주장하고 나선 것이다. 당시 서울대생들이 반대 시위를 하면서 '민족적 민주주의'의 관을 어깨에 메고 만장을 세워 장례식을 치른 사건은 집권세력의 강변을 일반 국민들이 어떻게 바라봤는지 극명하게 드러내 준 사건이었다. 친일군부세력이 주축으로 된 쿠데타 세력이 미국의 동아시아 전략에 적극적으로 부응하여 일본의 자본을 끌어들임으로써 한국사회의 새로운 국면을 열어나가겠다는 것이 한일수교협상의 대체적 그림이었다. 협상과정에서의 김종필-오히라 메모사건이 나타내듯이 일본 정치자금의 공화당 창당자금으로의 유입, 일제 관동군 고급참모이자 전범이었던 세지마 류조의 박정희를 비롯한 한국 군부인맥의 관리 등은 쿠데타 군부세력이 자신들을 '민족적 민주주의자'들이라고 강변한 것이 얼마나 우스꽝스러운 사기극이었는지 보여준다. 세지마는 80년대에도 전두환·노태우까지 관리하면서 한일 보수극우세력의 대부로서 한국의 대일 종속의 파이프라인 역할을 해냈다.

60년대 중반이 지나면서 언론사들에는 이른바 '기관원'들이 공공연히 드나들기 시작했다. 그들은 노골적으로 제작에 간섭하기 시작했고 그에 반해 언론은 무기력해졌다. 이른바 '협조요청'이라는 정부기관의 전화 한 마디에 기사 단수가 줄거나 아예 빠져버리는 일이 거의 매일 있었다. 1969 년 3선개헌을 위한 언론 길들이기는 긴 기간에 걸쳐 용의주도하게 준비된 것이었다.

60년대 오랜 시간에 걸쳐 진행된 '말의 왜곡'을 보여주는 몇 가지 사례 들을 살펴본다.

먼저	나중
학생데모	학원사태
물가인상	물가재조정 혹은 현실화
대학	학원
임금동결	임금안정
담화	훈시
중앙정보부 혹은 보안사	모기관
차입(借入)	도입
부정부패	사회부조리
예방(禮訪)	접견
허가	양성화
특정인에 대한 정부재산의 불하	민영화
세법개정	세제개혁

이들 문제용어들은 독자들의 가치판단을 혼란시키거나 문제의 핵심 을 흐리게 한다는 데 문제가 있었는데 이런 용어들이 관행적으로 오랫동 안 사용됨으로써 글 쓰는 사람이나 읽는 사람이나 본래 정확한 용어들을 낯설게 여기게 된다는 것이었다. 이들 문제 용어들은 '당국의 협조요청'에 순응하여 생산된 산물이었다.

3. 70년대 유신시대의 말과 글

1970년대는 71년 대통령 선거로 문을 열었다. 3선개헌에 의한 선거였고 부정선거 시비와 박정희 영구집권 개막의 먹구름으로 긴장감이 높았다. 국민의 비판과 저항이 거세지자 박정희 정권은 10월 15일 서울 일원에 '위수령'을 발동하고 12월 6일에는 그도 모자라 '국가비상사태'를 선포했다. 박정희는 "혹세무민의 일부 지식인들이 언론자유를 빙자하여 무책임한 안보론을 분별없이 들고 나와 민심을 더욱 혼란케 하고 있다"면서 "이와 같은 무절제하고 무궤도한 안보 논의는 국민의 사기를 저하시킬 뿐 아니라 국민의 단결과 국론의 통일을 저해한다"고 지적하고 "최악의 경우 우리가 향유하고 있는 자유의 일부도 유보할 결의를 가져야 한다"고 주장했는데, 박정희의 이 같은 담화 내용은 1년 뒤에 있을 민주체제의 단절과 언론 활동에 대한 무한탄압을 예고하는 것이었다.

정권의 이 같은 언론억압 조치가 잇달아 취해지는데도 신문 발행인들로 구성된 한국신문협회는 오히려 "정부의 비상사태 선언을 강력히 뒷받침할 국민의 총단결을 호소한다"면서 "국가안전보장 논의에 있어 언론이 지켜야 할 절도를 자인하고 모든 언론은 앞으로 국가안보의 차원에서 향도적 사명을 수행함으로써 자유언론의 책임을 다할 것을 다짐한다"고 말함으로써 '언론자유포기각서'를 썼다.

1972년의 이른바 '10월유신'은 언론을 공포 분위기로 몰아넣었고 질식시켰다. 10월 17일 박정희는 국회를 해산시키고 헌법의 기능을 정지시켜 그 권한을 비상국무회의가 갖도록 하는 특별선언을 발표했다. 이와 함께 전국에 비상계엄을 선포하고 모든 정치활동 목적의 옥내외 집회를 금지시키고 각 대학에는 휴교령을 내렸다. 이 같은 유신독재 선포에 대해서 신문협회는 "아시아의 긴장완화라는 거센 물결이 한반도에 새로운 위기를 조성하고 있는 냉엄한 현실과 민족중흥의 대과업과 함께 남북대화를 통해 조국의 평화통일을 달성해야 할 역사적인 명제 앞에 과감하게 단행된 10.17특별선언은 국가의 진운을 가속적으로 개척하고 자유민주주의의 토양을 굳건하게 닦는 일대 혁신조치임을 확신하고 이를 적극 지지한다"는 성명을 모두 1면에 실었다. 모든 신문과 방송은 사설과 해설을 통해 10월 유신을 지지했다.

유신헌법을 채택하기 위해 10월 23일 비상국무회의에서 확정 공포한 '국민투표에 관한 특례법'은 "찬반토론을 금지한다"는 조항 때문에 '계몽'이라는 미명 아래 찬성만 하도록 만들어 놓았다. 10월 27일부터 12월 말까지 모든 신문의 1쪽과 7쪽에는 "통일을 위한 구국영단 너도나도 지지하자", "새 시대에 새 헌법, 새 역사를 창조하자", "뭉쳐서 헌정 유신, 힘 모아 평화통일" 등 정부제정 표어가 매일 6단 크기로 실렸다.

이런 희대의 민주주의 파괴 행위를 박정희 정부는 "한국적 민주주의"라고 강변했다. 한일국교협상을 벌이면서 국민의 비판과 저항이 거세지자 자신들을 '민족적 민주주의자'들이라고 자화자찬했던 전례를 다시 떠올리게 했다. 민족주의, 민주주의를 왜곡하고 이용하려는 시도는 군부독재 정권들이 집권하는 동안 계속됐다.

그러나 유신독재 기간 동안에 유신에 정면으로 도전하고 저항하는 '오염되지 않은 말의 잔치'가 열린 적이 있었다. 동아일보에서 기자들이 '자유언론'을 실천하자 박정희 유신정권이 동아일보를 고사시키기 위해 74년 12월 20일부터 개시한 '백지광고 작전'으로 시작된, 동아일보 독자들의 동아를 살리기 위한 '격려광고 물결'이 그 잔치 마당이 된 것이다. 광고주들이 예약했던 광고지면이 중앙정보부의 압력으로 빈 백지로 나가자 일반 독자들이 그 백지광고면을 작은 격려광고로 채워주기 시작한 것이 '말의 성찬장'이 되었다. 격려광고의 98%는 익명이었다. 2008년 초반에 있었던 촛불시위에서 나타난 역동적 시민운동의 싹은 1974년에 예고되었다고 할 수 있을 것이다. 몇 가지 사례를 들어본다.

* 의인이 고난을 받는 것은 새 역사를 창조하는 하나님의 고통이다. 동아여! 새 역사의 징을 크게 울려라.
* 동아! 너마저 무릎 꿇는다면 진짜로 이민갈꺼야.
* 어떻게 원고료를 받겠습니까. -익명의 필자
* 새로 태어날 아기의 자유를 위하여 -아빠 엄마
* 안타까운 마음으로 이 여백을 삽니다 -밥집 아줌마
* 직필은 사람이 죽이고 곡필은 하늘이 죽인다 -부산 어느 기자
* 총화단결을 파괴하는 자는 동아를 고사시키려는 바로 당신들이다 -대학 강사
* 행복하여라! 정의를 위해 싸우다가 목숨을 바친 사람들이여 -모여고 2학년 M반 일동
* 작은 광고들이 모두 민주탄환임을 알라
* 썩은 이를 뽑자 -젊은 치과의사들
* 나는 조용히 미치고 있다 -어느 경북대 교수
* 시장길서 만난 우리들 빈 바구니로 돌아서며 조그마한 뜻 '거목 동아'에 보냅니다 -주부일동
* 동아를 말살하려는 위정자여 한국적 민주주의의 진의를 알겠노라 -애독자 박
* 압제로 못 이룬 총화가 여기에서 이루어져가고 있음을 광고하나이다 -중학 졸업생
* 잔디는 밟을수록 더 잘 자란다
* 이 상태에서 우리는 뭘 배울 수 있겠습니까 -동성고 6인

* 당당하게 버티는 거야. 도깨비는 날이 새면 허깨비가 되나니 -동화작가

　그러나 이렇게 밀려들던 동아일보에 대한 격려광고도 동아 사주측이 자유언론 투쟁을 하던 기자들을 대량해고하고 논조가 변질되자 썰물처럼 빠져나갔다. 동아일보의 백지광고 사태의 이상과 같은 격려광고 말고 말잔치가 벌어진 곳은 유신독재 치하에서 벌어진 정치범 재판정이었다. 대표적인 시국사건이었던 민청학련 사건, 인혁당사건, 시인 김지하 사건, 동아투위 사건 등의 재판정에서 유신 검찰과 구속 인사들 간의 공방, 변호인들의 변론은 첨예한 민주-반민주, 독재-반독재의 설전장이었다. 그러나 재판정의 치열한 설전은 어떤 신문 방송에도 보도되지 않았다. 일부 외신의 신문 방송 통신이 시국사건의 재판소식을 전함으로써 지금도 당시의 시국 추이를 알려면 외신을 인용하는 번거로움과 부끄러움을 맛보아야 한다.

4. 1980년대 -광주학살과 87년의 6월 항쟁

　1979년 10월의 부마민주항쟁은 유신정권의 심장부를 궤멸시킨 10.26사태로 연결되었다. 철옹성처럼 유지될 것 같던 유신체제도 부마항쟁을 정점으로 하는 끈질긴 민주화 투쟁의 압박을 견디지 못하고 내부폭발(Implosion)을 일으키지 않을 수 없었던 것이다. 이 과정에서 필자가 개인적 경험을 바탕으로 '말의 왜곡과 오염'을 기술하는 것을 양해해주시기 바란다.

　1979년 10.26 직후, 박정희 개인의 권력을 영구히 유지하기 위해 만들어진 유신헌법은 박정희의 사망으로 수명을 다했음에도 불구하고 계엄당국은 최규하 대통령권한대행을 체육관 선거(통일주체대의원 선거)로 다시 대

통령으로 선출하려고 했다. 종교인, 해직 교수, 문인, 해직 언론인, 제적 대학생 등 지식인들은 통대선거의 부당성을 지적하고 구속인사의 석방과 언론, 집회, 결사의 자유 보장 등을 요구하는 '나라의 민주화를 위하여'라는 성명서를 발표했다. 이 성명을 쓰고 기자회견을 주선하는 등 주도했다는 이유로 필자는 계엄포고령 위반 혐의로 구속되었다. 서울구치소, 육군교도소, 대전교도소, 대구교도소 등을 거쳐 1981년 2월 25일 전두환이 대통령으로 취임하는 날 1년 4개월 만에 특별사면으로 석방되었다.

10.26 이후 민주화운동 세력에 대한 복수심으로 가득 찼던 군부는 구속된 인사들에 대해서는 이유도 묻지 않고 무차별 구타를 자행했다. 보안사 서울분실로 끌려갔던 필자도 하루 밤새 매타작을 당한 뒤 육군교도소로 넘겨졌다. 마지막 수형지인 대구교도소는 정치범이 거의 없는, 그리고 정치범들에게는 적의에 가득 찬 곳이었다. 이곳에서 필자는 1980년 12월부터 1월까지 2개월 동안 이른바 삼청교육(일명 순화교육)을 받았다. 처음에는 국보위 방망이를 휘두르는 군인들이 담당하다가 차츰 교도관들로 대치되었다. 봉체조, 눈진흙탕 포복, 도수체조 등 갖가지 훈련을 받았다. 이 교육은 순화라는 이름으로 실시되었지만 공포와 폭력으로 수감자들의 기를 꺾어놓자는 의도를 가진, 구타와 욕설이 난무하는 무법천지였다. 군부대에서 실시된 교육보다는 온건한 것이었다고 교도관들이 자못 선심 쓰듯 해명하기도 했지만 그런 것만도 아니었다. 한 예를 들면, 눈이 내린 뒤 연병장에는 진흙탕과 함께 눈더미가 군데군데 만들어지는데 훈련교관들은 국보위 몽둥이로 훈련 수감자들의 엉덩이를 내려치면서 눈더미에 구덩이를 파고 두더지처럼 파고들어가라고 강요했다. 몽둥이질을 하기 위해 할 수 없는 일을 수감자들에게 강요했던 것이다. 일부 혈기 넘치는 수감자들(주먹패)이 순간적으로 성미를 이기지 못해 벌떡 일어서서 저항의 자세를 취했다. 그러자 훈련교관들은 수감자들을 연병장에 전원 집합

시켰다. 저항하려던 수감훈련생을 발가벗기고 지휘봉으로 성기를 내리쳤다. 맞은 훈련생은 진흙탕 속에서 지렁이처럼 꿈틀거렸다. 한 번, 두 번, 세 번. 훈련생은 정신을 잃고 말았다. 그리고 훈련교관은 소리쳤다. "어떤 놈이든지 훈련을 거부하는 놈은 이 꼴이 될 줄 알아라." 그곳 연병장에 앉아서 필자는 치를 떨었다. 그런 야만에 대해서보다는 필자 자신에 대한 혐오감 때문이었다. 공포감으로 얼어붙어서 항의 한마디 못하고 넘어갔다. 훈련이 끝난 지 한 달 만에 필자는 순화가 잘 되었다는 이유로 석방되었다.

많은 친구들이 두 번째 감옥 문을 나서는 필자를 맞으려 대구까지 왔다. 상경하는 고속버스에서는 전두환의 대통령 취임연설이 생중계되고 있었다. 제5공화국은 국정지표로 '정의사회를 구현한다'고 선포하고 '폭력으로부터의 해방, 빈곤으로부터의 해방' 뭐 그런 것들을 실현하겠다고 말하고 있었다. 필자는 머릿속이 하얗게 바래는 듯 멍해졌다. 방금 내가 겪은 폭력은 무엇이고 저들이 겪는 빈곤은 무엇인가, 그리고 정의사회를 구현한다는 것은 무엇을 두고 하는 말인가. 조지 오웰이 '1984년'에서 그린 세계가 바로 이 땅에서 말 그대로 구현되고 있다는 생각을 하지 않을 수 없었다. 말과 현실의 괴리, 말이 본래의 뜻과는 정반대 혹은 아무 관계도 없는 상태로 둥둥 떠다니는, 때로는 독침처럼 우리의 의식을 쏘아대는 것을 실감할 수 있었다.

위와 같은 경험을 한 번 더 경험한 적이 있다. 민통련 사무처장으로 5.3 인천민주항쟁을 배후조종했다는 혐의로 영등포교도소에 수감되어 있던 1987년 1월 중순 필자가 갇혀 있던 옥사에 박종철 군을 고문 살해한 남영동 대공분실 소속 경찰관 2명이 수감되었다. 이들은 여러 명의 진짜 고문자들 대신 희생양으로 구속되었다고 억울해하고 있었다. 이들의 불만이 새어 나가거나 재판정에서 불거질 경우 큰 파란이 일어날 것을 우려한 대공수사단 측에서는 단장을 비롯한 간부들이 구속 경찰관들을 면회 와서

회유하고 협박했다. 간부들의 언사는 이런 것이었다. "빨갱이 하나 죽인 것 가지고 무얼 고민하나. 자네들 애국하다가 일어난 일이야. 여기 1억짜리 통장이 준비되어 있으니 가족 걱정은 말게. 조금 고생하면 꺼내 줄 테니 기다리게. 그러나 입을 잘못 놀리면 자네 가족들 어떻게 될지 잘 생각하게. 그리고 자네들 나와서도 좋지 않을 거야. 잘 알아서 하게." 바로 이들 경찰관들도 독재의 희생양들이라는 것이 드러나는 현장이었다. 박종철 군의 고문살인의 은폐 조작 축소 사실은 천주교정의구현전국사제단의 폭로로 드러났다. 당시 전두환 신군부세력이 광주 민주화운동을 어떤 관점에서 진압했는지, 자신들의 압제에 저항하는 민주화운동 세력을 어떻게 바라보고 있었는지, 공안기관의 책임자들의 입을 통해 확인할 수 있었다.

5. 1987년 6월 항쟁 이후 현재까지

6월 항쟁은 군부세력이 6.29선언을 통해 대통령 직선제를 받아들임으로써 국민과 야당의 요구를 수용하는 입장을 취했다. 한발 양보하여 급격한 변화를 저지하고 자신들의 기득권을 그대로 유지하면서 야당과 민주화운동 세력을 분열시켜 다시 정권을 합법적으로 재창출하자는 치밀한 계획을 세웠던 것이다. 그들의 공작대로 야당은 분열했고 덩달아 민주화운동 세력들도 분열했다. 이에 대한 냉엄한 분석이 이제는 있어야 하겠다. 당시 감옥에 갇혀 있던 필자의 생각으로는 김대중-김영삼 양 김씨가 단일화되면 군부통치를 종식시키고 제대로 민주화를 정착시킬 계기를 만들 수 있을 텐데 이해하지 못할 주장이 제기되었다. 즉 '4자 입후보 필승론'이라는 것이었다. 양김이 분열했고 노태우는, 즉 군부세력은 기득권을 유지한 채 정권 재창출에 성공했다.

이후 이 나라의 민주화는 기형적으로 진행되지 않을 수 없었다. 직선제의 실시, 의회기능의 부분적 정상화, 남북관계의 부분적 진전 등이 이루어졌다. 그러나 군부독재 잔재와 극우 세력의 발호는 우리 사회를 탈냉전시대에도 여전히 냉전지대로 머물게 만들었고 이념대결의 악순환을 극복하지 못하게 만들고 있다. 더욱이 3김시대로 대표되는 지역주의 정치세력은 남한을 지역주의 정치로 퇴행하게 만들었다. 87년 양김분열과 민주정부 수립의 좌절은 오늘까지도 우리 사회에 어두운 그림자를 드리우고 있는 것이다.

김영삼, 김대중, 노무현 정부 등 세 차례 민주화세력의 잇단 집권으로서서히 군부세력의 잔재를 극복해 나가고 민주주의를 정착시키는 것 같았지만, 우루과이 라운드와 OECD가입, 97년의 IMF외환위기의 도래는 대기업 등 자본의 우리 사회 지배를 가속화했다. 대기업의 사회 전 영역에서의 영향력 증대는 이제 그들의 불공정, 불법, 탈법을 정치권력도 제어하기 불가능한 단계에 이르렀다. 재산상속 승계에서의 탈법, 정치권력의 뇌물매수 등에 큰 물의를 저지른 삼성의 이건희 회장이 최근에 한 발언은 도덕불감증과 파렴치의 극치를 보는 듯하다.

우리 사회가 정직해졌으면 좋겠다. 거짓말을 하지 않았으면 좋겠다.

6. 맺는말

필자가 대학 입학 후 오늘까지 살아오면서 보고 들은 세태 가운데 '오염된 말, 염색된 글'을 생각나는 대로 써본 것들이다. 너무 소략하고 부족하다는 느낌이다. 그러나 결정적 고비에 나타났던 몇 가지 사례들을 상기해

봄으로써 그런 말과 글이 우리의 운명과 일상을 얼마나 뒤틀어놓았는지
되돌아보는 것도 무의미하지는 않을 듯하여 발제를 감히 받아들였다.

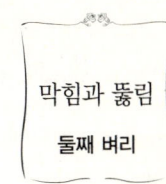

갇힘과 가둠에 대하여, 셋
─민화집 속에 들어 있는 왕권과 백성 얘기[*]

정 현기

1. 모든 나날 속에 갇힌 우리 얘기

무엇엔가에 우리는 갇혀 있다. 2010년 1월 3일부터 경기도 광주시 초월읍 서하리(대한민국의 한 변두리)에는 엄청난 눈이 내렸다. 그 눈이 내리는 하늘은 온통 검은 눈송이들로 장관을 이루어, 한때 아이들이 즐거운 낯빛으로들 환성을 질렀으나, 그것도 하루해가 다 가기 전에, 어느덧 사람들은 뭔가 무거워지는 하늘의 구름다리에서 두꺼워지는 어둠이 두려운 걱정거리로 얼굴빛이 바뀌기 시작하였다. 그에 따라 집안 분위기도 눈구덩이 속에 저물어 갔다. 덕소에 사는 큰딸아이가 신년 하례 모임을 원주에서 갖

---

[*] 우학모 제18차(2010년 2월 25일) 말나눔 잔치 발표문(주제: 사람됨과 인문학 교육)

기로 하였으니, 우리 집 안주인, 내 아내는 마땅히 외손자 고이든이를 보아주어야 했지만, 눈에 길이 막혀 꼼짝도 할 수가 없었다. 신년 하례 모임 또한 눈에 갇혀 연기되었다고 하며, 이런 눈길에서 모든 움직임은 모두 묶여 제자리걸음을 할 수밖에 없었다. 눈은 마당에 가득 차, 우리는 대문으로 가는 길만 빠끔하게 비로 쓸어놓았고, 대문 바깥에서 마을로 가는 길도 그저 대강 사람 다니는 길만 틔워놓았다. 그리고 나는 집에 갇혔다. 도무지 움직이는 것 자체가 싫어 마음이 그 문을 열고 닫는 일조차 멈췄다. 그동안 아무에게도 연락하거나 이런 일을 알리지 않았어도 이미 그곳 사람들도 그렇게 마음 한편에서 문을 잠그고 있겠거니 하였다.

바깥 마당가에 무성한 나무들도 그런 형편이었다. 나뭇가지 위에 얹힌 눈의 무게를 못 이긴 향나무 줄기들, 그들의 부러질 듯 몸을 숙인 모습이 하얀 눈밭 한 풍경으로 서 있었다. 그리고는 한파가 닥쳐왔다. 찬 기운! 차갑고 매운 바람이 윙윙 불기 시작하더니 웬걸! 젖은 눈[1]을 꽁꽁 얼려, 눈더미는 밟아도 자국이 나지 않는 얼음더미로 바뀌었다. 무서웠다. 갇힌 사람은 그것을 아는 순간 두렵다. 이렇게 시골 마을 한 작은 방에 갇혀 지내는 동안 할 수 있는 일은 무엇인가? 텔레비전이라는 물건은 계속 뭔가를 말하고 보여주고 팔려고 한다. 이 물건 저런 물건 따위 장삿속 광고와 선전으로 난리들이고 정치패들은 또 그들대로 4대 강을 정화한답시고 돈놀이꾼 재벌들에게 말 없는 네 개 강을 마구 까뭉개는 개발 열기로 사람들을 부추기고 있다. 정운찬 국무총리는 많은 말들로, 네 강(한강, 낙동강, 금강, 영산강)을 정화하여 여러 사람들이 즐기도록 만들겠다고 힘주어 말하고

---

1 눈에는 두 종류가 있다고 한다. 메마른 눈송이와 젖은 눈송이가 그것이다. 뽀송뽀송하게 메마른 눈송이는 바람에 잘 날려 몸이 가볍지만 젖은 눈송이들은 그들끼리 곧 뭉쳐 무거운 몸꼴로 굳어간다. 찬바람 속에 내린 눈과 훈훈한 기운 속에 내린 눈들이 그렇게 다른 몸무게를 갖게 만드는 모양이다. 진눈깨비 사촌들!

있다. 갯벌과 그곳에 농사짓고 몇 대째 살았던 농민들은 절대 그렇게 해서는 안 된다고 발버둥 치며 애원하고 비명을 질러대고 있다. 늦게 오는 신문 〈한겨레〉에는 이번 정부가 하는 일이, 너무나 강 앞뒤를 낀 채 살고 있는 이들의 아우성 소리를 듣지 않는다고 종주먹을 댄다. 살 길이 막연하다고 그들 4대 강가에서 농사짓거나 갯벌어류를 캐어 먹고 살던 이들은 절망하고 있는데도 개발이론으로 무장한 이들은 들은 척도 안 한다. 재난이 일어나고 있다.

이명박 대한민국 제17대 대통령은 현대적 의미의 왕인가? 그는 근본적으로 한국 안에서 돈을 많이 가지고 있는 자들의 하수인처럼 정치를 한다. 나오미 클라인이나 쑹훙빈 식으로 읽으면, 그는 재난 자본주의 복합체를 불러들이는 정치 숙주이거나, 금융재벌들의 '양털깎기'를 돕는 부라퀴처럼 보인다. 그는 국민들, 특히 가난하고 힘없는 한국 농민들이나 노동자들을 아예 거들떠도 보지 않는 사람처럼 행동한다.[2] 이렇게 눈으로 뒤덮인 산야에는 별의별 사람들이 다 아우성치게 마련이다. 집 앞의 눈을 치우지 않는 사람들에게는 벌금을 물리는 법령을 만든다고도 정부의 입이라는 말을 통해 그는 지껄였다. 코미디의 한 장면 같다. 그는 겁이 아예 없는 사람 같다. 아니 퍽 두려운 사람처럼 보인다. 고장난 로봇 같기 때문이다. 뒷날 사람들이 자기를 어떻게 읽을 것인지, 평가하게 될지 그는 아예 생각조차 없어 보인다. 쑹훙빈의 책 『화폐전쟁』에서 드러낸 세계 금융재벌 로스차일드가의 돈 모으는 몸꼴과 그는 퍽 닮았다. '일체의 남에 대한 생각을 빼고 오직 돈 움직일 곳만 쳐다보는 그런 눈빛,' '도덕이니 윤리니 하는 사람 사이의 관계거리 문제는 그들에게 아무런 관심도 흥미도 없다.' 냉혹한 수전노! 냉혹한 강도 얘기도 쑹훙빈은 썼다. 이런 사람들이 어

---

2 안미선, 아리랑 강물 소리에 손대지 마라, 녹색평론(서울: 녹색평론사, 2010년 1~2월호), 44~63쪽 참조.

딘가에 숨어 끊임없는 음모를 꾸미고 있는 한 모든 세상 사람들은 그들 욕망의 덫에 갇힌다. 우리 시대 정치꾼이라고 나선 한나라당 패들의 몸짓은 꼭 그들의 몸꼴을 닮았다. 우리에게 어째서 이런 낮도둑들을 지도자라고 여기 저기 앉혀 놓았는지 몇몇 작가들이 떠오른다. 특히 존재의 땅굴 속에서 흙무더기에 묻혀 자기 삶 판을 그렇게 싫어하였다던 체코 작가 카프카의 모습이 떠오른다. 이 나라 사람들이 깃동 무슨 죄를 어떻게 짊어졌길래 그런 인물들로 하여금 우리 앞날을 흔들게 하는 자리에 앉게 하였는가? 따뜻한 집을 가지고 있는 사람들과 전세방을 전전하는 사람들의 생각은 아주 다르다고 누구는 말한다. 집과 은행잔고를 많이 가진 사람들의 이익을 지켜주기로 약속한 대권자들은 방송 매체들을 장악하여 자기들 권력을 옹호한다. 그런 책략으로 말길을 장악한 정치꾼 사람들! 이들이들하고 니글거리는 글투로 가난한 사람들 마음을 비웃는 〈조선일보〉, 〈동아일보〉, 〈중앙일보〉 따위 치우친 신문기자들과 이렇게 모진 정권이 움켜쥔 방송 매체에 내 눈길이 멍청하게 갇혀 지내는 동안, 눈까지도 나를 가둬 놓았다. 꼼짝없는 눈길 갇힘!

이런 와중에도 물론 이름난 스키장이 붐볐다든지, 각 극장이 메어지도록 꽉 찼다는 이야기는 그것대로 사람살이의 몇 꼴 새를 알려준다. 갇힌다는 것은 이렇게 자연의 움직임에 따른 몸꼴 새인 셈이다.[3] 자연은 모든 사람들을 어떤 형태로든 가둔다. '자연을 따르라'는 주장은 17세기 서양 신고전주의 문학자들이 써먹었던 시 구절이자 구호였다.[4] 자연을 따른다

---

3 2010년 1월12일 오후 5시께(아이티 현지시간) 카리브 해 에스파놀라 섬이 요동쳤다. 그 섬 서쪽 3분의 1을 차지하고 있는 아이티 공화국의 수도 포르토프랭스에서 불과 16km가량 떨어진 곳을 진앙으로 한 리히터 규모 7.0의 강진이었다. 이 강진으로 하여 아이티 사람들 11만여 명이 흙과 무너진 건물더미에 묻혀 죽었다. 아직도 이 재해는 계속 중인 가운데, 세계 여러 나라에서 이들 난민들을 구하기 위해 돈과 식량들을 모아 보내어 주는 일들을 벌이고 있다. 2010년 1월 25일 795호 주간지 〈한겨레 21〉 '강도 7.0의 인재' 73~4 쪽.

4 알렉산더 포우프, 비평론(An Essay on Criticism), 잉글리쉬 크리티컬 텍스츠(옥스포드 대학교 출판사,

는 원리는 고대 그리스 시대로부터 받아온 서양 사람들의 믿음이었다. 자연이야말로 신에 가까운 존재임을 그들이 알고 있었기 때문일 터이다. 그러나 이런 믿음 틀은 16세기를 지나면서 그들이 바꾸기 시작한다. 서양은 인간이 대량생산 체제로 산업을 일으켜 돈벌이에 맛을 들이기 시작한 뒤부터, 자연을 학대하기 시작하였다. 자연은 사람들이 그것을 마구 까뭉개어 꼴을 바꾸면서 파괴되기 시작하였다. 자연을 파괴하고 학대한다는 점에서 그들은 아시아 쪽 사람들보다 앞선 패들이었다. 자연은 사람에게 없어서는 안 되는 삶의 둥지이며 파괴하는 것은 죄를 짓는 짓이기도 하다. 자연에게 죄를 지은 점에서 서양은 선진국이다. 죄의 선진국! 죄인들은 재산 늘리는 데에 눈에 핏대를 올리는 자들이다. 돈벌이와 자연파괴는 떼려야 뗄 수 없는 고리로 돈벌이를 늘리려고 할 때면 언제나 부리가 따른다. 그들 '자연을 거슬러야 돈이 생긴다.'는 믿음에 맛을 들인 모든 자본가들은 대체로 자연을 돈벌이의 수단으로 믿는다. 이런 믿음 틀이 오늘날 우리 모두를 가두어 놓았다.

나는 지난날 「갇힘과 가둠에 대하여」를 두 편이나 썼다. 그런데도 나는 아직 이 주제로부터 자유롭지가 못하다. 위에서 길게 눈 덮인 마을 집에 뒹굴면서 무엇을 하고 지냈는지를 말하다가 길이 퍽 다르게 새어나갔다. 나는 각 나라에서 읽힌다는 동화나 민화를 즐겨 읽는 편이다. 〈창작과 비평사〉에서 찍어낸 '창비아동문고'에는 여러 나라 민화집들이 나와 있다. 이들 가운데서 나는 '인도네시아', '인도', 그리고 '말레이지아', '노르웨이' 민화집들을 골라 놓고 몇 가지 자주 다루는 이야기 틀을 찾았다. 여기서 나는 '왕'과 '왕비', 그리고 '공주' 얘기에 특별한 관심을 가지고 이 글을 쓰려고 마음을 정한다.

1962) 112쪽.

2. 마음속의 왕과 왕비 그리고 왕자와 공주

1982년도에 〈창작과 비평사〉에서 출판하여 팔기 시작한 '창비아동문고'의 각국 민화집을 나는 여러 권 사서 읽고 또 읽어왔다. 오늘 발표할 글로 써보려 마음먹고 시작한 이 글은 『노르웨이 민화집』과 『인도 민화집』, 『말레이시아 민화집』, 그리고 『인도네시아 민화집』에서 자주 등장하는 임금과 그의 신하들, 그리고 왕의 딸인 공주와 아들인 왕자에 대한 이야기이다. 이 이야기에서 내가 묻고 싶은 물음이 그 뼈대이다. 왕과 그의 아내 왕비, 왕자와 공주는 하늘 아래에서 가장 고귀하고 사람들 위에, 마음 놓고, 앉아 있어도 되는 존재이다. 우리들 마음속에 어느덧 이런 왕들이 자리 잡고 앉아, 우리도 모르는 새에, 우리를 억누르고 기죽게 하지는 않는지 나는 묻고자 한다. 그러나 실제로 여기서는 노르웨이 민화집에서 네 편 정도만 인용하여 보여주려고 한다. 너무도 강렬하게 거기 있는 왕은 자기 나라의 반을 누군가에게 주겠다는 투로 이야기를 진행하고 있기 때문이다.

이지민이 뽑아 옮기고 안문선이 그림을 그린 『노르웨이 민화집』에 왕과 왕비, 왕자, 공주 이야기로 나오는 곳은, 다른 이야기 스물네 편 가운데, 열한 편이다. 이야기의 거의 반수에 이르는 11편이 왕과 그 집안 이야기이다. 「아스켈라덴과 은오리」, 「거위소녀 오쎄」, 「일곱 마리 망아지」, 「페르, 파울, 아스켈라딘」, 「웅얼웅얼 거위 알」, 「사자와 매와 거미가 된 소년」, 「해님의 동쪽 달님의 서쪽」, 「부츠와 공주의 거짓말 내기」, 「공주와 아시파틀」, 「유리 언덕 위의 공주」, 「황금 새」들이 그것이다. 이정호가 골라 뽑아 옮긴 『인도 민화집』 속에도, 마흔세 편의 우언이나 동화 같은 짧은 이야기 가운데 왕과 왕비, 공주와 왕자, 그 왕을 섬기는 신하들에 관한 이야기가 있다. 「4형제」, 「짠드라데브」, 「은혜를 모르는 사람」, 「어리석은 신하」, 「구렁이」, 「두 오빠와 여동생」, 「나가마띠」, 「금새」 등 여덟

편이다. 그리고 정영림이 골라 뽑아 옮기고 이상국이 그림을 그려 낸 『인도네시아 민화집』에는 주로 꾀보 깐칠이(우리나라 짐승으로 '고라니'라고 하는데 어째서 '깐칠'이라고 했는지 밝히지는 않았다. '사슴과 비슷하게 생겼으나 몸집은 더 작은 동물'이라고만 각주를 달아 놓았다)가 실수하여 죽는 이야기와 그 꾀부림 이야기가 많고 주로 우언에 속하는 작품들인데 그 가운데 왕과 왕자, 공주 이야기는 「뿌르바사리 공주」와 「랄 쫑그랑 공주」 둘 뿐이다. 그리고 정영림이 골라 뽑아 옮겼고 안문선이 그림을 그린 『말레이시아 민화집』에는 스물세 편 우언 가운데 「솔로몬 왕과 깐칠」, 「상금 5백 냥」, 「송곳니 임금」, 「왕과 세 명의 도둑」, 「하늘나라 공주와의 사랑」, 「야생물소가 된 공주」, 이렇게 여섯 편만이 실렸다. 이들 네 나라의 민화집에서 왕과 왕자 공주를 다루는 방식은 다르다. 그러나 그럼에도 불구하고 왕의 존재 자체에 대한 아무런 의문은 없이 이렇게 왕과 왕자 공주 왕비, 그리고 그 밑에서 그들의 힘으로 백성들 앞에서 힘깨나 쓰는 신하들의 존재가 자연스럽게 아이들 머릿속에 스며든다. 네 나라 민화에서 왕 이야기가 있지만 실제로 여기서 다룰 작품들은 노르웨이 민화집에서 네 편을 뽑았을 뿐이다.

민화집은 거의 어린아이들을 상대로 하여 읽히려고 만든 이야기이며 그래서 단순하고 또 그 전염력이 강하다. 아이들에게 이런 왕의 존재를 당연한 어떤 삶의 구조로 주입시키는 것은 정말 옳은 것인지, 또 이것은 피할 수 없는 존재의 운명으로 읽혀야 하는 것이었는지, 나는 이것을 따져 묻고 싶었던 것이다. 왜냐하면 우리들 마음속에는 누구에게든 무서운 권력자 왕이 똬리를 틀고 앉아 있는 것처럼 내겐 보였기 때문이다.

여기서 묻고 싶었던 이야기는 왕이란 어떤 존재인가? 하는 물음이다. 위에서 적어보인 네 나라 민화집에서 뽑은 왕 이야기들 가운데서 내가 이 글에서 문제 삼고자 하는 내용은 다음과 같은 내용이다. 첫째 이야기는 이렇게 되어 있다.

옛날에 딸 하나를 둔 왕이 있었는데, 그녀는 이 세상 어디에서도 찾아볼 수 없을 만큼 대단한 이야기꾼이었습니다. 그래서 왕은 만일 누구든지 그 공주가 '그것은 거짓말이야!'라고 말할 수밖에 없게 긴 거짓말을 꾸며낼 수 있는 사람은 그녀를 아내로 맞이하고 또한 **왕국의 반도 갖게 될 거라고 선언했습니다.**

—『노르웨이 민화집』, 「부츠와 공주의 거짓말내기」, 위 책, 149쪽

두 번째 것은, 위와 같은 노르웨이 민화집의 「공주와 아시파틀」 이야기 시작 장면이다.

옛날에 어떤 왕이 있었는데 그에게는 쉴 새 없이 말을 해대는 딸이 있었습니다. 공주는 옹고집장이인데다 항상 말을 반대로 하기 때문에 아무도 공주를 조용하게 할 수가 없었습니다. 그래서 **왕은 공주를 이겨낼 수 있는 사람은 공주와 결혼을 시켜주고 또 왕국의 반도 주겠다고 했습니다.** 공주와 왕국의 절반을 갖게 되는 일이 매일 있는 흔한 일이 아니므로 매우 많은 사람들이 한번쯤 해보고 싶어 했습니다.

—같은 책, 174쪽

세 번째 이야기도 같은 노르웨이 민화집의 「유리 언덕 위의 공주」의 한 장면이다.

그런데 마침 그 나라 왕에게는 딸이 하나 있었는데 왕은 궁전 가까이에 있는 얼음같이 미끄러운 굉장히 높은 유리 언덕 꼭대기까지 올라갈 수 있는 사람에게 공주를 주겠다고 약속했습니다. 이 꼭대기 위에는 왕의 딸이 무릎 위에다 황금 사과 세 개를 가지고 앉아 있기로 되어 있었는데, 말을 타고 올라가 그 사과 세 개를 가지고 내려올 수 있는 사람은 **그 공주와 결혼도 하고 나라의 절반**

도 가질 수 있었습니다.

> 왕은 나라 안 방방곡곡에 방을 붙이고 또한 다른 나라에도 방을 붙였습니다.
>
> —같은 책, 190쪽

네 번째 이야기는 노르웨이 민화집 속의 「일곱 마리 망아지」에 보이는 왕의 이야기이다.

> **'내 왕국의 절반을 가져라. 그리고 나머지 반도 내가 죽은 다음에 가져라. 내**
> **왕자들은 이제 다시 사람이 되었으니 각자 자기 땅과 왕국을 가지도록 하고—'**
> 왕은 아스켈라덴에게 말하였습니다.
>
> —같은 책, 48쪽

그는 정말 어떤 누구길래 이 민화 속에서처럼 왕국의 반을 마음대로 줄 수가 있는 사람으로 이야기될 수가 있는가? 둘째 이들 민화 속에서 이야기되는 왕은, 우리가 도무지 이해할 수 없는 권력을 지닌 사람이다. 정말로 그들은 그렇게 제멋대로 나라의 반을 주겠다고 약속을 던질 수 있는 그런 사람일 수가 있는 것인가? 이것이 이 글이 묻는 뼈대이다. 왕은 정말로 우리에게 필요한 어떤 존재인가? 우리 마음속에 들어앉아 있는 왕, 그것은 우리 삶 속에서 없앨 수 없는 존재인가? 왕! 바둑 왕! 씨름 왕! 판매 왕! 요리 왕! 철강 왕! 거지 왕! 이 모든 왕자(王字)가 붙은 말들은 우리 마음속에 든 왕을 자기 것으로 만들어, 왕 기운을 달래려는 심보처럼 보인다. 그러나 우리가 정말로 가까이 가지 못할 만큼 거세어진 지배자들은 다른 곳에서 그 이름을 바꿔 다른 것으로 불린다. 나라 안 여기 저기 없는 곳이 없어 보이는 큰 부자 회사 백화점이나, 티브이만 틀면 튀어나오는 터무니없이 많은 돈을 지닌 놈들(재벌) 주인공의 몸짓들은, 그 널리 퍼진 이름만큼이나 행투 자체가 옛날 왕들 뺨치게 빤드르르하지만 속셈이 모질다. 그들이 곧 우리 시대의 왕이기 때문이다. 옥스퍼드 영어 사전에 나와 있는 말 리취(rich)는 우리가 돈깨나 꽤 많이 지닌 놈(富者)이라고 옮겨서 불리지만 본시 이 말은 라틴 말 'rex'에서 온 말이란다. 라틴 말 렉스는 곧 국왕이다.[5] 오늘날 돈은 곧 왕이고 신이다. 돈깨나 많이 지닌 놈들을 왕이라고 믿는 시대에 우리는 놓여 산다. 돈은 모두에게 없어서는 안 될 그런 물건이 되었다. 돈에게 우리는 꼼짝없이 갇혀 있고, 그것은 바로 신이며 왕으로 군림하고 있으니 이런 세계를 어떻게 벗어날 수 있다고 말할 수 있을까?

3. 왕과 권력

1) 권력의 샘에 대한 문제

먼저 우리는 권력이 무엇인지에 대해서 알아내야 한다. 앞에 끌어온 민화집에서 왕은 자기 마음대로 '나라의 반'을, 누군가 왕 자기를 위해, 문제를 풀어주는 사람에게 주겠다고 선언하고 있다. 앞에 예로 든 이야기들이 모두 이런 식이다. 민담 속의 이야기들이 지닌 이런 터무니없고도 황당한 이따위 행패 원인을 찾으려면 그 권력이라는 말뜻부터 찾아나서야 한다. 권력(權力)! 〈두산동아〉판 『동아 새 국어사전』에서 권력에 대한 풀이를 보면 이렇다. '권력; 명사, 남을 지배하여 강제로 복종시키는 힘.'

권력이라는 말 속에는 이렇게 나와 남의 관계항목이 있다. 그렇다면 다시 묻는다. 남을 지배한다는 말은 무엇인가? 같은 사전에는 **'누군가가 남**

---

5 더글러스 러미스 지음, 김종철/이반 옮김, 경제성장이 안 되면 우리는 풍요로울 수 없는가(대구: 녹색평론사, 2002), 85쪽.

160 우리말로 학문하기의 날갯짓

을 거느려 부리는 것'을 지배라고 풀이하여 놓았다. 이 풀이를 따라나서면 권력이 없는 사람은 그가 '나'를 주인으로 하더라도 '나'는 내 앞의 '남'인 누구에게 부림을 당한다는 것으로 된다는 이야기이다. 누군가가 남을 부린다는 뜻은 이미 엄청난 폭력을 말속에 품고 있다. 왜냐하면 남을 부린다는 것은 그 남의 힘을 부려 거기서 나온 재물이나 이익을 가로챈다는 뜻이겠기 때문이다. 권력의 샘에는 몇 차례 올림 틀이 있다.

첫째는 한 사람이 지닌 힘이다. 남보다 힘이 세어 사냥터에서나 농사터, 고기 잡는 터에서 남보다 몇 배 정도 힘이 세어 거두어들이는 분량이 엄청나게 많은 사람이 있을 수 있다. 이런 사람들 밑에는 많은 사람들이 머리를 숙이거나 허리를 굽히는 무리가 이루어지기 쉽다. 그가 만일 남을 함부로 대하지 않고 고분고분하며 남의 아픔이나 슬픔, 힘겨운 삶을 곰살맞게 보살피는 마음 씀이 있다면 이웃 사람들이 그를 보고 고마워하는 눈길은 더욱 깊어지고 넓어진다. 이것이 한마을 두 마을 건너뛰어 입에서 입으로 소문이 날 때 그 힘에는 가속도가 붙어 사람들의 바람(꿈) 속으로 자리 잡는다. 영웅의 태어남! 이렇게 힘이 센 사람은 몇 단계의 시험을 만난다. 그리스의 영웅 신화가 이런 이야기를 세계에 퍼뜨리는 잣대처럼 되어 왔다.[6] 헤라클레스나 테세우스 등 많은 영웅이 겪어야 한 시험 또는 고난 이야기는 열 개 정도로 요약되어 있다. 영웅은 어떤 고난이든 이겨내는, 사람을 넘어서(초인적)는 힘을 지닌 사람이다. 영국에서 8세기부터 11세기에 걸쳐 떠다니던 영웅이야기 「베어울프」에서는 베어울프[7]가 사악한 괴물 그렌델(Grendel)과 그의 어머니 메어위프(Merwif) 마지막에는 용(Dragon)과의 싸움에서 이기는 용감한 장면들이 나온다. 그는 왕 노릇도 하였고 여러 여자를 거느리는 행운도 맛본 영웅이자 전설 속의 왕이었다.

---

6 유재원, 그리스 신화의 세계(서울: 현대문학사, 1998),첫째 권부터 둘째 권까지.
7 김석산, 베어울프(서울: 탐구당, 1978), 참조

이렇게 해서 힘이 센 어떤 한 사람은 남을 부리는 왕으로 올라선다.

둘째는 마음이 착하고 넓어서 이웃의 남들이 아프거나 외롭게 사는 것을 참고 보질 않아서 착한 일을 꾸준히 하는 평범하되 평범하지 않은 사람이 남들에게 추앙을 받아 왕이 되는 경우도 있을 수 있다. 중국의 고대 왕(천황, 지황, 신농, 복회 씨, 그 이후 당우시절의 요임금 순임금)들에 관한 이야기는 대부분 이렇게 착한 사람됨으로부터 왕의 자리에 옮겨 앉은 사람들로 그려져 내려오고 있다. 이른바 성도정치(聖道政治)를 한 사람들이 그들이라는 것이다.[8] 당우시절(唐虞時節)의 요임금이나 순임금 이야기가 뒷대 우, 탕 시대로 좀 넘어오면 왕도정치(王道政治)꾼들이라 불러 정치의 이상적 형태로 지껄이고들 있다. 그들은 모두 정치를 평범하게 사는 사람들 입장에서 늘 물과 산을 잘 가꾸어 백성들을 잘 살게 보살폈던 왕들이었다는 것이다. 그것이 중국의 고대 정치사 이야기라고 우리에게도 익숙하게 전해오고 있다. 그들 왕들은 정말로 마음이 착했었는지 우리는 알지 못한다. 이런 이야기들이 뭉치고 뭉쳐 계속 전해 내려오는 동안, 우리들 마음속에는 어느덧 왕들이 자리를 잡아, 그들의 위대한 사람됨이 고정관념으로 굳어져 왔다는 것을 오늘의 내 이야기 줄타기로 삼는다.

셋째, 남을 부려 먹을 궁리가 강하고 모진 사람이, 모진 마음을 가진 사람들을 모아 떼로 몰려다니며, 남이 심어놓은 곡식밭이나 논을 휘젓고 망쳐 놓아 사람들을 벌벌 떨게 하여 어쩔 수 없이 사람들이 그의 위압과 압제에 무릎을 꿇는 경우가 있다. 중국 고대 역사에서 이른바 패도정치(覇道政治)로 일컬어지는 춘추전국시대의 각 나라 왕들의 이야기 또한 우리는 마음속에 스미고 들어와 앉아 있다. 뒤에 인용해 보일, 공자가 가려 뽑은, 민요집 『시경』의 한 구절이 바로 이런 시대의 이야기를 노래로 적어 놓은 것이었다.

---

8 중국역사 책인 「십팔사략」 참조.

넷째, 왕권을 아버지로부터 물려받아 그 자리를 차고 앉아 떵떵거리는 경우가 있다. 1789~1799년 동안에 일어났던 프랑스 혁명이나, 1860년에 시작하여 1905년도에 본격적으로 일어났던 한국의 동학혁명[9], 1917년에 일어났던 러시아 혁명, 이런 거센 물살이 모두 왕권의 터무니없는 대물림과 막돼먹은 썩은 정치 술수 때문이었다. 오래전 김두헌 교수는 혁명이란 곧 계급갈등을 없애려는 민족의 단합된 힘이라고 썼다.[10] 왕이나 정치권력의 꼭지에 올라탄 사람들은 자기 옆에 늘 말 잘 듣는 사람들을 타일러 길들여 놓는다. 매 사냥꾼 비슷한 인물이 왕이기 쉽다. 김두헌 교수가 정리한 내용을 조금 보이기로 한다.

> 둘째로는 계급혁명 사상과 결탁하게 되는데 이는 외국의 침범이 결국 자본주의의 침략이 되어 계급을 형성하여 그 목표가 경제적 착취에 있음을 간취한 데에서 비롯된다. 계급타파 운동은 민족주의 운동의 목표와 합치되어 계급투쟁은 곧 민족투쟁으로 비약하게 되는 것이다.
>
> —민족원론, 같은 책, 162쪽
>
> —이 글 내용은 신복룡의 『동학당 연구』152쪽에서 빌려 옴.

다섯째, 이미 만들어져 있는 왕권에 틈새가 생겼을 때 그 꼭짓점인 왕과 그 종복들을 잡아 죽이고 움켜쥐는 방식의 왕권이 있다. 가장 가까이서 볼 수 있는 예는 1960년대 군인 박정희 장군이 장면 정권을 총칼로 유린하여 민권을 찬탈한 군사 쿠데타를 들 수 있다. 그리고 멀리 올라가 고려 왕권을 이성계가 무너뜨리고 왕권을 잡은 이씨 조선 왕조를 그 대표적인 경우로 들 수 있다. 조선조 왕권 세월이 근 500여 년을 지켜왔다. 뿐만

---

9 신복룡, 동학혁명의 역사적 의의, 동학당연구(서울: 탐구당, 1972), 151~166쪽 참조.
10 김두헌, 민족원론(서울: 동국문화사, 1960), 162쪽 참조.

이 아니다. 프랑스 혁명사나 러시아 혁명사를 읽으면 그들 왕권의 권세가 얼마나 혹독하고 차가웠었는지를 알 수 있다. 그러는 동안 우리 마음속에 들어와 앉은 왕권 유전자는, 이제 상당히 다른 정치권력 흐름 위에 살고 있는 사람들에게조차, 결코 벗어날 수 없는 고정관념으로 굳어져 있다. 우리 마음속에는 왕이 있다. 그를 어떻게 대접해야 하나? 그뿐만이 아니다. 다른 나라를 쳐들어가 분탕질을 친 다음 그 나라 사람들을 자기가 부리는 종으로 삼아 사람들이 일해서 나온 곡식이나 의복, 집, 금은, 쇠 따위 광석들을 자기 것으로 삼는 모진 짓들도 저지른다. 이른바 식민정책이라는 모진 부라퀴 짓들도 이들 왕권 같은 권력을 노리는 모진 놈들에 의해 저질러졌다. 이럴 때면 반드시 그 앞잡이가 나타난다. 왜국이 이 나라를 집어삼키기 전에 왜국 사문관인가를 찾아가 이 나라를 돈 얼마에 팔아넘기겠다고 나선 이인직 이야기가 눈을 찌른다. 삼천리 국토에다가 사방으로 깔린 어업권이나 농토, 광산 따위를 들어가면서 왜놈 관리를 설득하는 장면이 역사 잡지 어딘가에 실려 있었다. 붕붕 돌아가는 여름 선풍기 이야기에다가 합방 일을 책임 맡았던 왜국 사무관 누군가가, 합방 일이 지지부진하여 고심하고 있었을 여름 어느 때 한 사람이 찾아 왔다. 바로 이완용의 비서로 있던 이인직이었다. 이인직은 합방하려면 돈 얼마가 필요하니 그 돈을 일본정부가 내놓으라는 얘기였다. 무슨 돈을 그렇게 많이 요구하느냐 하니 가로되 조선 땅덩어리 값을 이 작자가 지껄이고 있었다.[11]

아마도 지금 아랍 지역 어디에서도 이런 일은 저질러지고 있을지 모른다. 아니 실제로 지금도 그런 일들은 틀림없이 저질러지고 있다. 이라크 문제나 이란 문제 따위, 미국에 의해 저질러지고 있는, 현재 우리들 머리 위에서 맴도는 모진 바람은, 모두 그런 왕권 같은 힘쓰기에 이어져 있다. 우

---

11 〈오늘의 역사〉창간호에 이 장면이 나오는데 지금 그 자료를 찾지 못하였다.(보충할 생각이다)

리들 마음속에는 못된 왕들이 들어앉아 있다. 우리를 질식시키는 왕, 그것은 우리가 넘어서야 할 어떤 고약한 전염병이나 아닐까?

바로 우리 이웃 나라 왜국은 불과 100여 년 전에 이 나라를 집어삼켰었다. 미국 대통령 시어도르 루스벨트, 제국주의 원리를 자기 나라 키우는 정책으로 삼았던 부라퀴 미국 지도자는 왜국을 부추겨 조선을 먹어도 좋다고 밀약하였다. 1905년도에 벌였던 가쯔라-태프트 조약이 바로 그따위 사악한 음모 조약이었다. 그렇게 바르지 못한 미국의 등밀이를 믿은 데다, 그런 서양 악당들의 악행을 본받아, 왜국은 우리나라를 집어삼키려고 하였다. 이 속셈을 얼른 알아챈, 아주 바른 사람이었던, 안중근이 그 왜국의 모진 꾀자기(꾀보) 이등박문을 쏘아 죽이고 나서 벌이는 재판 과정 이야기는 가히 볼만한 웃음감이다. 한국의 의병 참모중장 안중근은 이등박문을 하얼빈 역전에서 쏘아 죽였고, 중국 사람들은 말할 것도 없고, 유럽 여러 나라 사람들까지 그 이야기를 퍽 신기하게 여기고 있었다. 의주(義州)사람 한국 변호사 안병찬[12]과 영국 변호사 더글러스[13], 그리고 러시아 미하일로프 변호사들의 안중근 변호를 왜국 법정은 끝끝내 막았다. 그만큼 왜국의 도덕적 체통은 거덜 나버려 아예 없었던 것이다. 속셈이 너무 뻔한 침략의 손 뻗침질은 그들 스스로가 잘 알고 있었고 유럽 여러 나라 지식패들도 다들 잘 알고 있었다. 왜국 법정에서는 판결의 구색을 맞춘답시고 왜국

---

[12] 안병찬 그는 안중근 변호를 하겠다고 스스로 나섰으나 왜국 법정이 거부하자 피를 토하고 졸도하였다가 겨우 일어나 방청의 자리를 지켰던 아주 마음 바른 한국 지식인이었다.

[13] 비록 안중근 변호를 할 수는 없었지만 재판 과정을 끝까지 지켜보았던 영국 변호사 더글러스(德雷司)는 안병찬을 만나 한숨 쉬면서 말하기를 "**나는 여러 나라의 큰 사람들을 많이 만나보았고 묵직한 재판을 여러 차례 겪어보았지만 지금까지 이런 사람은 보지 못했다. 나는 온 세상을 다니면서 반드시 그를 칭송할 것이다.**"고 하였다. 러시아 변호사 미할이로프(米阵衣洛夫)는 일본 사람들의 바르고 고르지 못한 짓들에 분개하여 마지막 판결을 기다리지 않고 스스로 귀국하였다. 국가보훈처 가 간행한 안중근전기전집 가운데 백암 박은식 지음, 안중근전이 있다. 윤병석 역편(서울: 국가보훈처, 1999), 230~260쪽 참조.

의 국선 변호사 수야(水野), 겸전(鎌田) 둘만 안중근 변호를 맡게 하였다. 이 등이야말로 위대한 왜국의 공신이지만 그를 죽인 안중근을 극형에 처하 지는 말아야 이등의 명예가 더 높아질 것이라는 따위의 변호를 그들로 하 여금 하게 하였다. 그 가운데 미즈노(水野)라 불리는 왜국 변호사가 안중 근 재판 과정에서 보인 변호 얘기를 조금 옮겨 보이면 이렇다.

> 또 이를 양자(兩者)의 의기로 보면, **만세일계(萬世一系)의 성천자(聖天子)를 봉대(奉戴)한 일본 신민**과, 이조 삼백 년, 그나마 동인 서인으로 나누어 서로 간 에 살생하고 관리는 다투어 가렴주구(苛斂誅求)를 일삼으며 수회능욕(收賄凌 辱)이 가는 곳마다 뻗치지 않은 곳이 없는 한국 신민과는 그 국시의 경중을 동 일하게 논할 수는 없습니다. 하지만 한국 신민인 피고가 나라에 충성하려는 정 성에 있어서 일본의 지사에 뒤지지 않는 것이 있을 테니, 역시 동정을 기울임에 인색할 수 없을 것이라고 생각합니다.[14]

재미있게도 우리 이웃 나라 왜국은, 제2차 큰 전쟁에서 구미 연합군들 에게 졌다. 이렇게 독일, 왜국 등과 싸워 이긴 미국의 맥아더 장군은 왜국 헌법을 새롭게 고쳐 만듦으로써 다시는 남을 쳐들어가는 전쟁을 하지 못 하도록 하려고 하였다. 왜국 새 헌법 9조 이야기이다. 그러나 끈질기고도 뭔가 석연치 않은 이유들로 천황제라는 웃기는 제도를 완벽하게 바꿔놓지 는 않았다. 미국과 일본이라는 미묘한 이와 입술 관계 꼴이 잘 보이는 결 과였다. 그래서 새로운 왜국 헌법을 만들면서, 문장을 바꾸었다. 하지만 그전의 헌법 제1조는 바로 이런 투였다. '**일본은 만세일계(萬世一系) 천황이 다스린다.**'[15]가 바로 그것이다. 어처구니가 없는 일이지만 사실이 그랬다.

---

14 이기웅 옮겨 엮음, 안중근 전쟁 끝나지 않았다(서울: 열화당, 2010), 333쪽.

15 일본의 이런 구헌법조항 1조부터 10조까지 만세일계 천황지배 얘기는 왜정 당시 학생이었던 박가

만세가 지나도록, 오직 한 집안이 대를 이어, 일본을 다스리는 왕이 된다는 이런 법을 가진 나라가 왜국이다. 어떻게 3만 년 동안 한 가계에서 일본 제국을 다스린다는 말인가? 한 세대를 30년으로 친다면 만세는 3만 년이다. 영원히 천황 일가는 일본의 지배계급이라는 것! 이런 이상한 법을 믿고 따르는 왜국 일본이 이 세상에는 버젓한 문명국가 이름으로 우리 옆에 버티고 있다. 꼭 코미디 연극 무대를 보는 느낌이다. 사람들이 이렇게 어딘가에 갇혀 있다는 생각은, 그런데도 그런 갇힘에 대해서 아무런 느낌도 없다는 듯이 살아간다는 것은, 그저 신기할 따름이지만[16], 사는 일이 좀 귀찮아 더럽고 지겹다는 생각도 든다.

이런 삶의 길은 우리에게 이미 돌이킬 수 없이 굳어져 정해진 앞날인가? 중국이 낳은, 성인으로 추앙받는, 공자의 배움터 사람들 말을 기록한 『논어』앞머리에 공자의 제자 유자(有子)[17]는 이렇게 말하여 놓고 있다.

유자께서 말씀하시되, '그 사람됨이 어버이에 효도하고 형에게 공경하면서도 윗사람의 뜻에 거슬리는 짓을 하기를 즐기는 사람은 거의 없을 것이요, 윗사람의 뜻에 거슬리는 짓을 하기를 싫어하면서 난(亂)을 꾸미기를 좋아하는 사람은 없을 것이다. 군자는 반드시 근본적인 문제를 연구하기에 전력하고 그 근본적인 문제가 성립하면 모든 길이 이로부터 열릴 것이니 어버이에 효도하고 형에게 공경한다는 것은 참으로 양심을 연마하는 근본적인 일이 아니고 무엇이겠는가?'라고 하였다.

박경리의 독특한 독법으로 읽은 일본론이 있다. 거짓과 허황한 천황수사법 얘기를 자주 하였다. 박경리, 진실의 상자 못 여는 일본, 생명의 아픔(서울: 이룸, 2004), 157~8쪽 참조.

16 박경리 선생은 일본에 '지성인'이 없고, '고승'이 없다는 말을 자주 하였다. 진실에 눈감고 있는 자들을 지성인이라고 하기는 어렵겠기 때문이다.

17 공자의 제자로 이름은 약(若). 공자보다 나이가 열세 살이 적다. 이가원 역주, 가려 뽑은 사서오경(서울: 일지사, 1971), 13쪽.

공자 배움터 사람들은 먼저 집이라는 삶의 둥지를 이야기의 샘으로 말하고 있다. 자아, 나를 낳아준 어버이를 잘 섬기는 마음과 형에게 마음을 너그럽게 쓰는 마음가짐이야말로 삶의 가장 크고 바른 길이라는 가르침이 곧 위의 이야기 뼈대로 내게는 읽힌다. 그렇게 집 안에서 지켜야 할 마음가짐을 기르며 자란 사람은 밖에 나가서도 반드시 착한 일로 남을 대할 것이라는 이야기일 터이다. 공자를 우리는 성인으로 알고 있다. 그는 평생 누군가를 가르쳤던 스승이었지 남을 다스린다는 핑계로 남을 억누른 사람은 아니었다. 그러나 그는 남들로 하여금 왕권이나 그 왕권 충충다리 사람들을 존중해야 한다는 투의 말을 가르쳤다. 그를 따르는 뒤의 많은 유학자들이 만들어 놓은 삼강오륜(三綱五倫) 법도에서 가장 앞줄에 내놓은 지킬 규범이 왕을 위하는 신하의 벼리(君爲臣綱)라든지 왕과 신하의 올바른 거리(君臣有義) 따위의 덫을 만들어 놓았다. 이런 벼리는 사람들 머릿속에 차분하게 가라앉아 큰 믿음틀로 바뀌게 된다. 유교를 하나의 종교로 받아들이느냐 아니냐 하는 것 또한 웃기는 논의 이야기에 속하는 것일 뿐이다. 우리가 죽은 뒤에 우리 삶은 이어져 있느냐 없느냐를 종교의 잣대로 놓고 따지고는 하지만, 그것도 기독교를 종교의 으뜸으로 읽으려는 사람들에 의해 내세워지는 말투였다. 그것은 또한 마음이 짓는 믿음의 문제일 뿐이지, 이냐(眞) 아니냐(僞)를 뚜렷하게 밝혀 보여줄 종교는 없다. 공자나 맹자, 한다 하는 학자들의 말씀들을 가지고 이룩한 유교 또한, 서양에서 기독교가 그랬듯이, 한국을 비롯한 아시아 여러 나라 사람들을 길들이는 데 퍽 오랫동안 커다란 역할을 하여 왔다.

여러 이름의 종교나 가르침은 사람들을 길들이는 벼리이다. 하지만 그것이 비록 드높은 뜻으로 이루어진 믿음 틀로 된 가르침이라 할지라도, 그것으로 남을 찍어 누른다든지 남을 내 삶의 부림 수단으로 삼아, 자기 삶을 그럴 듯하게 꾸리는 일은 천박한 일임에도 틀림이 없다. 서양에서 기독교가 얼마나 큰 힘으로 1000여 년 동안 사람들 마음을 잡아 죄었는지를 우리는 안다. 오늘날 한국 안에서 번성하는 기독교 사업들을 보면 정말로 놀랄만하기만 하다. 신은 정말로 있는가? 유럽에서는 그들이 중세기라 부르는 시기에 이미 천여 년 동안을 하나님 신에 의해서 삶의 모든 일이 판가름 난다고 믿어왔다.

이런 믿음 틀에 의심을 가진 많은 서양의 앎 꾼들이 마음 써서 생각한 것은 도덕적 잣대로 신에 대응할만한 사람의 능력을 찾는 문제였던 것으로 보인다. 하나님, 신에 대응할만한 사람의 능력을 깃동 무엇으로 내세울 수가 있겠는가? 유럽 사람들은 그런 믿음 틀로부터 벗어나기 위해 꽤나 애를 쓴 흔적이 보인다. 16세기 이후, 프랑스의 디드로 학파로 불리던, 백과전서 학파 사람인, 달랑베르는 이『백과전서』를 힘들여 내놓고 나서 이것을 '이성의 시대'가 아니면 결코 이루어질 수 없는 열매라고 자찬하였다. 이성의 시대! 합리주의 시대! 그런데 그 비슷한 시대에 살았던 슬기밝힘꾼 파스칼은 이런 생각의 흐름을 못마땅하게 여겼던 모양이다. 그의 주요 저서『생각들=팡세』의 한 부분은 맺는말에서 옮겨 보이겠다.

프랑스의 문예사회학자 루시앙 골드만이 이 합리주의 문제를 놓고 읽었던 느낌은 이랬다. 신에 대응하는 인간의 따짐 능력(이성)과 그것을 뼈대로 생각하는 합리주의라는 큰 값의 흐름의 한 대목을 보이면 이렇다.

합리주의적 작용은 점차적으로 내적인 것으로부터 사회적인 삶을 파괴해 버림에도 불구하고, 그것은 아직도 인간이 계속해서 〈느끼고 실천하는〉 가치— 그것이 비록 새로이 형성되고 있는 정신과 대립된다 할지라도—에 깊게 감염된 사회 위에서 이루어졌다. 기독교적 도덕(속화된 것까지 포함해서)과 휴머니스트의 사고가 계속 명맥을 이어왔기 때문에, 도덕적 가치가 없는 세계의 위험은 은닉되어 왔고 이러한 것이 아무런 문제도 일으키지 않은 채 과학적 사고와 그것의 기술적 승리가 진보의 표현으로 찬양되었다. 신은 세상을 떠났다. 그러나 서구유럽의 소수의 지식인들만이 신의 부재(不在)를 인식했을 뿐이다.[18]

유럽의 여러 나라 사람들이야말로 왕권이라는 흉폭한 깡패들 밑에서 오랫동안 자기 존재를 버텨온 민족이었다. 그뿐만이 아니었다. 예수의 제자라고 나섰던 많은 예수 제자들의 말씀으로 얼마나 많은 사람들이 그들 아래에서 움쭉달싹하지도 못한 채 살아야 했었는지 르네상스 시기 문인들이 바로 그 시대를 암흑시대라고 불렀었던 것으로도 짐작할 수가 있다. 그럼에도 불구하고 하나님은 늘 필요했던 모양이다. 지금도 그런 하느님은 우리 곁에서 엄청난 힘으로 사람들을 떨게도 하고 즐거움에 들뜨게도 한다. 그것이 모두 말씀으로만 되어 있기 때문이다. 말씀은 곧 하나님이고 왕이다. 문제는 예수가 이스라엘 왕이라고 외치면서 그가 어째서 한국이나 다른 여러 나라 사람들에게도 왕인지를 밝히는 데는 별로 크게 마음들을 쓰고 있어 보이지가 않는다. 어떤 이름으로도 사람은 누구를 부리거나 가둬서는 안 된다는 것이 이 글쓰기의 또 다른 나의 속뜻이다.

사람은 누구나 남을 내 부림 수단으로 생각해서는 안 된다. 모든 사람은 서로가 각기 귀한 목숨을 가지고 태어났기 때문에, 비록 그 삶이 별다른 큰 뜻이 있어 보이지 않는 여정일지라도, 누구도 그 삶을 함부로 대할 권리는 없다. 그런데도 권력을 쥐려고 하는 사람들은 남이 나를 위한 수단일 뿐이고 나를 위해 남들은 노동하는 기계일 뿐이기를 바란다. 다음과 같은 글을 보기로 한다. 칼 마르크스라는 파격적인 슬기밝힘꾼이 읽었던 당대 자기들 삶 판에 대한 이야기는 그의 이름난 책『자본』앞장에서 퍽 파격적으로 펼쳐지고 있다.

---

18 루시앙 골드만 지음, 송기형·정과리 옮김, 비극적 세계관의 변증법 숨은 신(서울: 여강출판사, 1984), 43쪽.

그런 미성숙한 인간을 단순한 잉여가치 제조기로 변화시킴으로써 인위적으로 생겨나게 된 지적 황폐―그것은 정신의 발전능력과 자연적 풍요성 그 자체를 파멸하지 않고 그것을 휴경상태로 방치해 두는 자연발생적인 무지와는 매우 차이가 있는 것이지만―는 결국 영국 의회조차 공장법의 규제 밑에 있는 모든 산업에서 14세 미만 아동들의 '생산적' 사용에 대하여 초등교육을 그 법적 조건으로 하지 않을 수 없게 하였다.[19]

돈의 힘을 왕 또는 신(神)으로 여기기 시작한 자본주의 흐름의 이런 행패를 마르크스는 모질고 못된 악행으로 읽었던 것이다. 모든 권력은 정말 어디로부터 오는 걸까? 권력이 하늘을 찌를 듯이 높아, 아무도 거기 대항하거나 권력 틀에 대한 이야기를 입 밖으로 낼 수가 없었던 시대에, 그것은 곧 하느님이거나 신(귀신)으로부터 얻는 특별한 은총이어서 누구도 거기 의문을 가질 수도 없었다. 이런 시대가 곧 이 글의 갇힘 얘기 텃밭이다. 이런 시대는 어디 있었고 또 어디에 있는가? 못할 일 없이 자기 하고 싶은 대로 마구 행하던(무소불위) 절대왕권 시대, 이런 시대에 퍼져 나왔을 개연성이 높은 이야기 틀이 오늘 이 글의 재료이다. 그러나 왕권 시대를 잘못된 시대였고, 또 왕이란 우리들 삶 판에 꼭 있어야 할 존재는 아니라고 쓴 글을 나는 아직도 찾지 못하였다. 나쁜 왕이나 훌륭한 왕 이야기가 대부분 역사 이야기의 뼈대였다고 나는 기억한다. 중국의 고전 작품인『시경』이나『예기』,『춘추』따위 책들은 바로 이 절대왕권 시대의 이야기를 쓴 책들이다. '사람들 마음이 곧 하늘의 마음(民心卽天心)'이라는 말은 우리가 오랫동안 귀에 익게 들어온 말이다. 왕은 권력의 꼭대기에 있는 사람으로서 제 마음에 들지 않는 사람이 있으면 마음대로 죽여 버리거나 감옥에

---

19 칼 마르크스 지음, 김영민 옮김, 자본 I-2(서울: 이론과 실천, 1987), 458쪽.

쳐넣어 고통을 견디게 한다. 그 왕의 손발이 되어 착한 사람들에게 모진 짓을 저지르는 왕의 층층다리 놈팽이들(관리) 때문에 수많은 사람들은 굶주리게 되었거나 죽고는 하였다. 왕의 눈에 벗어나는 사람들이 겪어야 한 고난의 길은 모든 문학작품의 재료가 되어왔다. 왕은 이렇게 우리들 마음속에 나쁜 그림자로 붙어 지낸다. 삐딱이(?) 슬기밝힘꾼(철학자)들이었던 노자(老子)나 장자(莊子)를 불러들이지 않더라도, 왕이란 일종의 날강도와 같은 존재이기 쉽다. 시경의 「위풍, 백혜(衛風, 伯兮)」조[20]는 이렇게 되어 있다.

임자는 영웅이시오.
나라의 호걸이어요.
임자는 창을 잡고
임금 위해 앞장 섰어요.

임자가 동으로 간 뒤
내 머리는 쑥 덤불 같아요.
기름 뜨물 없으랴만,
누굴 위해 단장할까요?

비 오실까, 비 오실까?
그러나 햇볕만 쨍쨍.
임자 생각 골똘하여,
가슴은 답답 머리 아파요.

---

20 이가원 역주, 가려 뽑은 사서삼경(서울: 일지사, 1971), 135~6쪽.

어디서 원추리 얻어
뒷마당에 심을까요?
임자 생각 골똘하여,
내 가슴에 병 들었어요.

이 시는 기원전 707년쯤 주(周)나라 환왕(桓王)을 위해 채, 위, 진나라 사람들이 출정하여 정(鄭)나라 백(伯)을 쳤던 전쟁 뒷이야기이다. 이 이야기 또한 왕을 위해 젊은 사내들은 전쟁터에 나아가 싸우다가 죽거나 상처를 입거나 간에 왕을 위한 부림을 받는다. 이 무슨 이상하고도 터무니없는 삶 판 길인지 알 듯하다가도 알기 어려운 일이다. 그게 우리가 짊어진 정말로 어쩔 수 없는 운명일까? 위에서 든 네 나라 민화집에 실려 있는 왕 이야기 가운데 여러 편이 실은 왕 됨의 고됨도 알리고는 있다. 그러나 왕은 어쩔 수 없이, 남들 위에 올라선, 폭력배로 읽혀야 마땅하다.[21] 모든 사람들 마음속에는 왕이 들어 있다. 이것은 우리가 알게 모르게 벗어나거나 거기 몸을 숙이는 마음의 유전자로 남아 있다. 왕을 위해 굽힐 준비를 하거나 거기서 벗어나거나 우리는 늘 시험대 위에서 서성거린다. 어느 시대나 그 시대에 반항하는 반항아는 왕권 조직 패들에 의해 죽임을 당한다. 우리들 마음속에 전해지는 왕은 반드시 빼버려야 할 나쁜 송곳이다.

매 사냥꾼은 사납고도 날쌘 매를 잡아 길들이는 데 공을 들인다. 왕권을 만든 사람은 먼저 그 밑에서 자기 말을 아주 잘 듣되 다른 사람들 위에

21 조선조 초기 왕이었던 세종대왕이 인류 역사상 가장 위대한 훈민정음을 만들어 우리들로 하여금 자랑스런 민족이라는 긍지를 갖게 만들었다는 것을 나는 부정하지 않는다. 그가 경복궁에 초가집 두 채를 조그맣게 지어놓고 검소한 생활을 실천하면서 정치를 하였다는 증언이 있어 감동적인 느낌을 받지 않은 바도 아니다. 그가 왕이 아니었으면 그런 위대한 글자 발명을 이룰 수가 있었겠느냐? 고 따질 물음도 나는 안다. 그럼에도 불구하고 나는 왕은 강도와 같은 꼴의 존재라는 생각을 되 물리지는 않으려고 한다.

서도 떵떵거릴만한 풍모가 있다는 사람들을 모은다. 그리고 그것을 널리 남들에게 보여야 한다. 그래서 그들은 계급을 충충다리로 만들어 입는 옷부터 색색 빛깔을 넣어 남 보기에 돋보이도록 한다. 계급은 매 사냥꾼이 길들여 부리는 종들의 충계이다. 우리의 슬기 밝힘은 이런 따위 마음의 충충다리를 무너뜨려, 서로를 있는 그대로 보며, 귀하게 바라보는 눈길을 키우는 데 크게 마음 써야 한다.

2) 민화 속 네 왕들의 딸 이야기

엄청난 말 재주꾼 딸로 골치를 앓던 왕 이야기 「부츠와 공주의 거짓말 내기」에서 삼형제 가운데 막내둥이 부츠와 말 대결이 시작되었다. 거짓말 내기! 이 모티프는 문학작품 가운데에 자주 올라오는 내용이다. 한국 고대 소설 가운데 「두껍전」은 대표적인 거짓말 내기 모티프 작품이다. 거짓말은 대체로 말의 과장법으로 표현된다. 부츠와 공주의 거짓말 이야기는 목장을 가지고 있느냐 않느냐로부터 시작된다. 이때까지 자기와 겨룬 모든 사내들을 콧방귀로 물리친 공주가 말한다. 내가 가지고 있는 목장은 '목동 둘이 농장 양쪽에 가 서서 서로 수양의 뿔을 불어도 한쪽에서 다른 쪽이 안 들린답니다.' '우리 집에 그런 목장이 없다고요?' 부츠가 대답한다. '우리 농장은 훨씬 더 크답니다. 송아지가 농장을 건너가기 시작해서 맞은 편 쪽에 도착하면 다 자란 어른 암소가 된답니다.' 다시 공주의 말 공격! 자기가 지닌 황소는 두 사람이 양쪽 뿔 위에 앉았는데 이십 보 길이의 자를 가지고도 서로 닿지가 않는다고 말하고, 부츠가 다시 반격! '원 시시하기는! 그게 답니까? 우리에게도 아주 큰 황소가 있는데 두 사람이 양쪽 뿔위에 각각 앉아서 산같이 큰 트럼펫을 불어도 서로 들리지가 않아요.' 다시 공주의 공격; 자기 집에는 우유를 아주 많이 짜서 큰 통에다 부으니까 치즈를 많이 만들 수 있다는 자랑!

　'그래요?'

　'우리는 큰 통에다 우유를 짜서 그걸 마차에 싣고 집안으로 들어가서 거대한 양조용 통에다 쏟아서 집채만큼 큰 치즈를 만든답니다. 우리가 그 치즈를 만들 때 갈색 암말이 잘 밟아 다지게 했지요. 그런데 한 번은 그 암말이 그만 치즈 속으로 빠졌는데 우리는 그 암말을 찾아 낼 도리가 없었답니다. 우리가 그 치즈를 칠 년 동안 먹고 나니까 큰 말이 살아서 발길질을 하고 있었어요. 그 후에 나는 이 말을 방앗간으로 몰고 갔는데 그만 말의 등뼈가 두 조각으로 뚝 부러졌어요. 그래서 나는 재빨리 어린 전나무를 가져다가 암말 등뼈 속에다 넣었지요. 그 말은 일생동안 내내 그 전나무 등뼈를 가지고 살았지요. 나중에 그 어린 전나무가 아주 큰 나무가 되었어요. 내가 그 전나무를 타고 하늘까지 곧장 올라가 보니 어떤 여자가 앉아서 바다 물거품으로 억센 돼지털 밧줄을 꼬고 있었어요. 그런데 바로 그때 전나무가 뚝 부러져서 다시 내려올 수가 없었어요. 그랬더니 그 여자는 밧줄 하나로 나를 내려주었지요. 나는 바로 여우 굴로 미끄러져 내려왔는데 그곳에서는 우리 어머니와 공주님의 아버지가 구두를 꿰매며 고치고 앉아 계셨어요. 그런데 내가 들어가니까 우리 어머니가 공주님의 아버지 따귀를 때렸는데 그때 임금님의 수염이 곱슬거리게 되었답니다.'

　'그건 거짓말이야. 우리 아버지는 나셔서부터 지금까지 그런 일이 없었어.' 하고 공주가 소리쳤습니다. 그래서 부츠는 공주를 아내로 맞이하고 또 왕국의 반도 얻었습니다.

-〈G.W. 다센트 경〉[22]

---

22 이지문 골라 옮김, 안문선 그림, 노르웨이 민화집(서울: 창작과 비평, 1983), 149~152쪽.

이 이야기 끝은 말 재주꾼 공주의 입을 닫게 한 시골출신 막내둥이 사내가 공주를 아내로 삼는 동시에 왕국의 반도 얻었다는 말 흐름으로 가고 있다. 왕은 이렇게 쉽게 우리 마음속에 둥지를 틀어 자리 잡는다. 우리들 마음속에 든 왕은 이런 허술한 거짓말로 된 달콤한 이야기들로 우리 마음에 파고든다.

같은 책에 수록된 「공주와 아시파틀」도 똑같은 틀로 이야기가 진행되어 공주는 말씨름에서 졌고, 결과로 가난에 시달리던 삼형제 가운데 막내둥이 아시파틀은 공주를 아내로 맞았다. 그리고 왕국의 반도 물려받았다. 세 번째 이야기, 노르웨이 민화집의 「유리 언덕 위의 공주」 또한 용기가 있고 참을성이 있는 삼형제 가운데 막내둥이가 구리 갑옷과 마구, 은 갑옷과 마구, 또 마지막으로 황금갑옷과 마구로 장식한 말을 타고 세 번씩이나 유리 언덕으로 올라가 공주가 지니고 있던 사과 세 개를 잡아 마침내 공주를 차지하였다. 참고 견딜 수 있되 운이 있는 사람은 이런 행운도 따른다는 요행수 바이러스 뿌림 나팔수! 네 번째 이야기인 노르웨이 민화집 속의 「일곱 마리 망아지」도 왕의 이야기이다. 트롤에게 저주를 받아 망아지로 바뀐 일곱 왕자들을 본모습으로 되찾게 해주는 이 「일곱 마리 망아지」 또한 아주 재미가 있고 노르웨이식 민화답게 삼형제 가운데 막내둥이가 그 일을 완결지어 공주를 아내로 삼았고 왕국의 반뿐만 아니라 왕국 전부를 물려받았다. 앞에 인용하였듯이 여기서는 이렇게 왕국 전부를 막내둥이에게 물려준다고 되어있다.

'내 왕국의 절반을 가져라. 그리고 나머지 반도 내가 죽은 다음에 가져라. 내 왕자들은 이제 다시 사람이 되었으니 각자 자기 땅과 왕국을 가지도록 하고—'
왕은 아스켈라덴에게 말하였습니다.

—같은 책, 48쪽

이 이야기들 속에 살았던, 삼형제 가운데 막내둥이의 참을성 있고 두려움을 모르는 행적은 정말 왕국의 반을 물려받을만한 것인가? 그것을 우리는, 자기 앞 삶 판에서, 어느 날 문득 찾아올지도 모를 행운이라 불러야 되는가? 많은 불행한 사람들에게 이런 행운을 바라게 만든 사람은 누구였는가? 많은 사람들로 하여금 결코 그렇게 이루어질 수도 없는 이야기를 바라도록 만들어 특별한 이익을 챙기는 패들이란 없을까? 있다면 그들은 누구일까? 요행수를 꿈꾸게 하는 몹쓸 책략들이 그때나 지금이나 똑같이 세상을 덮고 있다. 우리들 몸속에 왕이 들어와 살게 하는 고약한 책략들이 바로 다 그런 눈감기를 통해 실천되고 있는 꼴이다.

한국 문학작품들 가운데 18세기에 글자로 정착하여 전해져 온 고전 작품인 『춘향전』도 실은 왕권이라는 힘으로 장난질 치는 사람들의 이야기이다. 왕권(금권으로 자주 몸을 바꾼 힘)을 믿고 나쁜 짓에 맛을 들인 못된 패들은 어느 때에나 있어왔고 지금도 있다. 이 작품은 권세가 얼마나 막돼먹은 것이었는지를 잘 보여주는 고전이다. 열여섯 살짜리 소녀 소년들로 활짝 갠 봄 어느 날, 문득 만나 첫눈에 반해 동침하며, 사귀었던 이몽룡의 애인이 성춘향이었다. 그런데 그 애인 이몽룡의 권력의 샘인 아버지는 왕명에 따라 서울로 돌아가고 이몽룡 또한 몸을 범한 애인 춘향이를 두고 서울로 따라갈 수밖에 없다. 남원 땅 고을에 새로 온, 왕권을 등에 진 고을 원님 변학도는 예쁘다고 소문난 그 고을 예쁜이 춘향이를 불러 데리고 자려 하다가 말을 안 듣자, 감옥에 쳐넣고 때를 기다리던 참이었다. 권세란 이렇게 남의 마음을 후림질해도 되는 것처럼 착각하게 만든다. 그렇게 권세가 드높았던 변학도는 관기의 딸 춘향이를 노리개로 삼으려다가 다시 찾아온 전 애인 이몽룡에게 개망신을 당하였다. 이몽룡 또한 강력한 왕권(암행어사만 지니는 마패 표지)을 등에 진 사람이었던 것이다. 이런 권력 싸움 판 이야기로 나쁜 권력과 좋은 권력이 부딪치는 이야기가 한국에서, 17세

기 이전에는, 입에서 입으로만 전해지던 판소리꾼 거리였다. 왕권의 권위
는, 이렇게 자주 다른 왕권 줄을 가지고 내치거나 호통을 치게 하는, 꼴 새
로 너울질한다. 그게 왕권의 몸 바꾸기이다. 19세기 한국에서 벌어진 동
학농민전쟁은 바로 이런 권세를 못 견뎌한 가난하고 착한 농민들의 외침
으로 시작되었다. 1892년 11월 1일 전라도 참례역(參禮驛)에서 모임을 갖고
왕권 조직에 대해 와글대는 소리를 낸 것도 다 이런, 끝 모르는 왕권을 믿
었던, 층층다리 권력패들이 모진 짓거리로, 삶의 진정성을 해쳤기 때문이
다. 전봉준이 첫 기포(起包)에서 내세운 다음과 같은 격문[23]은 이렇다. 지금
읽어도 이 시대 나라 꼴 새를 치는 말 힘으로 펄펄 살아 있다.

　　우리가 義를 들어 此에 至함은 그 본의가 斷斷他에 있지 아니하고 蒼生을
　　塗炭의 中에서 건지고 國家를 磐石의 위에다 두자 함이다. 안으로는 貪虐한 官
　　吏의 머리를 버히고 밖으로는 橫暴한 强敵의 무리를 구속하자 함이다. 兩班과
　　富豪의 앞에 고통을 받는 민중들과 方伯과 守令의 밑에 屈辱을 받는 小吏들은
　　우리와 같이 寃恨이 깊은 자라, 조금도 躊躇치 말고 이 時刻으로 일어서라. 萬
　　一 機會를 잃으면 後悔하여도 미치지 못하리라.

　　　　　　　　　　甲午 正月 日
　　　　　　　湖南倡義大將所 在白山[24]

　　국민이 직접 뽑아 올려준 대통령이고 국회의원이며 그렇게 위임받은 권
력으로 뽑아 앉힌 장관들이며, 각 부처 차관 국장 과장 계장들이 우리들

---

23 신복룡, 동학혁명을 둘러싼 한·미 관계의 연구, 동학당 연구(서울: 탐구당, 1973), 124쪽.

24 이 격문은 2008년 2월 이명박 대통령이 취임한 뒤부터 벌어져 퍼진 광화문 촛불집회에서 외치던
100만여 명 이상 민중의 소리와 너무나 닮아 있어 생각할수록 마음이 편치가 않다. 아고라 폐인들
엮음, 대한민국 상식사전 아고라(서울: 여우와 두루미, 2008), 92~3쪽 참조.

앞이나 옆, 뒤에 벌여 있다. 그들이야말로 이 나라를 지키는 기둥들이니 국민 여러분! 뭔가 좀 힘들더라도 참고 기다려라! 젊은이들이여, 당신들은 젊다, 그러니 각기 직장도 스스로 만들어 뚫고 올라서라! 당신들이 정해준 세월 동안 나는 이 나라를 대표하는 지도자이니 그대들이여! 사상가가 외칠 소리를 정치가라는 지도자가 지껄인다. 책임을 벗어나려는 비겁한 참모습이 보인다. 꼴불견!

오늘날 정치권이 네 개 강물을 파헤치면서 세종시 문제는 잘못 결정되었으니 다시 법을 만들겠노라 어쩌구 별의별 권세 장난질이 너울거린다. 사람들 눈길을 다른 곳으로 보게 한 다음 네 개 강물들은 파헤쳐지고 있다. 사람들이 어어 하는 순간 이미 강물들은 보로 막혔거나 강둑이 파헤쳐져 삭둑삭둑 잘려나간다. 그러면서 그들은 어두운 삶 판의 뒷켠 사람들의 아픔이나 절망 따위에는 눈감고, 사람들을 헛되이 꿈꾸게 만드는, 여러 꼴 복권 장난질로 요행수에 빠져들게 하는 책략들을 쓰고 있다. 왕은 자기 왕국의 반을 아무에게나 맘에 드는 사람에게 줄 수가 있다. 이런 왕권의 몹쓸 책략으로부터 우리는 어떻게 벗어날 수가 있는가? 로또 복권을 사들여 몇몇 사람들이 그런 행운을 잡아 큰 부자가 되었다는 투의 소문 뿌리기나 그런 요행수 퍼뜨림들이 모두 다 이런 왕국 바이러스와 짝을 이루는 내용이다. 한 왕국의 반을 왕 마음대로 누구에게 줄 수도 있고 주지 않을 수도 있다는 이야기 유전자는 바로 이런 통로를 거쳐 우리 몸속에 스며들고 있었다.

4. 맺는말

우리는 알게 모르게 지껄이는 말 속에도 갇힌다. 더군다나 커다란 목소리로 외치는 연설이나 방송 매체를 통해 전파되는 무수한 그림이나 말씀들은 우리를 가둔다. 뿐만이 아니다. 민화나 민담, 동화나 우언들도 경우에 따라 사람들 몸속에 파고드는 엄청난 전파력을 지닌다. 왕권 유전자나 계급이라는 이름의 층층다리 바이러스는 다음과 같은 흐름을 타고 우리 몸속에 흘러내린다.

첫째는 말이고 글이다. 누군가 나를 타고 앉아 이래라저래라, 이런저런 법령을 만들어 그것을 가지고 우리를 부리는 패들에게 우리는 꼼짝할 수 없이 갇혀 지냈고 또 지내며 지내갈 것이다. 모든 법령은 사람을 묶어 가두는 말글로 된 올무이며 덫이다. 조선조 500년 이상을 우리는 하늘과 같은 왕권과 그들 하수인 층층다리 벼슬아치들이 으르딱딱 을러대는 말과 법규, 그것을 집행하는 몽둥이와 칼들로, 우리로서는 도무지 벗어날 수 없는 마음의 감옥을 만들어 놓았었다. 오늘날도 이런 감옥에서 자유로울 길은 거의 없어 보인다. 그 이유는 뭘까? 사람들의 모여 살이 틀에서 이런 왕권 세력은 몸빛을 바꿨다. 이른바 엄청난 재력가라('재벌'로도 불린다)는 이름의 장사꾼들이 이제는 그런 왕권 자리를 이어 앉았다. 그들의 몸 빛깔은 다르다. 하지만 그들이 남을 부리면서 남들 위에 올라앉은 꼴 새는 왕권과 거의 똑같다. 왕권신수설이니 왕은 하늘이 내놓는다는 따위의 설화, 동화, 민화 이야기로 해서 사람들은 왕을 벗어날 마음을 꿈도 꾸지 못하였듯이 오늘날 돈이라는 신(物神)에게 무릎 꿇지 않는 사람은 없기 때문이다. 오늘날 돈푼깨나 많이 지닌 놈들은 무서운 왕의 변신이다. 그들은 돈으로 사들인 말과 글로 사람들을 가둔다.

둘째는 믿음 틀을 만들어 내는 종교와 교육이다. 삼강오륜이라는 가르침이나 요즘 텔레비전을 통해 방영되는 서양 영화들 대부분은 복종하여야 하고 부림을 받아들여야 할 왕이 들어 있다. 영화 「기사 윌리암」이나 「소림사 전설」, 「베어울프」, 「원탁의 기사」 등의 영화작품은 모두 현대적인 각국 민화들이다. 그것도 왕이 나오는 민화! 영화가 얼마나 엄청난 힘으로 널리 그 생각의 만들어진 길을 퍼뜨려 옮기는가! 생각을 만든다는 것은 그 주체인 사람을 만든다는 뜻이다. 앞에서 인용한 마르크스의 자본 이야기에서 자본가는 물건이나 재화를 만드는 기계로 사람을 만들어 가려고 한다. 그들은 사람을 기계 부속품으로만 읽을 뿐이다. 그런 그들은 어쩔 수 없이 생겨나는 심각한 문제에 다다랐을 때에나 겨우 사람의 생각할 숨통을 트는 교육받을 것에 동의한다는 것이었다. 그들, 뭔가 남을 부리는 지배자들, 터무니없이 많은 돈푼깨나 지닌 놈들(富者)[25]이나 남깨나 많이 부리는 패들(왕이나 대통령 따위 支配者들)은 진정한 사람됨의 문제를 결코 생각하지 않는다. 그들이 사람됨을 위한 가르침 따위로 고심한다는 투의 바람은 아예 기대하지도 말아야 한다는 바삭바삭 메마른 결론에 이 글은 와 닿는다. 17세기 들어 프랑스에서도 슬기밝힘꾼 파스칼이 이 왕권에 대해서 한 말을 보면 얼핏 뭔가를 꽤 깊이 꿰뚫어 본 사람 같은 이야기가 나온다.

63-(330) 왕의 권력은 민중의 이성과 우매함에, 그리고 보다 더 많이 우매함에 기반을 두고 있다. 이 세상의 가장 위대하고 중요한 일은 인간의 결함을 그 기반으로 삼고 있다.

그런데 이 기반이야말로 놀랍도록 견고하다. 왜냐하면 민중이 모자란다는

---

25 한자의 者는 '놈 자'로 읽는다. '놈'이란 '분'이나 '이' 따위로도 읽을 수도 있지만 별로 대단해 보이지 않는 사람들을 부를 때, 어떤 지위에 마음을 빼앗겨, '이'나 '분'으로 읽을 필요는 없다는 것이 나의 생각이다. 술자리에서 누군가를 부르다가 갑작 '놈'자가 붙으면 당장 멱살잡이로 싸움이 옮겨 붙는다. 하하하! 우리 말글의 아름답고도 묘한 쓰임이 아닐 것인가!

것보다 확실한 것이 없기 때문이다. 건전한 이성에 기반을 둔 것은 매우 잘못 세워진 것이다. 가령 지혜의 존중과 같은 것.[26]

절대주의 신권 시대로부터 상대주의 민권 시대로 넘어오려던 17세기 (1600년대) 프랑스도 꽤나 만만치 않은 왕권의 지배를 받아 민중들이 움쭉달싹도 못한 채 지내왔던 것. 이 시기에 이른바 불 밝힘(계몽주의로 옮기곤 하는 enlightenment)패들이 주장하려던 것이 곧 따지기(이성理性) 능력을 믿자는 것이었다고 풀이들을 하고 있다(참고문헌 넣기는 줄인다). 하지만 내가 보기에 파스칼의 이런 얘기도 앎 패들이 지닌 자만심이나 자기 눈길에 갇힌 어리석음에 책상다리를 하고 앉은 꼴이었다. 파스칼 그가 갇혀 지냈고 또 그 스스로 믿었던 가둠 속에 들어간 곳이 곧 하나님 품이자 그리스도 믿음 틀이었다고 볼 때, 그 또한 크게 빛나는 자유인은 아니었다고 보인다. 그는 신권 시대의 복권을 믿었던 한 사람이었을 뿐이다. 민중의 어리석음보다 더 어리석은 것은 앎 패들이 눈감거나 보지 않으려는 비겁한 꼴 새이겠기 때문이다. 비겁한 것은 어리석은 것보다 더 꼴사납고 더럽다는 게 내 생각이다.

셋째는 생각의 흐름을 바꾸거나 만드는 패들의 문제이다. 나는 정말로 누구인지? 나는 왜 살아야 하는지? 그리고 내 이웃의 참모습은 어떤 것인지? 나는 어떻게 살아야 하는지? 내 삶이 남에게 어떤 뜻이 있는지를 생각하게 하는 흐름은, 분명, 우리들 마음속에 든 왕이나 돈푼깨나 지닌 놈들에게서 바랄 수 없도록 만들어지고 있다. 위 민화 가운데 이름만 들어놓고 다루지 않은 것들이 꽤 있다. 노르웨이 민화의 「공주와 아시파틀」과 「페르, 파울, 아스켈라덴」, 인도네시아 민화집의 「키 하나와 키 둘」, 「뿌

---

26 파스칼 지음·이환 옮김, 팡세(서울: 민음사, 2009), 52쪽.

르바사리 공주」들 이야기들은 모두 왕가에 문제가 생겼을 때 이것을 해결하는 사람 찾아내는 것이 중요한 생각의 틀이었다. 문학 논의에서 권선징악, 시적정의(poetic justice)의 틀을 지키는 이야기 속 왕의 지위는 언제나 남을 부리는 사람으로 나오게 함으로써 우리들 마음속에 왕을 심어 놓는다. 왕은 남을 마음대로 부려도 그들이 짓거나 만들어 놓은 모든 재산을 자기 뜻대로 처분해도 되는 존재로 이야기를 꾸밈으로써 우리들 생각을 그쪽으로 흐르도록 이끈다. 눈이 먼 공주를 둔 왕, 별안간 왕비가 뱀에 물려 새파랗게 죽어가는데 누구도 그걸 고칠 사람이 없어 고심하는 왕, 왕비가 질투하여 쫓김을 당하는 동생 공주의 고통, 왕궁에 떡갈나무 한 그루가 너무 엄청나게 자라고 마르지 않는 샘물이 없어 마음 쓰는 왕 이야기들이 주를 이루지만 결국 왕은 이 모든 것을 해결하여 그 왕국을 그에게 물려주며 행복하게 삶을 끝낸다. 이것이 우리들 마음속에 왕을 지니고 살게 되도록 내뿜는 고약한 전염력이다.

넷째는 관념이다. 왕은 고귀한 존재라는 관념! 누구도 그의 권위에 도전해서는 안 되는 존재, 그가 왕이라는 것, 이런 관념 또한 많은 종교나 교육, 문학작품 또는 철학 이야기들에서 부추기거나 알게 모르게 힘을 합쳐 그런 왕을 여러 사람들이 마음속에 깊게 지니도록 도와준다. 슬기밝힘(철학)이 정치 옆에 가까이 다가서면 대체로 그 슬기밝힘은 녹이 슬거나 더럽게 빛이 바랜다. 왕은 정치라는 이름으로 덮씌워진 마음의 마술적 연금술사이기 때문이다. 슬기밝힘꾼들 쳐놓고 왕권 옆에 붙어 다니다가 망가지지 않는 사람은 거의 없다고 해도 지나친 말은 아니다. 인문학자들의 꼴새도 모두 다 그렇다. 별 볼일 있는 왕이란 정말로 있었던 것일까? 그런 왕은 없었고 앞으로도 없을 것이다. 그것이 나의 생각이다.

이런 여러 가지 마음의 텃밭(숙주)을 비롯하여 많은 사람들은 왕권 앞에서 꾹 눌러 참거나 금하는 것들이 많이 생겼다. 금기의 고장! 그것은 다

모질고 무서운 악당들에 의해서 생겨난 사람들의 갇힘 현상이었던 것이다. 사람들을 어떤 꼴로라도 가두려고 하는 사람들, 그들이야말로 왕권에 가까이 다가서려는 모진 바람(소망)에 의해 더럽혀진 몸꼴들이다.

이 글을 쓰면서 가장 마음에 걸린 것은, 이제까지 문학작품을 풀이하려고 할 때 쓰여 왔던 많은 문학적 풀이방식에서, 내 말투가 삐딱하게 자꾸 엇나가는 흐름이었다. 이것은 마치 무슨 권력자들을 향한 선전포고나 아니면 증오심 가득 찬 저주처럼 느껴져서 두려웠다. 뿐만이 아니다. 자주 세종 임금의 천재적인 창안인 『훈민정음』이나 그가 경복궁 안에 초가집을 짓고 정치를 벌였다는 이야기들 또한 내게는 글쓰기의 무거운 짐이었다. 그럼에도 불구하고 왕권이나 정치권에 대한 내 생각 흐름을 막거나 다른 말길로 돌릴 생각은 전혀 나지 않았다. 이상한 일이다. 왕이나 대통령 따위의 조직을 정말 무시해도 되는 것인가? 그런 조직 없이 나라가 지탱될 수는 있는 것인가? 네가 꿈꾸는 나라의 모여삶이란 그러면 정말 어떤 것인가? 누구도 다시는 찾을 수도 없거나, 아예 거기에 아무것도 없다는 뜻의, 무릉도원이나 유토피아 그 길 찾기로 떠나는 바람은 정말 어떤 것인가? 이 글의 결론은 바로 이렇게, 대답이 어려운 물음이 우리들 앞에 떡 버티고 있다는 것이었다.

바리데기 노래를 따라서
–모심과 섬김의 노래*

김 융희

1. 바리데기 노래풀이

바리데기의 노래는 살아있는 사람이 죽은 사람을 위해 부르는 노래다. 언제부터인지 정확하게 알 수는 없으나 오래전부터 진오귀 굿판에서 무당들에 의해 암송되던 신 어머니의 일대기를 담은 노래다. 불라국이라는 전설의 나라 공주로 태어났지만 원치 않는 일곱 번째 딸로 태어났으므로 버려져야 했던 사람의 삶의 이야기이기도 하다. 바리데기라는 이름은 '버린 아이'라는 뜻을 지닌다. '버린 아이'는 버린 이들에게 잊혀지지 않고 되돌아온다. 그것도 버린 이의 병을 치료할 수 있는 물과 꽃을 들고 돌아온다.

---

* 우학모 제18차(2010년 2월 25일) 말나눔 잔치 발표문(주제: 사람됨과 인문학 교육)

버린 아이가 자신을 버린 이를 위해 물과 꽃을 들고 돌아오면서 아이는 어엿한 어른이 되고, 버린 공주에서 여신으로 거듭난다.

바리데기의 노래는 버린 아이를 위한 노래이기도 하다. 스스로 버려졌다고 여기는 모든 이들을 위한 노래이며 우리가 버린 모든 이들을 위한 노래이기도 하다. 바리데기 노래가 굿판에서 오랫동안 잊혀지지 않고 계속 불려 왔던 것은 세상살이를 지배하는 여러 겹의 가치체계 속에서 층층이 바깥으로 밀려났던 이들의 공감을 불러냈기 때문이었다. 무당, 딸들, 죽은 사람, 귀신, 병신. 이들은 모두 바깥을 맴돌던 바리데기들이었다. 바리데기의 목록은 오늘날에는 아마 더 추가될 수도 있을 것이다. 많이 가지지 못한 사람, 많이 가질 수 없는 사람, 쓸모없는 사람, 쓸모없는 동물, 식물, 경제적 가치로 환산될 수 없는 모든 것들, 바깥으로 밀려난 모든 것들은 바리데기의 땅에 주인공으로 자리 잡는다.

스스로 바리데기의 땅에 살고 있다고 여기는 모든 사람들은 바리데기의 노래를 통해 바깥에서 안으로 들어온다. 그러나 바리데기의 노래는 안과 밖을 나누고 안쪽에만 머무는 자들의 노래는 아니다. 버린 공주에서 신 어머니로 거듭난 바리데기는 이쪽과 저쪽을 넘나드는 자, 안과 밖을 자유로이 오가는 자의 이름이고 바리데기의 노래는 우리를 고정된 한 구역에 머물도록 허락하지 않는다. 바리데기의 노래 역시 고정된 노랫말이나 악보 속에 자리 잡지 않고 노래가 불려지는 매 순간 새로운 노래로 다시 태어난다.

바리데기 노래 풀이는 여러 가지 방식으로 이루어진다. 문자로 된 글 속에서 시와 소설로 다시 태어나는가 하면 연구자들의 딱딱한 말들 속에서도 굿판의 노래처럼 자꾸 다시 태어난다. 바리데기 노래는 정본이 없다.

무수한 이본만이 있을 뿐이다.[1] 이야기의 구조는 같지만 등장인물의 이름도 다른 경우가 많고 장소와 사건들도 조금씩 다르게 그려진다.[2] 이 때문에 정본에 익숙한 연구자들은 애를 먹는다. 어느 노래가 진짜인가? 바리데기 노래에 하나의 진짜는 없다. 그저 저마다 다른 진짜들이 있을 뿐이다. 자꾸 수가 불어나고 있는 바리데기 노래들에는 노래부르는 이가 겪은 느낌과 생각, 맺혔던 감정들이 묻어 있다. 바리데기를 노래하는 일은 그 맺힌 매듭을 풀어내는 일이다.[34]

바리데기의 노래를 부르는 순간 바리데기를 객관적으로 바라보기는 힘들어진다. 어느 순간 바리데기는 노래부르는 사람의 안쪽으로 들어와 한목소리를 낸다. 바리데기의 노래는 과학의 대상이 아니다. 거리를 두고 냉정한 시선으로 관찰이 불가능한 노래나. 노래를 안다는 것은 노래를 부를 줄 안다는 것이지 노래를 뜯어내 분석하고 관찰하는 것은 아닐 터이다. 물론 오랫동안 학문은 냉정함을 미덕으로 삼아왔지만 냉정함으로는 결코 접근조차 할 수 없는 앎이 얼마나 많은가. 바리데기 노래 역시 그런 경우에 속한다. 그런 의미에서 이 글은 바리데기 노래 풀이를 하나 더 보

---

1 무수한 바리데기 이본을 함께 모은 대표적인 자료는 김진영, 홍태한의 『바리공주전집 1~4』(민속원, 1997, 1997, 2004)이다. 현재 총 4권으로 되어 있는 이 자료집은 굿이 벌어지는 현장을 찾아 직접 채록한 무수한 이본들로 가득하다.

2 이러한 무수한 이본 탄생의 이유를 바리데기 노래가 여성서사이기 때문에 그러하다는 시각도 있다. 이주미는 바리데기 노래가 구연되는 연희현장의 즉흥성과 이본 생성 방식이 고정적이기보다는 유동적인 여성적 정체성 형성과정과 유사하며 대인관계 지향적이면서도 주관적인 여성의 언술방식과도 유사하다고 본다. 이주미, 「바리데기 구약노정의 성격과 여성의 자기서사」, 『여성문학연구』(한국여성문학회, 2005), 제13집, 182쪽.

3 바리공주 무가는 '말미'에서 부른다. 진오귀 굿의 말미는 산 사람에게는 삶의 경건한 자취를 되돌아보게 하고 죽은 사람에게는 바리공주의 행위를 통해서 자신이 구원받고 저승의 시왕에게 이르렀음을 전하도록 하는 염원이 담겨 있는 절차이다. 그래서 진오귀 굿의 핵심은 말미에 있다. 김헌선, 「바리공주의 여성 신화적 성격 연구」, 『종교와 문화』제10호(서울대학교 종교문제연구소, 2004), 42쪽.

4 '말미'는 '말문열이', '문열이'로 이해할 수 있다. 세속적인 언어가 끊겨서 말문을 닫았다가 초월적인 세계를 향해서 언어가 접속됨으로써 한 사람이 무당이 되고, 무당 자신이 일종의 '말문'의 역할을 하는 것이다. 김열규, 『동북아시아 샤머니즘과 신화론』(아카넷, 2003), 300쪽.

태는 일에 불과하다.[5]

이 글은 바리데기를 보통 사람과는 다른 무조신이라는 특별한 신격의 측면으로 조명하기보다는 자신의 잃어버린 뿌리를 찾아 스스로 오롯하게 거듭난 한 사람의 이름으로 보려 한다. 바리데기의 여정은 그런 의미에서 일종의 순례여행으로 이해된다. 바리데기는 저편으로의 여행을 통해 진정한 '사람됨'을 실현한 이의 다른 이름이다. 바리데기가 여행을 통해 깨우치는 것은 저편의 세계가 버려진 세계, 또는 버려야 하는 세계가 아니라 우리가 끌어안아야 하는 세계, 모시고 섬겨야 하는 세계라는 것이다. 바리데기의 노래는 이 세상에 목숨 가진 것, 목숨 없는 듯이 보이는 것, 사소해 보이는 것, 비천해 보이는 것, 미운 것, 고운 것 모두를 모시고 섬기는 노래다. 그래서 바리데기의 노래는 한이 되었든 슬픔이 되었든 두려움이 되었든 맺힌 마음들을 풀어놓는 힘을 가진다. 그것이 바로 '풀이', '푸닥거리'의 힘이다. 바리데기 노래를 풀이하면서 우리는 버린 세계를 위한 말문을 열 수 있을 것이다.

2. 버려진 아이

바리데기는 왕국의 공주로 태어나 왕국 밖으로 버려진다. 이유는 딸만 일곱을 두는 바람에 후사를 이을 수 없게 된 왕의 분노 때문이다. 부권이

---

5 바리데기 무가에 대한 연구들은 무가의 서사구조 분석, 신화적 의미, 여성학적 관점, 연희예술의 현장성 등 다양한 측면에서 계속되어 왔다. 이민희는 바리데기 연구를 크게 7가지로 정리했다. ①문학사적 위치에 대한 연구, ②바리데기 이본에 대한 연구, ③영웅 신화 모티브와 관련한 연구, ④작품의 서사적 분석과 관련한 연구, ⑤바리데기의 특성을 여성주인공이라는 시각에서 고찰한 연구, ⑥바리데기의 연행현장에 주목한 연구 ⑦그 밖의 다양한 관점의 연구로 구분하고 각각의 해당 영역마다 연구물을 분류한다. 이민희, 「서사무가 〈바리데기〉에 나타난 욕망의 의미와 바리데기 신화의 현재성」, 『국문학 연구』 제15호(국문학회, 2007), 238~239쪽 참조.

주도하고 있는 왕국에 공주는 불필요한 존재다. 왕의 후손으로 태어나 궁 밖으로 쫓겨나 미천한 신분의 양부모에 의해 키워지는 이야기는 고금의 다양한 민담과 신화 속에서 반복적으로 등장하는 소재다. 일종의 보편적 신화소인 셈이다. 왕의 자손은 여러 가지 이유로 버려진다. 불길한 예언 때문에, 사촌의 왕위찬탈전 때문에, 사악한 질투 때문에 등등 다양한 이유로 주인공은 버려진다. 왕의 버려진 적자들은 다시 귀환하여 자신의 신분을 입증하기 위해 다양한 과제에 도전하고 과제를 무사히 해결한 이후에는 왕위를 계승하여 새로운 왕으로 등극한다. 이때 '버려짐'이라는 사건은 자신의 정체성을 스스로 입증할 수 있도록 하기 위해 마련된 예비 장치와도 같다. 버려졌음에도 불구하고 그들은 항상 무사히 되돌아오고 그것도 훨씬 나아진 모습으로 되돌아오곤 한다. 왕위를 이을 정당성이 그 영광된 귀환으로 인해 합리화되는 것이다.

'버려짐'이라는 사건은 어떤 의미에서 이 세상에 태어나는 모든 사람이 공유하는 보편적 체험이다. 우리는 이 세상에 우리가 알지 못하는 이유로 '내던져진다'. 그 내던져짐이 자각되는 순간 우리는 그 분리와 고독의 느낌을 벗어나 무엇인가 연결되기를 원한다. 그 자각의 순간이 바로 삶의 의미를 찾으려는 출발점으로 부각되기도 하고 연결에 실패해 분리감이 깊어지면 우리는 '홀로 있음'이라는 자아의 감옥에 갇혀 버리기도 한다.

그래서 이야기 속에서 버려진 아이들은 집으로 돌아오기 위해 고군분투한다. 자신의 진정한 뿌리와 다시 연결되고자 하기 때문이다. 그러나 무엇을 집으로 여기는가에 따라 다시 연결되기 위한 길의 모습은 달라진다. 사람은 무엇을 자신의 집으로 삼아야 하는 것일까? 우리는 무엇과 다시 연결되어야 하는 것일까?

바리공주 역시 자신의 진짜 부모가 누구인가 하는 의문을 갖는다. 부모를 묻는 질문에 바리데기의 양부모인 비리공덕 할미와 할아범은 하늘 아버지와 땅 어머니라고 답한다. 바리공주가 그럴 리가 없다고 하자 이번에는 전라도 왕대나무가 아버지이고 뒷동산 잎 넓은 나무가 어머니라고 답한다. 바리데기는 천지와 초목이 인간을 골육으로 둘 수 없다고 부정한다.

우리의 몸의 뿌리는 일차적으로 부모다. 집을 잃은 아이는 부모를 찾아 헤맨다. 그러나 부모가 몸의 궁극적인 뿌리인 것은 아니다. 우리 몸을 이루고 있는 작은 몸들은 이 세상을 이루고 있는 다른 작은 몸들로부터 온 것이다. 음양오행론에 따르면 물, 불, 흙, 쇠, 나무라는 다섯 가지 기운이 모였다 흩어졌다 하면서 사람과 사물이 생겨나고 사라진다. 조선시대 학자였던 화담 서경덕은 이렇게 말했다. "죽고 사는 것, 사람과 귀신 모두가 기가 모이고 흩어지는 것뿐이다. 모이고 흩어지는 것은 있어도 있고 없음은 없으니, 기의 본체 또한 그러하다. 기의 맑고 한결같은 것이 한계가 없는 공간을 꽉 채우고 있으니, 크게 모인 것은 하늘과 땅이 되고 작게 모인 것은 온갖 사물이 된다. 모이고 흩어지는 형세에 미세한 것, 현저한 것, 지속되는 것, 빠른 것이 있을 뿐이다. 크고 작게 태허에서 모이고 흩어진다."[6] 따라서 우리의 궁극적인 뿌리는 거슬러 올라가자면 우리를 낳고 길러준 부모를 넘어 우주에 고루 퍼져 있는 기운이다. 하늘과 땅 온 누리에 깃들어 있는 태허의 기운이 우리의 우주적 집이다.

하지만 우리는 그 맑고 밝고 현묘한 우주 기운을 쉽게 집으로 여기지 못한다. 왕국에서 쫓겨난 왕자는 왕위를 되찾으려 되돌아오고 집을 잃은 사람은 집을 되찾기 위해 되돌아온다. 바리데기 역시 자신을 낳아준 부모에게 되돌아온다. 그러나 왕위를 되찾기 위해서도 아니고 신분을 되찾기 위해서도 아니다. 그녀는 잃어버린 것을 되찾으러 오는 것이 아니라 왕국

---

6 《화담집》, 〈귀신사생론〉, 『자료와 해설, 한국의 철학사상』, (고려대 민족문화연구원 한국사상연구소 편, 예문서원, 2004), 443쪽.

과 부모가 잃어버린 것을 대신 되찾아주기 위해 되돌아온다. 바리데기는 부모가 잃어버린 진정한 생명의 뿌리에 다가감으로써 자신을 구하고 부모를 구하고 죽음과 삶의 경계를 넘어야 하는 모든 이들의 안내자가 된다.

부모로부터 버려졌다는 것은 자신이 태어난 곳과 분리되었다는 것을 의미한다. 모든 사람은 언젠가는 부모로부터 떨어져 나와 독자적인 삶을 살아간다. 일련의 영웅신화에서 반드시 등장하기 마련인 용이나 괴물과의 싸움이야기와 가짜 왕과의 전투담은 심층심리학적 관점에서 해석하면 아이가 어른이 되어가는 과정에서 마주쳐야 하는 부모와의 심리적 분리를 나타내는 상징이라고 여겨진다.[7] 하나의 낱낱의 존재로 바로 서기 위해서는 혼돈덩어리처럼 느껴지는 전체성으로부터 독립하여 나와 나 아님이 분별되는 과정을 거쳐야 한다는 것이다. 이런 분리의 과정은 특히 남성이 주인공으로 등장하는 영웅이야기에서 두드러지게 강조되곤 한다. 분석심리학의 토양이 서구 근대여서 비롯되는 해석일 수도 있다. 분리된 개인의 정체성이 그다지 중요시되지 않는 사회에서 똑같은 무의식적 상징이 형성되지는 않을 것이다. 그러나 비단 서양신화뿐만 아니라 비서양권의 신화 역시 남성이 자신의 정체성을 형성하는 과정에는 적과의 싸움이 중요한

---

7 물론 바리데기의 여정을 아버지의 딸로서의 정체성을 찾기 위한 여행으로 보는 시각도 있기는 하다. 윤인선은 바리데기가 자신을 버린 아비에게 다시 인정받는 것이야말로 그녀 자신에게 정체성을 부여해주어 자신의 삶을 제대로 살 수 있도록 해주는 유일한 희망이자 목표라고 해석한다. 바리데기가 위험한 여행을 감행하고 여러 가지 희생을 치르는 것은 스스로 아버지의 딸로서 정체성을 찾는 일이고 이때 자발적으로 여행의 위험함과 희생을 감수하는 것은 그녀의 무의식 속에서 '우회된 자살'을 통해 아버지-딸의 관계를 심리적으로 끊어내고 근친애적 유대에서 독립되는 과정으로 해석된다. 윤인선의 이러한 정신분석학적 해석은 바리데기 이야기를 여타의 영웅이야기들에서 나타나고 있는 주인공의 자기정체성 찾기의 서사와 같은 반열에 놓고 있는 듯이 보인다. 남성의 자기정체성 찾기는 대체로 모권으로부터의 일차적 분리를 거쳐 부권과의 적대적 대립과 싸움을 통해 근친적 유대로부터 벗어남으로써 자아가 독립성을 얻게 되는 과정을 통해서 이루어진다. 이런 시각에서 보았을 때 바리데기가 죽음을 감수한 여행을 떠나는 것은 역설적으로 자신을 필요로 하는 아비를 마음 속에서 버림으로써 독립적인 존재로 아버지와 당당한 관계를 맺게 되는 이야기가 된다. 윤인선, 「바리공주의 희생효와 심리적 서사구조」, 『한국언어문학』 제47호(한국언어문학회, 2001), 189쪽.

사건으로 등장하는 경우가 많은 것도 사실이다.

바리데기 이야기는 위기에 빠진 공동체를 구한다는 점에서 때로 영웅 신화의 일종으로 해석되기도 하지만 다른 영웅신화와는 차별되는 점이 있다. 바리데기 이야기에는 싸움이 없다. 바리데기는 누구와도 싸우지 않는다. 처단해야 할 적이 없는 것이다. 신화학자 조셉 캠벨은 예수와 부처의 이야기 역시 영웅 신화의 계열에 포함시킨다. 인류공동체의 위기를 구원할 만한 큰 가르침을 가져온 이들이기 때문이다. 종교적 추앙을 받는 성인들의 깨달음의 여정 속에도 악마와의 싸움은 빠지지 않고 등장한다. 그들은 악마의 협박과 유혹을 물리친 자들이다.

만신의 어머니 여신이자 무당의 몸주로 추앙을 받는 바리데기가 한 것이라고는 길 가다 만난 사람의 일들을 대신해주면서 서천서역국에 닿아 약수지킴이와 혼인해 아들 일곱 낳은 것뿐이다. 바리데기의 진정한 사람 되기는 무엇인가와 겨루고 싸워서 이룩한 것이 아니라 힘들어 보이는 일을 남 대신하면서 이루어진다. 바리데기는 만나는 모든 존재들을 돌보고 모시고 섬김으로써 부모와 연결되고 우주와 연결된다. 홀로 떨어져 있는 버려진 아이가 아니라 이승과 저승, 살아 있는 생명과 죽은 생명 모두를 보살펴 스스로 모시고 모심받는 이로 거듭난다. 하늘과 땅도 산천초목도 자신의 뿌리가 아니라고 부정하던 바리데기는 그러나 약을 구하러 먼 여정을 거치고 난 후에는 생명의 진정한 뿌리가 자신이 부정했던 산천초목과 하늘과 땅을 넘어 저편에 있음을 알게 된다. 약을 구해온 바리데기는 그 대가로 무엇을 주랴고 묻는 부왕에게 이렇게 말한다. "나라도 재산도 싫습니다. 저는 버려짐으로써 사랑을 얻은 존재이니 버려진 것들의 원과 혼을 이끄는 이가 되겠나이다. 처처에 가득한 슬픔을 위로하고 억울한 혼

령들 쓰다듬어 씻기는 만신의 인로왕이 되겠나이다."[8]

3. 길 떠남

바리데기는 여성으로 태어나 미성숙한 자아에서 성숙한 자아로 확대되고 발전되는 과정을 다면적으로 갖추고 있는 여신으로 평가된다.[9] 그 발전 과정은 바리데기가 집과 왕국이라는 울타리를 벗어나 자연 속에서 우주의 생성과 소멸 과정을 직접 보고 터득해 가는 과정이다. 바리공주가 버려져 어린 시절을 보내는 수미산이나 약을 구하기 위해 떠나는 서천서역국이나 모두 울타리 바깥 세계이다.

수미산에는 비리공덕 할미와 할아비가 살고 있다. 바리데기의 양부모가 되는 이 노부부는 빌리는 공덕으로 사는 이들이다. 이들은 산이 제공해주는 먹거리, 입을거리로 살아간다. 산에서 모든 것을 빌려 갖은 공덕을 쌓는다. "석가세존 하신 말씀 너희들이 귀신이냐 사람이냐. 이 산중에 빌어먹는 비리덕 할매 할애비로소이다. 너희들은 무엇이 공덕이냐. 배고픈 사람 밥을 주어 부엌 공덕이요 목마른 사람 물을 주어 급수공덕이요 옷 없는 사람 옷을 주어 활인공덕 앓는 사람 약을 주면 일신공덕 아니리까. 좋은 밭에 원두 놓아 만인공덕 아니리까. 명산에 절을 지어 선인공덕 아니리까. 집 없는 이 집을 주면 구제공덕 아니리까. 물 깊은 곳에 다리 놓아 월천공덕 아니리까."[10] 비리공덕 할미, 할아범의 삶은 바리공주가 태어난 왕

---

8 김선우, 『바리공주』(열림원, 2003), 189쪽.

9 김헌선, 앞의 글, 33쪽.

10 김진영, 홍태한, 앞의 책, 252~253쪽. 채록본에는 발음 그대로 쓰어 있는 것을 읽기 쉽도록 하기 위해 원본에 크게 손상이 가지 않는 범위 내에서 몇몇 부분을 표준말로 고쳐 옮겼다. 앞으로 인용될 구절도 마찬가지다.

국 내부와는 다른 방식으로 이어진다. 이 공간에서는 권력도 소유도 무의미하다. 삶이 자연의 이치와 분리되지 않는다. 인간적 질서가 무의미해지는 이 공간에 버려진 바리데기의 모습은 이렇게 그려진다. "옥함을 들여다보니 눈에는 불개미가 가득하고 귀에는 왕개미 가득하고 허리에는 지렁뱀이 감기었구나"[11] 그런데 여기서 불개미 왕개미 지렁뱀은 바리데기를 해치지 않는다. 오히려 바리데기를 범으로부터 보호하는 역할을 한다. 바리데기는 문명의 바깥에 내던져져 자연의 공덕으로 자라난다. 바리데기를 낳은 것은 왕국의 국왕 내외지만 바리데기를 키운 부모는 하늘과 땅, 산천초목이다. 사람이 사람을 키우는 것은 자연에서 빌리는 공덕일 뿐이다. 바리공주를 키우는 것은 겉보기에는 노부부인 것처럼 보이지만 실제로는 산과 들과 새와 짐승이 모두 바리공주의 스승이다. 이 곳은 일종의 무애의 공간으로 차별과 억압이 없이 뭇 생명이 한 몸으로 어우러지는 공간이다.

사람의 삶이 황폐해지고 병드는 것은 자연과 유리된 닫힌 질서를 우리의 몸과 마음에 강요한 때문이다. 오구대왕의 병은 하늘의 윤리를 저버리고 사람의 명분에 휩싸여 제 자식을 내다 버린 때문이다. 반대로 바리공주가 병든 아버지를 위해 약을 구하기 위한 길을 떠나는 것은 바리공주가 왕국이 아닌 자연에서 양육되었기 때문이다. 바리데기는 바깥으로 버려졌으므로 바깥의 이치와 질서를 몸소 배우고 익힌 것이다. 그런데 바깥은 아직 문명의 미몽이 손을 뻗지 못한 자연의 땅이다. 이때 바깥 세계는 오히려 안쪽 세계를 구할 수 있는 생명을 안고 있는 세계로 보인다. 바리데기가 바깥 세계로 떠나는 길은 병든 아비로 상징되는 병든 문명을 치유하기 위한 약을 구하러 가는 길로 이해될 수 있다.

바리데기는 뭍으로 난 길 삼천 리, 지옥길 삼천 리, 바닷길 삼천 리를 건

---

11 홍태한, 앞의 책, 4권, 339쪽.

너 사람 살리는 꽃과 물을 구하러 간다. 걸어서 삼천 리를 가는 동안 바리데기는 밭 가는 할아비 만나 바다만 한 밭을 갈아주고 빨래하는 할미 만나 산더미만 한 빨래를 해준다. 생명을 살리러 가는 길은 당연히 길에서 만난 생명의 살림을 도맡는 길이다. 서천서역국의 물과 꽃을 생명의 물과 꽃으로 만드는 길은 스스로 살림의 주인이 되는 것이다. 길가는 과정에서 만나는 살림에 몸과 마음을 다하지 않으면 목적지에 도달해서 만나는 물과 꽃은 생명의 비밀을 드러내지 않는 죽은 물, 죽은 꽃에 불과할 것이다.

그렇기 때문에 바다만 한 밭을 갈고 산같이 쌓인 빨래를 해내는 일은 모두 '약이 어디 있습니까'라는 바리데기의 물음에 그들이 내놓은 답인 셈이다. 그런데 그들이 길 묻는 값으로 내놓는 요구사항은 그리 만만치가 않다. 그 크기만 그런 것이 아니라 주문 사항 역시 그러하다. 검은 빨래는 하얗게 흰 빨래는 검게 빨아야 하며 자꾸만 무너져버리는 돌탑을 쌓아야 한다. 밑 빠진 독에 물을 담아야 하며 불 꺼지는 방에서 불씨를 지켜내야 한다. 이런 모순에 가득 찬 요구사항들을 완수해내는 일은 곧잘 마법처럼 여겨지기도 한다. 그러나 삶의 비밀은 마법처럼 보이는 신비를 바로 지금 이 순간 여기에 나타나게 하는 데 있다. 비밀을 푸는 열쇠는 마음 다하기이다. 바리데기가 돌탑 쌓는 장면을 보자. "한 개의 돌을 올리기 위해 그날 하루의 바람과 물의 흐름을 읽고 천기를 읽은 후 음의 날에는 양의 돌을 골라 올리고 양의 날에는 음의 돌을 골라 올렸다. 돌을 올리기 전에 먼저 읽어야 하는 것이 돌 하나를 빚어낸 하늘의 마음이었고 땅의 마음이었다. 그리고 무엇보다도 돌의 마음을 읽어내야 했다."[12] 어디 그뿐인가. 검은 빨래는 희게 흰 빨래는 검게 빨아놓으라는 숙제에 바리데기는 흰 빨래를 물이 아닌 흙에다 빤다. "물에다가만 빨래를 하란 법 있나. 세상이 처음 날

---

12 김선우, 앞의 책, 110쪽.

적에 지수화풍이 그 모체였으니 흙 묻은 옷이 더럽다고 생각하는 것 역시 사람살이의 생각 한끝 차이지."[13]

바리데기가 약을 구하기 위해 치러야 하는 일들은 단순한 고생이 아니라 어두운 눈에는 보이지 않는 삶의 이치들을 깨우쳐 가는 수행이다. 겉보기에 쉬워 보이는 삶과 살림의 노동들이 하늘과 땅의 마음을 하나로 엮는 일임을 알아나가는 여정인 것이다. 바리데기의 서천서역국 가는 여정은 이때 효녀임을 입증하여 부권적 질서를 회복하기 위해 희생을 감수하는 일이 아니다.[14][15] 부권적 질서에 복종하고 부권적 질서가 나눠 놓은 상하의 구별과 윤리를 따르는 행위가 아니라 부권적 질서와 경계를 넘어서 더 큰 이치를 몸으로 체득함으로써 자신을 버린 부권 세계를 끌어안는 우주적 존재로 거듭나기 위한 과정인 것이다.

이러한 일련의 과정을 통해 바리데기는 생명의 비밀에 한 걸음 다가간다. 육지길 삼천 리의 순례는 이러한 살림의 법칙을 알아가는 첫 번째 관문이다. 두 번째 관문은 지옥길 여행이다. 첫 번째 관문을 통과한 바리데기는 지옥길 입구에서 석가세존을 만난다. 바리데기의 마음에 감복한 석가세존은 지옥길을 무사히 갈 수 있는 꽃 세 송이와 금 주령을 넘겨준다.

---

13 김선우, 같은 책, 105쪽.

14 바리데기 여정을 아버지에 대한 효행을 통해 가족제도와 부권적 질서회복을 도모하는 이야기로 보는 시각이 여럿 있다. 강은해는 바리데기 이야기는 한 층위에서 거듭해서 부계적 권위의 당위성을 확인하는 절차를 밟고 있다고 본다. 자신을 버린 아버지를 위해 약을 구하러 가는 행위와 나중에 무장승과 결혼하여 아들 일곱을 낳는 것 등이 그 대표적인 경우로 해석된다. 그러나 더 깊은 층위에서는 바리데기 자신의 궁극적 자아실현과 자유의지를 확인하는 행동이라는 의미가 있다고 지적한다. 강은해, 「〈바리데기〉형성의 신화 심리학적 두 원리」, 『한국어문연구』(한국어문연구학회, 1984), 제1집, 66쪽.

15 김영숙 역시 왕이 국가를 상징하고 부친은 남성을 상징하는데 죽어가는 부친을 살려낸다는 것은 붕괴 직전의 국가를 소생시키는 것이며 남성중심 질서를 강화시키는 것에 지나지 않을 수도 있다는 역설적인 문제를 제기한다고 본다. 그러나 주목해야 할 점은 부친을 살리는 일이 남성 질서에 의해 버려졌던 여성주체에 의해 이루어진다는 점이며 남성적 질서에 의해 피폐화된 국가를 위기로부터 구해내 새로운 질서를 산출함으로써 여성의 주체와 정체성을 분명하게 확립하는 이야기라고 주장한다. 김영숙, 「여성중심 시각에서 본 〈바리공주〉」, 『국어문학』(국어문학회, 1996), 제31집, 90쪽.

"낭화 세 가지를 주시고 금 주령을 주시며 이 주령을 끌고 가면 험로는 육지되고 육지는 평지되며 대해는 뭍이 되난다 하옵시고 바리공주를 주시니 쌍수로 받아 하직하고"[16] "한곳을 나아가니 칼산지옥 물산지옥 독사지옥 한빙지옥 구렁지옥 배암지옥 물지옥 혼암지옥 무간 팔만사천지옥 넘어가니 칠성이 하늘에 닿았는데 구름 쉬어 넘고 바람도 쉬어 넘는 곳에 귀를 기울이고 들으니 죄인 다스리는 소리 육칠월 악마구리 우는 소리더라"[17]

　무당의 입무과정에서 흔히 경험하게 되는 신병과 환각 속에서는 현실의 안정된 질서가 깨지면서 무시무시한 일들이 벌어지곤 한다. 우리나라 무당과 같은 갈래로 여겨지는 시베리아 샤먼의 입무과정에는 샤먼 당사자의 몸이 으스러지고 뼈가 빻아지고 가마솥에 넣고 삶아지는 경험이 뒤따른다.[18] 물론 환각 중에 경험하는 일이기는 하지만 참기 어려운 고통을 거쳐 실존적 죽음을 감내한 사람만이 샤먼으로 거듭나게 된다. 이러한 환각은 대체로 샤먼이 되리라고 지목된 사람이 마을 바깥의 먼 황야로 혼자 여행을 떠나 탈진상태에서 일어난다. 비단 샤먼의 입문의례뿐 아니라 북미 인디언의 통과의례, 고대 지중해 지역의 신비제의에서도 비슷한 방식의 경험이 일어난다. 죽음과 부활은 많은 종교적 경험의 보편적 요소이기도 하다. 지금까지 이어지고 있는 수많은 순례의 전통은 이러한 입무과정을 상징적으로나마 재현하는 관행이기도 하다. 실존적 죽음과 그 이후 부활과 함께 일어나는 존재변화의 체험이 일종의 보편적 사건이라고 할 때 바리데기의 여행은 그 변형담 중에 하나로 이해될 수 있다.

　그러나 바리데기의 여행이야기가 지닌 특별한 점은 그녀가 경험하는

---

16 김진영, 홍태한, 앞의 책, 1권, 168쪽.
17 위의 책, 168~169쪽.
18 미르치아 엘리아데, 『샤마니즘』(까치, 1992), 53쪽.

구체적인 사건들이 시베리아 입무식에서 일어나는 신체절단과 훼손의 환각 체험처럼 공포스럽지 않다는 점이다. 물론 한국 무당의 입무식 전에 신병과 같은 특별한 체험이 예비되고 내림굿을 통해 그로부터 벗어나는 일들이 있기도 하지만 만신이 어머니로 모시는 바리데기의 일생은 분명 시베리아 무당의 입문담과는 차이가 있다. 무엇보다도 중요한 차이는 바리데기의 생명찾기 여정이 일상 삶의 연장에 있다는 것이다. 물론 이러한 차이가 농경정착민의 문화가 갖는 특유의 상상력의 반영으로 볼 수도 있고 주인공이 여성이기 때문에 여성적 체험이 반영된 데서 비롯되었다고 볼 수도 있다.[19] 유목생활을 주로 하는 시베리아 샤먼의 경우 동물 사냥과 얽힌 체험들이 심층심리 속에 숨어 있다가 환각체험 속에 일어나는 상상에 반영되는 것이라고 볼 수도 있을 것이다. 우리가 주목해야 할 점은 바리데기가 생명의 뿌리로 여겨지는 물과 꽃 구하기 과제를 우리 일상 속에서 매 순간 벌어지는 사소해 보이는 사람살이의 일을 통해 수행해나가고 있다는 점이다.

또 한 가지는 그 모든 노고가 바로 살아있는 이들에 대한 공감과 연민에서부터 비롯된다는 점이다. 아비를 구할 약을 구하러 저승여행을 자처하는 것도, 지옥 길을 가며 꽃을 던지는 것도, 길에서 만난 이들의 노역을 대신해주는 것도 모두 연민에서 우러나는 행동이다. 연민의 감정은 공감을 전제로 한다. 다른 이의 아픔을 내 아픔으로 느끼는 것이 연민이다. 타인의 마음을 생각으로 미루어 짐작하는 것이 아니라 내가 그것을 느끼는 것이다. 소위 말해서 연민은 추론작용의 결과가 아니다. 이성으로 반성하

---

19 최원오는 바리데기 신화가 여성 대모신 신화의 원형을 따르고 있다고 보고 모성문화 특유의 신화적 담론을 찾으려 한다. 바리데기 여정은 일종의 '모성찾기' 여행담으로 읽힐 수 있다. 모성이야말로 삶의 궁극적인 지혜를 찾을 수 있는 능력, 생명의 원천과 비밀을 아는 능력이기 때문이다. 최원오, 「모성문화에 대한 신화적 담론: 모성의 기원과 원형」, 『한국고전여성문학연구』(한국고전여성문학회, 2007), 제14집, 205쪽.

고 생각하기 이전에 이미 내 안에서 느껴지는 것이 참된 공감이다. 연민은 나와 네가 구분되지 않는 감정이다. 네가 슬프니 내가 슬픈 것이다.

지옥길에서 만난 이들에게 던져준 꽃은 석가세존의 낭화이다. 석가세존의 낭화는 석가모니가 영산에서 설법할 때 아무 말 없이 들어 올렸다는 꽃이다. 이 말 없는 가르침을 제자 가섭은 알아차렸다. '염화시중의 미소', '이심전심'이라는 말과 함께 등장하곤 하는 친숙한 우화이다. 바리데기는 석가모니가 들어 올린 꽃을 받아 고통의 바다에서 헤매고 있는 넋들에게 던져준다. 그들은 바리데기가 던진 꽃으로 고통에서 구원받을 수 있을까? 꽃이 어찌하여 지옥길에서 헤매는 이들을 구원할 수 있을까?

4. 물과 꽃

꽃에 대한 이야기는 바리데기 이야기뿐 아니라 우리나라 무가 곳곳에서 등장한다. 바리공주를 비롯해 이공본풀이의 할락궁이, 세경본풀이의 자청비, 문전본풀이의 칠형제 모두 꽃밭을 들락거리면서 사람을 살려내고 신의 능력을 부여받는다. 살살이꽃, 뼈살이꽃, 숨살이꽃, 환생꽃, 악심꽃, 멸망꽃 등 그 종류도 다양하다. 서천꽃밭에서 자라나는 이 꽃들은 모두 살아 있는 사람의 명줄을 좌우한다. 이승의 산 사람의 생명이 저승 꽃밭에서 좌지우지되는 것이다. 무속신화 속에서 이승과 저승은 하나로 연결된 세계다. 이승의 안녕은 저승의 안녕과 둘이 아니다. 무당은 굿을 통해 마치 둘로 나뉘어져 있는 듯이 보이는 양쪽 세계를 하나로 합치는 역할을 한다.

신화학자인 조셉 캠벨은 불교에서 자주 등장하는 연꽃이 바로 세계의 이중적 구조를 드러내는 상징이라고 했다. 꽃은 세계를 움직이는 보이지 않는 힘이 드러남을 나타낸다. 종교적 상징으로 연꽃이나 장미가 등장하는 것은 이러한 진리의 드러나는 힘을 표상하기 때문이다.[20] 연꽃이 그 뿌리를 어두운 못 안의 물속에 담고 하늘과 태양을 향해 꽃잎을 펼치는 것처럼 세계는 보이지 않는 음의 세계에 뿌리를 박은 채 양의 세계를 향해 꽃을 피우고 있다. 우리가 연꽃을 바라볼 때 볼 수 있는 것은 꽃과 그 잎새뿐이지만 뿌리를 내리고 있는 저 아래편 물이 없다면 연꽃은 꽃을 피우지 못한다. 서천꽃밭에 피는 꽃들은 그런 의미에서 거꾸로 핀 꽃, 보이지 않는 생명의 뿌리로서의 꽃이다. 식물이 뿌리로 물을 끌어올리듯이 사람은 저편의 보이지 않는 세계로부터 생명을 끌어올리지 않으면 제대로 살아갈수가 없다. 서천꽃밭에서 꽃을 가져오는 일은 어그러진 이승의 생명을 바로잡아 살리기 위함이다.[21]

꽃은 그 향기와 빛깔, 아름다움으로 살아 있는 기쁨을 전한다. 꽃은 생명의 꼭짓점이다. 나무와 풀은 꽃을 피워 생명을 품어 옮긴다. 꽃은 오므렸다 퍼지면서 자신 안에 있는 식물의 살아 있는 기운을 널리 널리 퍼트리고 그 퍼트린 기운의 아름다움에 이끌려 벌과 나비와 새들은 멀리 떨어진 나무의 꽃가루를 옮겨와 서로 합하게 해준다. 나무가 꽃을 피우지 않는다면 다른 나무와 사랑을 할 수 없으리라. 꽃이 생명과 재생의 상징으로 등장하는 것은 꽃이 지닌 이러한 특별함 때문이다. 꽃은 탄생을 주재한다.

바리데기는 태어날 때 어머니에게 꽃으로 온다. "하루는 천상서경이 내전에 비치오되 천상선녀가 공중에서 고요히 내려와 부인 앞에 옥과하되

---

20 조셉 캠벨, 『신화의 이미지』(살림, 2006), 홍윤희 옮김, 270쪽 참조.
21 한국 무속신화에서 꽃밭은 파괴된 현실의 세계를 원상으로 되돌려놓기 위한 매개공간적 역할을 수행한다. 김창일, 「무속신화에 나타난 꽃밭의 의미연구」, 『한국무속학』(2006), 제11집, 180쪽. 현실 세계는 음양적 균형과 질서가 파괴된 장소이므로 그것을 원상회복하기 위해 굿이 치러지고 꽃밭은 질서를 되찾게 해주는 공간으로 자리매김되는 것이다. 서천꽃밭은 인간과 신의 공유공간이면서 아무나 갈 수는 없는 성스러운 공간이다. (위의 글, 194쪽)

부인의 정성이 지성으로 하강하사 옥황께서 알으시고 이 꽃 한 송이를 내렸으니 부인은 이 꽃을 사당히 여기소사 황후부인 그 꽃을 받어 품에 안고 선녀를 답례하신 후에 서서리쩌 꿈을 꾸니 남가일몽이라"[22]

애초에 꽃이었던 바리데기가 구천을 헤매는 넋들에게 꽃을 던지고 아버지를 구할 꽃을 가져온다.[23] 꽃이 움직일 때마다 넋들이 생기를 얻고 기쁨을 얻는다. 세 번째로 꽃이 등장하는 서천서역국의 꽃밭은 그런 의미에서 바리데기가 꽃의 기쁨과 하나가 되는 절정에 해당한다. 서천서역국의 꽃밭 그러니까 서천꽃밭은 약수지킴이와의 만남을 통해서 열린다.

바리데기가 구천 리를 걸어 도달한 서천서역국에는 무상선인(無上仙人)이라는 약수지킴이가 산다. 바리데기가 만난 무상선인의 모습은 이렇다. "무장승을 보니 키는 하늘에 닿고 눈은 등잔 같고 얼굴은 쟁반 같고 발은 석 자 세 치 되는 이가 앉았거늘."[24] 이본에 따라 무장승, 동수자, 만리장수라는 이름으로 등장하는 무상선인은 하늘나라에서 쫓겨난 사람이다. 약수와 꽃밭을 지키는 임무를 받은 그는 여인을 만나 아이를 얻어야 하늘로 돌아갈 수 있다. 무장승의 모습은 보통 남정네의 모습이 아니다. 다른 세상의 중심에 자리 잡은 사람의 모습이 이승의 모습과 같을 리가 없다. 무장승의 이러한 기이한 모습은 한편으로는 바리데기의 노고의 고역스러움을 강조하기 위해 혼인의 달콤함을 제거하려는 극적 장치일 수도 있고, 또 한편으로는 나중에 신격으로 봉해질 바리데기의 짝으로 걸맞는 모습을 그려내기 위한 예비 장치일 수도 있다. 바리데기의 저승 여행을 오로지 효

---

22 김진영, 홍태한, 앞의 책, 579쪽.

23 바리데기가 꽃을 들고 귀환하는 것은 나중에 보태진 구절이라는 해석도 있다. 바리데기 이야기의 핵심은 원래 약수에 있었으나 우리나라 무속 신화에 꽃 이야기가 원래 빈번하게 등장하다보니 바리데기 이야기에도 끼어들었다는 것이다. 이수자, 「무속의례의 꽃장식, 그 기원적 성격과 의미」, 『한국무속학』(2007), 제14집, 433쪽. 그러나 바리데기 이야기를 살림의 이야기로 해석할 때 다른 무가에 등장하는 생명꽃처럼 중요한 요소로 해석될 수 있다.

24 김진영, 홍태한, 앞의 책, 1권, 169쪽.

행을 실현하기 위한 극기의 과정으로 이해하면 혼인과 출산 역시 고통스러운 과정으로 받아들여질 수밖에 없다. 그러나 반대로 이 여정을 한 여인의 사람되기 위한 자발적 여정으로 이해하면 여러 가지 사건들과 경험들은 반드시 극기의 과정으로 볼 필요가 없다.[25]

바리데기가 무장승과 만난 것은 그가 약수지킴이이기 때문이다. 바리데기는 무장승을 만나 약수를 얻어야 하고 무장승 역시 바리데기를 만나야 하늘로 돌아갈 수 있다. 그 둘은 서로 다르지만 서로 만나야만 각자의 염원을 이룰 수 있다.[26] 하늘에서 내려온 무장승과 동쪽 땅에서 온 바리데기가 만나 서로 뜻이 하나로 통해야 한다. 물 구하러 온 바리데기에게 무장승은 이렇게 말한다. "신목은 하늘과 땅을 연결하는 나무입니다. 지상의 기도를 천상에 전하고 천상의 응답을 몸으로 드러내는 우주목인 거지요. 이곳의 약수는 생명을 살리는 일일 뿐 아니라 생명의 시원을 잉태한 물입니다. 나는 천상으로부터 지상에 유배되어 약수를 지키는 명을 받았으나 최종적으로 물값을 요구하는 것은 지상의 기도를 하늘에 전하는 신목입니다. 약수를 지키는 소명을 받은 내 기도와 약수를 구하기 위해 이곳까지 온 그대의 기도가 합일하여 신목의 마음을 움직여야 합니다."[27]

물값으로 요구되는 날 없는 낫으로 나무하기 삼 년, 차돌 깨트려 불씨

---

25 최근에 쓰인 김선우 본 〈바리공주〉는 이런 면에서 과거 여성의 성적 차별에서 오는 피해의식에서 벗어나 건강하고 활기찬 모습으로 바리데기를 그려내고 있는 아름다운 작품이다. 대다수의 이본들이 무장승과 사는 동안 바리데기의 노역을 강조하는 반면 김선우 본 〈바리공주〉에서는 이 부분이 과감하게 생략되었고 무장승의 모습 역시 선선한 눈매를 가진 따뜻한 인물로 그려진다. 더 나아가 혼인을 요구하는 것도 무장승이 아니라 바리공주다.

26 바리공주에 대해 여성주의적 시각으로 접근하는 글들 속에서 남성존재를 적대적인 방식으로 보려는 한계를 노출하는 경우가 많다. 무장승의 존재애에 대한 시각도 그런 의미에서 그다지 곱지만은 않다. 강진옥은 바리공주가 감당하여 성취해낸 위업의 중대성에도 불구하고 그녀의 위상을 무상신선과의 관계를 통해서 자리매김하려는 것은 서술자의 시선에 가부장적 이데올로기적 측면이 있다는 점을 간과할 수 없다고 한다. 강진옥, 「서사무가 〈바리공주〉의 변이양상과 여성적 경험의 재현」, 『한국고전여성문학연구』(한국고전여성문학회, 2004), 제9집, 31쪽.

27 김선우, 앞의 책, 153~154쪽.

묻기 삼 년, 밑 빠진 독에 물 긷고 서천꽃밭에 물 주기 삼 년의 절차는 이때 신목의 마음을 움직이기 위한 수행과정으로 변한다. 아홉 해 동안 정성을 들인 후 이들은 "천지로 장막 삼고 일월로 등촉 삼고 산수로 병풍 삼고 금잔디로 증의 삼고 샛별로 요강 삼고 썩은 나무 등걸로 원앙금침 잣베개 삼아 두고"[28] 혼인하여 일곱 아들을 낳는다. 신목이 문을 열어 약수를 내려주시고 서천꽃밭의 문이 열려 살살이꽃, 뼈살이꽃, 숨살이꽃을 꺾어 가게 하시는 것은 바리데기의 수행 과정이 모두 끝나고 나서이다. 그 수행 과정에는 혼인과 출산, 양육이 포함된다. 스스로 생명을 잉태하고 세상 밖으로 내놓는 과정에 참여하는 것이다. 바리데기가 오랜 세월을 거쳐 배운 것은 생명의 비밀에 도달하는 길이다. 꽃으로부터 온 바리데기가 다시 이 세상에 사람꽃들을 내놓는 것이다. 삶은 꽃을 옮기는 일이다.

꽃과 더불어 물 역시 생명의 정수를 나타낸다. 꽃이 빛과 불의 방향으로 위와 바깥으로 펼쳐지는 운동을 한다면 물은 하늘과 땅, 밝음과 어두움이 교차되는 시간에 아래와 안쪽으로 향하는 운동을 한다. 흔히 약수로 쓰이는 정화수는 새벽에 내린 이슬물이다. 이슬은 찬 기운과 더운 기운이 합쳐지는 순간에 생긴다. 낮과 밤이 교차하는 시간에 생기는 물이 생명을 잉태하고 병을 고치는 것이다.[29] 음과 양이 교차하는 곳에서 생명이 태어나고 생기가 솟아난다.

서천서역국에 있는 사람 살리는 약수의 이야기는 중국 하나라 신화 속에도 등장하는 보편적인 신화소 중 하나이다. 『산해경』에 따르면 해가 지

---

28 김진영, 홍태한, 앞의 책,1권, 171쪽.
29 고대로부터 내려오는 전통 속에 꽃을 중히 여기는 여러 풍속에 대해 박용숙은 꽃이 우주의 음양의 기운이 서로 화합하여 멋과 맛을 만드는 비밀을 나타내는 상징이라고 한 적이 있다. 꽃이 피어나는 움직임 속에는 원운동이 나타나는데 이 원운동은 수직운동과 수평운동의 의지가 합쳐진 것이다. 그는 이 두 가지 운동의 합일을 음양의 합일로 해석한다. 박용숙, 『한국의 미학사상: 바시미의 구조』 (일월서각, 1991), 159쪽.

는 서쪽 끝에는 황천이라 부르는 약수가 언급된다.[30] 약수가 흐르는 곳에는 '비어 있는 오동나무(空桐)' 또는 '비어 있는 뽕나무(空桑)'가 자라는데 이름하여 '약목(若木)'이라 한다. 약수는 약목 아래로 흐른다. 중국 신화 속에서는 이 공간을 두고 천상계와 지상계 간의 물 전쟁이 벌어진다. 여기서 우주나무가 자리한 공간은 천상/지상, 이승/저승, 안/밖의 경계가 사라지는 곳이다. 차이와 분별이 사라지는 장소는 신성공간으로서 삶을 주재하는 신비가 현실로 실현되는 곳이기도 하다. 그러나 오고 감, 나고 죽음은 특별한 장소에서만 일어나는 사건이 아니라 매 순간 모든 장소에서 일어나는 사건이다. 우주나무의 장소는 바로 지금 여기다. 이야기 속에 공간 이동이 일어날 때 이야기를 듣는 사람의 마음 중심이 움직인다. 바리데기가 저편의 세계로 길을 떠날 때 무당과 단골은 마음의 깊은 차원으로 길을 떠난다. 이 때 해가 지는 곳인 서쪽은 죽음의 나라이면서 동시에 생명수가 흐르는 공간이다. 삶은 죽음으로부터 오며 생명의 이치 속에서 삶과 죽음은 하나이기 때문이다. 저승의 끝에 당도하여 바리데기가 얻은 것은 죽음이 아니라 죽은 이를 살리는 물과 꽃이다.

5. 섬김과 모심을 배우며

사람 살리는 물과 꽃을 들고 왕국으로 돌아온 바리데기는 스스로 꽃을 옮기는 신이 된다. 이승의 꽃을 저승으로 옮기고 저승의 꽃을 이승으로 옮긴다. 이 오고 감이 자연스러울 때 모두가 평안하다. 저승으로 떠나는 넋들은 두 세계를 무사히 오고 간 바리데기의 안내를 받고 안심한다.

---

30 사라 알란, 『거북의 비밀: 중국인의 우주와 신화』 (예문서원, 2002), 62쪽.

저쪽 세계도 이쪽 세계와 마찬가지로 밭 갈고 빨래하고 사랑하고 아이 낳는 곳이다. 그러니 두려워할 필요 없다. 죽음은 끝이 아니라 문턱을 넘어 다른 세계로 가는 것뿐이다. 이쪽 사람이 저쪽으로 가는 것처럼 저쪽 사람도 이쪽으로 온다. 저쪽에서는 꽃으로 피어 있던 존재가 이쪽에서는 사람이 되는 것이다. 나고 죽는 것은 생성 소멸이 아니라 자리 옮기기이거나 모양 바꾸기이다. 꽃이 사람이 되듯이 사람은 꽃이 되기도 하고 뒷동산 머구나무 앞동산 왕대나무가 되기도 한다. 바리데기가 서천서역국에서 맺은 인연들은 이승에 함께 건너와 신으로 봉해진다. 무장승은 시왕으로, 일곱 아들은 하늘의 칠성님으로, 비리공덕 할아범은 산신으로 비리공덕 할미는 평지신으로 섬겨진다. 저편에 있던 이들이 이편으로 건너와 이 세계를 움직이는 신령의 지위를 부여받고 모셔지고 섬겨진다.

이 세상에 존재하는 것은 무엇이든 신이 깃들어 있다. 이때 신은 인격신을 말하는 것이 아니다. 세상만물에 깃든 존엄한 힘은 신화와 상징 속에서 인격신처럼 그려진다. 그러나 산의 신령이 비리공덕 할아범의 모습이고 평지의 신령이 어찌 비리공덕 할미의 모습일 수 있는가. 산의 신령스런 공덕이 할아범과 같고 들의 신령스런 공덕이 할멈 같을 뿐이다. 우리는 산과 들의 공덕으로 목숨을 부지하고 살아가는 것이 아닌가. 그러므로 섬김과 모심의 대상은 사람만이 아님이 마땅하다. 땅과 하늘, 여기와 저기에 있는 모든 것들이 섬김받고 모심받아야 한다.

모심은 환대하고 받아들이고 끌어안는 것이다. 모심을 통해 바깥에 있는 존재는 안쪽으로 들어온다. 모심을 통해 너는 내가 된다. 모셨으므로 네가 느끼는 것, 네가 느끼는 기쁨과 슬픔이 나의 기쁨과 나의 슬픔이다. 모시는 순간 나와 상관없는 '그것'은 사라진다. '그것'으로 볼 때 나는 '그것'에 대해 한없이 냉담해진다. '그것'은 마음이 없는 것으로 여겨지므로 나는 그것을 함부로 하기도 하는 것이다.

한동안 우리는 세상에 존재하는 것들을 '그것'으로 보는 태도가 발전된 태도라는 잘못된 믿음을 지니고 살아왔다. 서구 근대의 합리주의와 과학주의는 세계를 '그것'으로만 여긴다.[31] 세계를 '그것'으로 바라볼 때 우리는 거리를 취하고 객관적 태도를 취할 수 있다. 존재를 그것으로 보는 태도는 우리를 감정과 느낌이 가져다주기도 하는 혼란으로부터 벗어나게 해주기도 한다. 내가 제어할 수 없는 어떤 힘에 이끌릴 때 그 끌림이 기쁨이 되기도 하지만 우리를 고통과 슬픔으로 끌고 가기도 한다. 그런 의미에서 우리가 세계를 나와 무관한, 아무런 감정이나 느낌이 없는 세계로 바라본다는 것은 마치 나를 혹시 닥칠지도 모를 슬픔과 고통의 구렁텅이에서 해방시켜줄 수도 있을 듯이 여겨지기도 한다. 근대 합리주의와 과학주의가 세계에 대해 거둔 승리는 바로 이러한 홀리지 않음으로써 얻어지는 승리, 세계를 내 마음대로 제어하고 통제함으로서 얻어지는 승리이다.

그러나 그것은 한편으로는 착각의 승리이기도 하다. 과학주의에 붙들린 생각은 개념과 검증에 의해 제어받고 통제된다. 우리는 감정과 느낌의 애매모호함과 혼란스러움을 피하려 달아나다 다른 덫에 걸렸다. 다른 이의 마음이 눈에 보이지 않는다는 이유로 없다고 단정하고 급기야는 마음은 물질 이상이 아니라는 이상한 결론을 내리기도 한다. 검증가능하지 않기 때문에 존재하지 않는다고 여기는 오류에도 빠진다. 사람의 앎의 통로는 다층적이며 다면적이다. 감각적 확인을 통해 알기도 하고 직관에 따라 알기도 하며 느낌으로 몸살이를 통해 알기도 한다. 그뿐 아니라 우리가 어떤 개념으로 세상을 바라보는가에 따라 세상은 다른 모습으로 우리에게

---

31 장회익은 앎이 세계를 지칭하는 우리의 언어사용 방식에 따라 세 가지 방식을 통해 일어난다고 했다. 나와 세상의 관계는 1인칭, 2인칭, 3인칭으로 나누어지는데, 1인칭의 관계는 '대생(對生)지식' 또는 '대아(對我)지식', 2인칭의 관계는 '대인(對人)지식' 3인칭의 관계는 '대물(對物)지식'이라고 칭할 수 있다고 한다. 본 글에서 쓴 '그것'으로의 앎은 이 논리에 기인한 것이다. 장회익, 『물질, 생명, 인간-그 통합적 이해의 가능성』(돌베개, 2009), 198~199쪽 참조.

나타난다. 하나의 앎의 방식만이 올바른 앎의 방식으로 여겨질 때 우리는 쉽사리 오류와 편견에 빠진다. 앎의 방식에 있어서 과학주의의 전횡은 삶의 풍요로움을 피폐하게 만들며 궁극적으로는 우리를 외눈박이 괴물로 만들어버린다.

우리가 세계를 온통 '그것'으로 만들어버릴 때 나를 제외한 내 바깥의 세계는 모두 버려진 세계가 된다. 이편의 세계가 아니라 저편의 세계가 온통 죽은 세계가 되어버리는 것이다. 오늘날의 저쪽 세계는 비단 귀신과 신령의 세계뿐만이 아니다. 마음의 경계, 제도의 경계, 개념의 경계에 갇혀 알지 못하고 바라보지 못하는 세계는 모두 저쪽 세계이다. 일종의 저승인 셈이다. 그러나 세계를 '그것'으로 바라보기만 했던 오구대왕이 불치의 병에 걸리는 것처럼 '그것'으로만 보는 자는 스스로는 절대로 치유할 수 없는 병을 앓게 되어 있다. 그 병을 낫게 하는 것은 그가 버린 아이가 버려진 세계에서 가져온 물과 꽃이다. 그 아이가 병든 아비를 구할 수 있었던 것은 아이가 세상을 '그것'이 아닌 너와 나처럼 여겼기 때문이다. 세상이 '그것'에서 '당신'으로 변모하고 당신의 몸과 마음이 나와 한 뿌리에서 비롯되었음을 자각할 때 우리는 당신으로서의 세상을 모실 수밖에 없다. 그것은 강요가 아니라 우리의 자연스런 본성이다.

섬김은 받들어 모시는 것이다. 내가 당신을 받들어 모시는 것은 당신 안에 눈에 보이는 것 이상의 큰 무엇이 깃들어 있기 때문이다. 밖으로부터 인위적으로 가해진 인격 규정인 권위나 지위가 높아 받드는 것은 진정한 섬김이 아니라 굴종이나 노예적 의식의 표현이다. 섬김은 뭇 존재 안에 깃들어 있는 생명이 낱낱의 생명체를 감싸 안은 온전한 하나임을 자각할 때 일어난다. 낱낱의 '나'들은 바깥에서 보면 모두 '당신'들이다. 낱낱의 당신들이 제각기 다른 모습으로 다양한 마음상태를 지니고 있지만 그 모든 다름을 넘어 근원에는 같음이 자리 잡고 있다. 그 같음은 추상적으로 이념화한 같음이 아니라 우리가 그 여러 '당신'들과 연이어져 있음을, 그렇게 서로 연이어져 무엇인가를 주고받으면서 커다란 생명의 그물망을 함께 이루고 있음을 자각할 때 알 수 있는 같음이다.

낱낱의 당신들 안에 공통적으로 자리 잡은 그 같음을 일컬어 수운 최제우는 '하늘'이라 했다. 모든 사람 안에 큰 하늘이 있으니 서로가 모시고 섬기는 것은 너무도 당연하다.[32] '하늘'은 '한울', 다시 말하자면 '한 우리', '큰 우리'이다. 저 위에 멀리 있는 초월적 신의 이름도 아니고 아무런 마음도 지니지 않은 물질 덩어리로서의 우주도 아니다. '한울'로서의 '하늘'은 '그것'이 아니라 '나'이자 '당신'인 것이다. 따라서 섬김 또는 모심을 뜻하는 '시(侍)'는 수운 사상의 핵심적인 낱말이다.[33] 낱 생명들은 각각의 형태적 한계를 넘어서 하나의 크고 위대한 '온생명'[34]의 개별적 표현이다. 사람과 벼룩은 하나로부터 비롯되었다. 사람은 사람으로 벼룩은 벼룩으로 생명을 밖으로 펼쳐낸다. 벌레 한 마리에도 죽은 듯 보이는 바위 하나에도 '한울'은 깃들어 있다. 낱 생명들은 분명 먹고 먹히며 서로 죽임으로써 생명을

---

32 동학에서의 경천(敬天)은 저 멀리 하늘에 계신 상제를 공경하는 것이 아니라 내 안에 모신, 그리고 모든 사람들 안에 모셔져 있는 하느님을 공경하는 것이다. 하느님은 우리의 근본 마음이기도 하다. 이러한 전제 위에서 모든 사람은 그 하느님의 영기를 모신 거룩한 존재로 이해된다. 고려대학교 한국사상연구소 편, 앞의 책, 787쪽.

33 김지하, 『생명학1: 생명사상이란 무엇인가』 (화남, 2003), 173쪽. 김지하는 '모심'의 내적 규정을 "內有神靈 外有氣化 一世之人 各知不移者也"로 보고 이렇게 풀이한다. "이것을 풀이하면 안으로 신령이 있고 밖으로 기화가 있으며 한 세상 사람이 각각 우주의 옮길 수 없는 전체 유출을 제 나름대로 알아서 실현한다는 것입니다." 이 때 기화란 "넓고 깊은 우주적 외연을 가진 기활동, 생성, 진화의 전 영역"을 가리키며 안에 있는 신령이란 "내면의식 증대의 최고표현"이다. 같은 책, 171~172쪽.

34 '온생명'이란 표현은 장회익으로부터 빌어온 표현이다. 여기서 장회익이 말하는 온생명이란 낱생명들이 서로간에 긴밀한 연결망을 이루면서 그 안에 생명현상을 이루어낸 전체체계를 이르는 말이다. 생명현상이 자족적으로 유지되기 위해 필요한 모든 것을 갖춘 기본 단위의 이름이다. 장회익, 앞의 책, 86쪽. 장회익의 '온생명'의 개념이 수운의 '한울'개념과 꼭 일치하는 것 같아 보이지는 않는다. '한울'이 보다 윤리적이고 종교적인 의미맥락에서 사용되는 말이라면 장회익이 사용하고 있는 '온생명'이란 그보다는 훨씬 과학적인 의미맥락에서 사용되는 말이다. 그러나 '온'이라는 말이 전체, 모두를 뜻한다는 점으로 보아 '한울'로 일컬어지는 내용과 일맥상통하는 점이 없지 않은 것 같아 빌어다 썼다. '한울'과 '온생명'의 차이에 대한 문제는 나중에 더 논의될 필요가 있을 것 같다.

이어나갈 수밖에 없는 조건을 가지고 있지만 그렇기 때문에 먹잇감이 되는 다른 낱 생명을 함부로 다뤄도 좋다는 말은 할 수 없다. 먹고 먹히는 그물구조 속에서 우리는 하나의 그물코를 이루고 있는 한 올의 실과 같지만 사람이 지닌 자각능력은 다른 낱 생명에 대한 예우와 한발짝 더 나아가 '보살핌'의 윤리를 가능케 한다.[35]

바리데기 노래는 뭇 생명들을 모시고 섬겨 보살피는 노래이다. 그 노래 속에서 누구도 아무도 버려지지 않는다. 바리데기 노래에는 '버림'이 없다. 온생명의 큰마음에는 선택과 배제라는 원칙이 무효하다. 바리데기를 모시는 무당들은 하늘과 땅에서부터 시작하여 집안의 부뚜막과 변소에 이르기까지 하다못해 집 밖과 마을을 떠도는 온갖 객귀와 잡귀까지 불러모아 한 판 거나하게 잔치 굿을 벌인다. 모두가 함께 평안해야 온누리가 평안하기 때문이다.

---

35 '보살핌의 윤리'는 최근의 생태철학, 생태여성주의의 귀결점이다. "보살핌은 언제나 부드러운 마음에 기초한 것이며 친밀성을 필요로 한다… 권리주장이 자기중심적인 것임에 반해 보살핌은 타자중심적이며 자기 초월적인 '타자를 위한' 관계 윤리, 즉 타자의 요구에 민감한 윤리이다." 정화열, 『몸의 정치와 예술, 그리고 정치학』(아카넷, 2005), 199쪽.

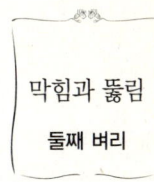
아름-다운 삶(well Being)과 아름-다운 죽음(well Dying)*

이 은주

1. 길을 나서며

1. 초상이 났다. 그해 여든아홉 되셨던 노교수.

우리는 그분의 죽음에 관하여 애석해한다. 그럼에도 여든아홉 해 동안 삶을 의미롭게 사시다가 가셨으므로 나름 호상(好喪)이라고도 말한다. 그렇다면 좋은 죽음이란 무엇인가? 우리는 어떤 죽음을 좋은 죽음이라고 말할 수 있는가.

---

* 우학모 한글날 기림 학술대회(2010년 10월 9일)(주제: 한국말의 힘과 생산성) 발표문.
(이 글은 새한철학회(2009년 11월)에서 발표된 글로, 우학모 2010년 한글날 기림 학술대회 주제에 맞추어 수정·보완되었음.)

2. 초상이 났다. 그해 오십네 살 나신 소장 교수. 사인은 심장마비.

우리는 그분의 죽음에 관하여 조금 많이 애석해한다. 그분의 나이가 아직 한참 때이기 때문이다. 그런데 그는 오래 앓지도 않았고, 그에 따라 가족들에게 마음이나 재정적 부담도 주지 않았다. 그의 죽음은 순간에 찾아왔으며, 그는 겉보기로는 고통스러워하지 않았다. 죽음을 맞은 본인의 입장에서 이는 좋은 죽음인가? 흉한 죽음인가? 이미 그는 세상을 떠났고 그에게서 죽음에 다다른 순간 맞았던 어떤 기분이나 몸의 상태를 물을 길이 없다. 그러나 남겨진 사람들은 많이 슬퍼하고 애통해하다가, 결국 그들의 일상으로 돌아간다.

3. 초상이 났다. 그분은 스승의 부인이다. 마지막 사인은 뇌암과 골암.

그분은 평생을 가족에게 헌신적으로 희생을 하다가 폐암이라는 치명적인 병으로 살아 쉰다섯 해를 채 못 넘기고 세상을 떠났다. 남겨진 스승과 두 아드님, 그밖에 스승을 모시던 제자들은 나름 애달픈 마음으로 그분의 장례를 치렀다. 생 안에 있었던 마지막 몇 달 동안 스승의 가족들은 그분을 안타깝게 그러나 사랑하는 마음으로 간호했고 그분의 임종을 지켰다. 스승의 제자들은 지금도 그분이 살았던 삶을 떠올리며 그분이 남편의 제자들을 얼마나 지극하게 대해 주었던지를 생생하게 기억한다. 그분은 당신이 살 수 있는 시간이 얼마 남지 않았음을 알고 있었음에도, 담담하게 일상을 견디었고 간절하고 고요하게 당신의 자리를 지키다가 동백꽃이 채 피어오르기도 전 새벽에 삶을 다했다. 제자는 지금도 그분을 그리워한다. 제자는 살아있었던 날들을 곱고 단정하게 보냈던 그분과 그분의 삶을 그리워한다.

그렇다면 그분의 죽음은 어떤 뜻을 담고 있을까.

4. 초상이 났다. 그해 나이 마흔넷인 여성 산악인. 사인은 세계 14봉 중 하나에서 추락사.

우리는 그의 죽음에 토를 단다. "너무 무리한 산행 예정이 잡혔었다. 그는 그 산행을 수행하기 위해서 시간을 다투다가 사고를 당했다. 이런 사고는 미리 예고된 것이었다. 그럼에도 그는 산사람이었기에 산에서 죽는 것이 그의 소망이었다." 등등. 사실 그는 다른 여성 산악인과 세계에서 가장 높은 열네 봉우리를 누가 먼저 오르느냐로 겨루고 있었다. 그런데 그렇다면 그의 죽음은 예고된 것이었으며 어떤 원인으로부터 반드시 만들어지는 결과가 있다는 식으로 필연적인 죽음이었을까? 그렇다면 죽음은 예측 가능한 것인가? 혹은 어떤 원인으로부터 필연적으로 결과가 도출된다는 식의 논리성을 갖는가?

그는 산을 오르는 사람이었다. 그는 산에서 죽었다. 그렇다면 그의 죽음은 좋은 죽음인가? 혹은 좋지 않은 죽음인가?

5. 초상이 났다. 그해 나이 마흔하나인 여배우. 그녀의 사인은 목 졸림에 의한 자살.

우리는 그의 죽음에 충격을 느꼈다. 그는 셋말로 잘 나가는 여배우였으며, 그에게는 아끼고 사랑하던 아이들이 있었다. 그들을 두고 그는 스스로 죽는 방법을 택했고 실제로 죽어버렸다. 사람들은 그의 나이가 아직 젊고 한창 생기롭게 연기 활동을 했다는 것, 그리고 남겨진 아이들이 아직 어리다는 것, 무엇보다도 스스로 죽음을 택했다는 것 때문에 그의 죽음을 더욱 안타깝게 여긴다. 그렇다면 우리가 안타까이 여김은 남은 아이들 때문인가. 아니면 그의 젊음 때문인가. 혹은 그가 못다 한 연기활동 때문인가.

나는 다른 이들의 죽음을 통해 죽음을 바라보았다. 물론 살아 있으면서 나 자신의 죽음을 경험할 수는 없는 일이기에, 그러한 죽음을 바라만 보며 나는 사람의 죽음이 갖는 의미에 관해 오랫동안 생각했다. 이러저러한 죽음들 가운데 우리가 때로 호상(好喪)이라는 한자말을 빌려 '좋은 죽음'이라고 말하는 죽음이 있었다. 사실 제대로 이야기하자면, 호상이라는 말은 죽는 이가 나이도 지긋하시고 나름으로는 살면서 잘 이룬 것도 있고 마침내 별 고통 없이 이를테면 편안하게 보이는 죽음을 맞는 것을 말한다. 그 말에는 '나이가 지긋하심' '이룬 것들' 그리고 '고통 없음'이라는 '것'들이 앞서 해석되고 있다. 그러나 우리는 어떤 죽음에 대해서도 '잘-죽었다'라고 냉큼 말하지는 않는다.

그런데 이 글의 주제는 아름다운 삶(well Being)과 아름다운 죽음(well Dying)에 관한 것이다. 우리는 요즈음 삶에 관련하여 웰-빙을 말하곤 한다. 우리는 'well Being'을 흔히 잘-살이라고 옮겨내기에 'well Dying'은 잘-죽음이라고 생각하기도 한다. 이제 우리는 우리들의 삶과 죽음도 외국말을 빌어 말하고 있는 것이다. 사실이 그렇다면, 이 글을 시작하면서 나는 well이라는 말이 뜻하는 바가 무엇인가를 묻는다. 그리고 빙이라는 외국말이 Being을 말하는 것인지 아니면 being을 말하는 것인지를 묻는다. 그런데 여기에서 굳이 'well Being'인지 'well being'인지를 따질 이유는 없을 듯도 하다. 왜냐하면 일상적으로 웰-빙에서 사람들이 몰두하고 연연해하는 것은 (외국말로 Being이라 옮길 수 있는) 존재자체에서의 문제가 아니라, 곧 존재자(being)적 측면에서이기 때문이다. 그러나 나는 그것이 존재인지 존재자인지가 밝혀져야 삶의 문제를 해명할 수 있고 그로부터 죽음

의 문제로 다가갈 수 있다고 생각한다.[1]

따라서 이 글에서는 간략하게나마 하이데거의 존재물음을 통해 존재와 존재자를 개념적으로 이해해볼 필요가 있다. '사람이 살고 죽음'에 관련하고 있는 것이 과연 존재자인가, 아니면 그 연관은 존재자체에서 비롯되는 것인가, 그리고 '사람이 살고 죽음'의 현상에서 우리는 무엇을 깨달을 수 있는가 하는 물음들이 이 글을 전체적으로 가늠하는 주제이고, 존재에 관한 물음은 하이데거 생애 전체를 관통하고 있는 주제이기 때문이다. 나는 이 글에서 삶과 연관하여 죽음의 문제를 살피려 하고 있으며, 이를 '웰(well)'의 의미를 구체적으로 해명하는 것을 통해 밝혀내 보고자 한다.

2. 하이데거에서 존재의 문제

1889년 독일 프라이부르크에서 태어나 1976년 작은 오두막에서 삶을 마감한 철학자 하이데거는 그의 모든 생애를 털어서 존재의 문제를 연구하고 저술했다. 여든일곱 해라는 짧지 않은 삶 안에서 그는 한 시대를 겪었고 그 시대 안에서 시대를 초월하는 사유의 세계를 펼쳐 나갔다. 하이데거의 사유는 언제나 동일한 것을 맴돌고 있으나 결코 고여 있지는 않다. 그의 사유는 마침내 목표에 도달하여 확정할 만하다고 여기게 될 때면, 언제나 그 지반을 흔들어놓거나 최종목표로 보였던 것들을 새로운 물음의 출발점으로 삼는다.[2]

하이데거 사유에서 일관되게 흐르고 있는 것은 다름 아니라 존재에 관한 물음이다. 그러나 그가 쓴 중요한 책인 『존재와 시간』에서 밝히고 있듯

---

1 이에 관해서는 몸말의 제3절과 제4절에서 살펴보기로 한다.
2 참조 : 발터 비멜 지음, 신상희 옮김, 『하이데거』, 한길사, 1997, 14 쪽.

이, 하이데거는 존재를 '무엇'이라는 식으로 규정짓지 않는다. 그는 '존재'를 '무엇임'이라는 본질 차원에서 파악하지 않고, 오히려 '있음'이라는 현상적 사실로부터 이해함으로써 '존재' 개념을 새로이 열어 밝힌다.[3] 『존재와 시간』에서 하이데거는 전통적인 형이상학과 다르게 그의 사유가 가고자 하는 길을 밝히 드러내고 있다.

하이데거는 존재의 의미에 대한 물음을 제기해야만 한다고 제안한다. 이는 일단 전통적으로 존재가 존재자적인 것으로부터 파악되고 있었음을 지적하는 것이다.[4] 하이데거는 존재물음, 곧 "존재는 무엇을 의미하는가?"라는 존재자체에 관한 근원적인 물음을 제기한다. 존재는 존재자(존재하는 것)를 존재자로서 규정해주는 것이고, 존재자가 이해될 수 있는 바로 그 지평이다. 따라서 존재는 곧 존재자가 아니라는 것이 우리에게 알려져야 한다. 분명 우리가 존재물음을 제기할 수 있는 까닭은 우리가 이미 존재를 이해하고 있기 때문이다. 그런데 이때의 존재이해는 아직 개념적으로 규정되어 있지 않다.[5]

우리는 존재하는 것(존재자)들이 존재함을 알고 있다고 말한다. 그런데 그 존재하는 것들은 각기 다른 의미 안에서 존재한다. 즉 교실 안에 책상 하나가 존재함과 사람 하나가 존재함은 엄연히 그 의미가 다르다. 우리는

---

3 참조 : M. Heidegger, *Sein und Zeit*, Klostermann, Frankfurt a.M., 1972, 2~4 쪽.(앞으로는 SuZ로 줄여 씀); 하이데거 지음, 이기상 옮김, 『존재와 시간』, 까치글방, 1998, 15~18 쪽.(앞으로는 『존재와 시간』으로 줄여 씀)

4 파악함은 파악하는 주체와 파악당하는 객체를 설정할 수 있을 때 이룰 수 있다. 예컨대 우리는 스스로를 주체로 삼음으로써 자기가 파악하는 대상거리들을 눈앞에 가져다 놓고(표상하고) 그것에 대해 이렇게 혹은 저렇게 정의하여 말할 수 있을 때, 그것을 파악했다고 생각한다. 이 때 파악하는 주체와 파악당하는 객체들은 모두 존재자들이다. 그러나 하이데거에서 존재는 그런 식으로 대상 처리할 수 있는 존재자나 존재자들이 모여 있는 것을 뜻하는 것이 아니다. 따라서 하이데거는 존재물음 곧 "존재는 무엇을 의미하는가?"라는 존재자체에 관한 근원적인 물음을 제기하고 있는 것이다. 참조 : SuZ, 5~7 쪽.; 『존재와 시간』, 19~22 쪽.

5 참조 : 이기상·구연상, 『존재와 시간 용어해설』, 까치글방, 1998, 252/3 쪽.

책상의 본질을 이미 알고 있다. 그러나 누구도 각각의 사람의 본질을 이미 알고 있다고 할 수는 없다. 그럼에도 우리는 존재하는 것들의 본질을 통해 존재를 이해하려 한다. 우리는 존재의 의미를 나누어 부여하면서도 존재가 무엇을 뜻하는지는 잘 모르고 있는 것이다.

하이데거는 존재자의 존재의 의미를 새롭게 묻고 있으며,『존재와 시간』은 이 물음을 체계적으로 정리하고 있다.『존재와 시간』에서 하이데거는 존재자의 존재를 그 '존재의미'에 따라서 '손안의 존재'와 '눈앞의 존재' 그리고 '현존재'로 나누고 다시 그 각각의 '존재의미'를 정리한다. 하이데거는 존재를 그 의미의 다양성과 통일성에 따라서 이해하며, 존재를 이해할 수 있는 지평으로서 '시간'을 제시하고 있다.[6]

하이데거는 존재물음이 여느 존재자로부터 비롯되지 않음에 주목한다. 따라서 그는 "우리들 자신이 각기 그것이며 여러 다른 것들 중 물음이라는 존재가능성을 가지고 있는 그런 존재자를 우리는 현존재(Da-Sein, 거기에-있음)라는 용어로 파악하기로 하자."[7]고 말한다. 이 용어는 존재이해를 자신의 존재구성틀로 갖는 존재자, 곧 인간을 지시하는 것이다. 그리고 현존재라는 말로 새로이 열어 밝혀진 인간 존재자는 전통적으로 본질로서 이해된 인간과는 다른 지평을 갖는다.『존재와 시간』제3절과 제4절에서 하이데거는 현존재가 다른 존재자들에 비하여 삼중적 우위를 가짐을 밝혀낸다.[8]

---

6 참조 : *SuZ*, 1 쪽.;『존재와 시간』, 13 쪽.

7 *SuZ*, 7 쪽.;『존재와 시간』, 22 쪽.

8 첫째 존재적 우위 : 현존재는 실존에 의해서 규정되어 있는 존재자이다. 즉 현존재의 존재적 우위는 현존재가 어떠한 방식으로든 또는 그 명시성의 정도가 어떠하든 간에 언제나 존재자체와 관계를 맺고 있는 존재자라는 데에 있다. "현존재는 단지 그런 여러 다른 존재자들 아래에서 발견되는 그런 존재자의 하나가 아니다. 현존재는 오히려 그 존재자에게 그 존재함에서 바로 이 존재함 자체가 문제가 된다는 그 점으로 존재적으로 뛰어난다." 둘째 존재론적 우위 : "현존재는 자신의 실존규정성 때문에 그 자체에 있어서 '존재론적'이다." 이 말은 현존재가 그의 실존에 의해서, 곧 그의 존재관계에

이러한 삼중의 우위는 우리로 하여금 현존재에게 존재이해를 주도할 수 있는 역할을 부여할 수 있게 한다. 게다가 하이데거에서 존재이해는 늘 시간과 관련하여 일어난다. 그리고 시간현상은 현존재에서만 고유하게 이해될 수 있는 것이다. 우리는 시간 안에서 현존재의 존재가 펼쳐짐을 '삶'이라 말하고 있다. 그 삶에는 각자로서의 현존재가 펼쳐내는 '삶의 길'이 열리고 있는 것이다. 각자로서의 현존재라는 말은 현존재가 실존하고 있는 한, 그 삶의 길은 서로 다르고 따라서 똑같은 길은 열리지 않는다는 것이다. 우리는 이것을 '저 나름대로 살아가기' 혹은 '제 딴으로 삶 짓기'[9]라고 할 수 있을 것이다.

하여간에 이 글이 주제로 삼고 있는 것이 죽음의 문제라고 할 때, 우리는 삶의 문제로부터 고개를 돌릴 수 없다. 왜냐하면 나는 죽음이 삶과의 연관 안에서만 논의될 수 있다고 생각하기 때문이다.[10] 이에 우리의 논의를 정돈해야 할 필요가 있다. 처음 나는 웰-빙에서의 빙이 존재(Being)자체인가 존재자(being)를 지시하는 것인가에 관해 물음을 해보았다. 그리고

의해서 '존재론적으로' 존재한다는 것이다. 여기서 '존재론적으로'라는 표현은 "현존재가 자신의 존재와 더불어 언제나 존재를 이해하고 있다"는 것을 뜻한다. 셋째 모든 존재론의 존재적-존재론적 가능조건이라는 점에서의 우위 : 현존재는 모든 존재론의 존재자로서의 현존재의 존재방식들 가운데 하나인 한, 존재론의 존재적 가능조건이고 현존재는 모든 존재론이 존재를 이해하는 현존재가 실존할 때에만 가능한 한, 존재론적 가능조건이기도 하다. 참조 : SuZ, 8~16 쪽.; 『존재와 시간』, 24~32 쪽.; 이기상·구연상, 『존재와 시간 용어해설』, 309/10 쪽.

9 나는 여기에서 '짓기'라는 말을 씨실과 날실로 (옷감을) 짜냄이라는 뜻으로 쓰고 있다. 본디 옷감은 지어야 비로소 옷감이 된다. 사람의 삶 또한 사람이 스스로 지어야 거기에 그의 삶이 펼쳐진다.

10 왜냐하면 우리가 자기 자신의 존재를 존재함은 언제나 우리가 살고 있는 세계 속에서이다. 인간 현존재로서 우리는 세계를 배제해서는 어떤 논의도 일삼을 수 없다. 다만 우리는 우리 자신의 존재가 능으로부터 자기 자신의 존재함을 일깨워야 하기에 현실성이 아닌, 아직 아님으로서의 존재가능적 차원에서 우리 자신이 존재함의 의미를 새길 수 있어야 한다. 또한 세계 속에 있는 우리가 삶을 이해하고 있다면, 그 끝(종말)으로서의 죽음에 관한 생각도 어떤 방식으로건 뒤따르고 있다는 것이다. 이는 존재가능과 죽음이 서로 전혀 다른 것을 뜻하고 있는 것이 아니라는 말이다. 현존재에게 죽음은 바로 그의 존재가능이다. 참조 : 이은주, 『산다는 것, 죽는다는 것』, 한국외국어대학교출판부, 2009, 117쪽. 그리고 같은 쪽 각주 122).

일단 이 물음을 풀어내는 것에서 이 글이 짓고자 하는 글-풀이와 글-매듭을 이룰 수 있는 바탕을 마련할 수 있을 것이다.

3. 잘-살이(삶)와 아름-다움

우리는 삶을 살아가는 길 위에 있다. 그런데 우리는 맹숭맹숭하게 그 길을 서성거리며 있기만 하지는 않는다. 우리는 그 삶이 다른 누구의 삶도 아니라, 바로 자기 자신의 삶이며, 그 삶이 길어 올려 펴내는 길을 내는 것 또한 자기 자신의 몫이라는 것을 안다고 말한다. 따라서 우리는 스스로 실을 놓고 그 길 위에 '나름' 의미 둘 수 있는 이떤 깃들을 기저다 놓기도 하고 그것들이 곧 자기에게 다가오기를 기다리기도 한다. 그런데 우리가 무언가를 가질 수 있고 무언가를 기다릴 수 있는 것은 바로 그 길이 우리에게 이미 앞서 열려 있기 때문이다.

길에는 우리가 삶을 짓기 위해 만날 수 있는 것들이 놓여 있다. 우리가 그것들을 만나기 위해서, 우리는 그것들에게로 가까이 가야 한다. 그러나 우리는 그것들을 애태우며 원하기 때문에 그것들이 우리에게 저절로 다가오도록 놓아두지 않는다. 왜냐하면 생각과 마음이 급하므로 우리는 그것들이 스스로 다가올 수 있도록 그것들을 그 자체에게 맡겨주지 못한다. 우리는 늘 자기 자신을 원하는 것 앞에 가져다 놓으려 하며 산다. 그리하여 우리는 우리들의 눈앞에 놓여 있어 손으로 잡을 수 있는 것들을 통해 안심하는 삶을 살고자 한다.

그것들은 구체적으로 존재하는 낱낱의 것들, 즉 존재자이다. 우리는 건강하게 살기를 소망하기[11] 때문에 그 건강을 이루어줄 수 있는 존재자들에 연연해한다. 이를테면 맑은 공기, 몸에 좋은 먹거리, 쾌적한 삶의 환경들, 적당한 여흥과 운동거리 등 스트레스라는 정신적 상황을 벗어 던지고 건강한 마음과 몸의 상황을 맞아들일 수 있는 것들에 집착한다. 그리고 그런 것들을 얻고 이루었을 때, 우리는 흔히 그것을 웰-빙(well Being)이라고 말한다. 그렇다면 말 그대로 웰-빙(well Being)은 좋은 것이라는 뜻이다.

우리는 우선 그리고 대개는 타인들이 이해하고 해석해놓은 일상의 맥락 안에서 살아간다. 그리고 우리는 자기 스스로에서 길어낸 것이 아니라 타인들에게서 빌려 오는 방식으로 목표를 세우고 이루거나 갖고자 하는 것들을 탐하며 산다. 그것들은 우선 타인과 키 재기용이다. 즉 우리는 대개 타인만큼, 때로는 타인보다 더 많이 갖거나 더 높이 도달하기를 바라고 있으며 그것을 이룰 수 있게 하는 것들을 바라고 있다. 일상적으로 그것들은 '좋은' 것들이고 표상할 수 있는 것들이다. 그런데 우리는 그러한 것들을 얻는 상황을 'well Being'이라는 외국말을 빌려 말한다. 그리고 그 풀이로 '좋은 것(들)'이라는 식으로 존재자를 지시하지 않고 '잘-살이'라고 사람 존재자체를 말한다. 그렇다면 우리는 이미 '좋은 것(들)'을 우리 앞에 늘어세우는 것이 '잘-사는' 것이라고 생각하지 않는 듯도 하다. 중요한 것은 '웰(잘)'이라는 말은 '있음(존재)'의 방식과 그 사태를 뜻함이라는 것이다. 하여간 그렇다면 '잘'은 무엇이고 게다가 '잘-살이'는 무엇을 뜻하는가?

우리의 말에서 '잘 -(있다, 되다, 하다)'이라는 말은 어떤 것이 가장 그것

---

11 여기에서 소망함이란 말은 다음과 같이 풀어볼 수 있다. : 소망한다는 것은 소망하는 것이 곧 우리 앞에 펼쳐지고 우리가 그것을 얻을 수 있기를 바람에서 일어난다. 소망함은 대개 '곧'이라는 시간성 격으로 열린다. 소망함은 희망함과는 달리 어떤 실현을 구체적으로 요청한다. 다시 말해서 희망함과 소망함은 실현의 여부에 연연해하는 것에서 차이가 있다. 소망함은 지금까지 한 사람이 삶을 살아오면서 또 다른 삶으로 나아가고자 하기 위한 선택을 고르는 참에 아직 아닌 미래를 지금에서부터 희망함보다 촘촘히 셈하며 재는 바람에서 일어난다. 참조 : 이은주, 같은 책, 243/5 쪽.

'답게' 어울리는 상태를 뜻한다. 즉 무엇이 '잘-있다'라는 말은 무엇이 그 것으로 가장 그것답게 그것이 다른 것들과 어울리게 있는 상태를 말하는 것이고, '잘-되다'라는 말은 무엇이 가장 그것답게 그것이 다른 것들과 어 울리게 되어 있는 상태를 말하는 것이며, '잘-하다'라는 말은 무엇이 가장 그것답게 그것이 다른 것들과 어울리게 무언가를 하고 있는 상태를 말하 는 것이다. 따라서 우리말 '잘 -다'라는 말에는 이미 있음의 사태, 즉 존재 가 열리고 있다.

그것답다는 말은 그 무엇의 개별성을 바탕으로 삼는다. 즉 무엇이 무엇 답기에는 반드시 그 무엇 자체의 개별성이 드러나고 있어야 한다. 우리는 이것저것과 함께 헝클어져서 그 무엇을 제대로 찾아낼 수 없을 때, 그것의 그것다움을 발견해낼 수 없다. 아무리 헝클어져 있다 하더라도 그 무엇이 또렷하게 자기를 자기답게 간직하고 있을 때, 우리는 그것을 그것으로서 알아볼 수 있다. 그런데 우리는 그것다움의 개별성을 그 자체에서만 찾지 않는다. 즉 우리는 '다움'이라는 말에서 '낱낱'의 개별성에 바탕을 둔 의미 와 '모두'라는 '함께성'에 바탕을 둔 의미를 함께 쓰고 있다. 그리고 우리말 '답다'는 '다하는 것' 가운데서 '본디의 성질을 다한 상태'를 말하는 것이 다.[12]

'그것답다'는 말은 그것이 본디의 성질을 다하고 있는 상태를 뜻하는 것 이고 그것이 자기만을 내세우고 있는 것이 아니라, 이것저것과 함께 어울 림에서 그것다움을 드러냄을 뜻하는 것이다. 그런데 '잘-살이'에서 '잘'은 다른 것이 아니라 바로 사람에 관한 말이다. 따라서 '잘-살이'라는 말은

---

[12] 한국인은 이러한 개별성을 기준으로 스스로 생각하고 행동하는 것을 '나름'이라고 말한다. 한국인 이 '나름대로 잘 한다', '생각하기 나름이다' 등에서 말하는 '나름'은 '나'의 개별성에 기준을 두고 스 스로 생각하고 행동하는 것을 말한다. 참조 : 최봉영, 「한국인에게 아름다움은 무엇인가」, 『우리말 로 학문하기의 고마움』, 채륜, 2009, 211~4 쪽. 여기에서 최봉영 교수는 나름을 '아름'이라는 말을 풀어내기의 일부로서 쓰고 있다.

사람이 사람으로서 다른 이들과 어울리면서 그 자신을 본성으로부터 드러내는 '살이(삶)'를 말하고 있는 것이다. 그렇다면 우리에게 '잘'이라는 말은 '아름다운'이라는 말로 대체가 가능하다. 물론 모든 '잘'을 대신하여 죄다 '아름다운'이라는 말로 쓸 수는 없지만, 그 뜻을 가늠해보면 '잘'과 '아름다운'은 서로 통하는 바를 가지고 있다. '아름다운'은 '아름'과 '다움'이 합해져서 만들어진 말이기 때문이다. 즉 '아름답게 있음'은 '잘-있음'을 뜻하는 말이기도 한다.

우리에게 '아름'은 어떤 것의 둘레 또는 그것에 해당하는 묶음의 숫자를 헤아리는 기준으로 쓰는 낱말이므로, 그 말은 '나'의 개별성을 바탕으로 삼는다.[13] 또한 '다움'이라는 말은 앞에서 말했듯이 그 자신을 가장 본디의 성질을 다한 상태로 드러내는 것이다. 그렇다면 이제 우리는 '잘-살이(well Being)'라는 말을 '아름다운 살이(삶)'로 바꾸어 말해보기로 하자. 그 말에는 사람을 사람답게 함과 그 사람다움이 개별성 안에서 싹을 틔워 피어난다 하더라도 거기에는 이미 다른 이(것)들과 어울리고 있음이라는 뜻이 담겨 있다.

이에 관해 하이데거의 사유를 빌면, 그는 현존재라고 불리는 사람이 철저하게 각자성으로 존재하며, 그 존재는 다양한 것들과 맺는 관계의 그물망 안에서 그의 존재를 존재한다고 말한다. 그리고 그는 이러한 존재를 존재함을 세계 속에서 발견해낸다. 그리고 하이데거는 그 존재의 근원을 염려라고 말한다. 염려란 자기 자신의 존재를 '스스로' 물음하는 것이다. 염려로서 사람은 그의 유래를 간직하고 현재를 응시하고 아직-아님으로서의

---

13 최봉영 교수는 '아름'을 다음과 같이 풀이한다. "첫째, 아름은 '나'라는 특정한 개체를 기준으로 어떤 것을 헤아림을 뜻한다.…… 둘째, 아름은 '나의 것'이라는 지님의 뜻을 갖고 있다. 즉 아름은 내가 끌어안고 있는 것으로서 내가 어떤 것을 품에 지니고 있음을 뜻한다.…… 셋째, 아름은 헤아리고 지니는 주체인 '나'가 스스로 할 수 있는 '개별 영역'을 뜻한다. 이때 아름은 낱낱에 바탕을 둔 '私'로서 모두에 바탕을 둔 '公'과 맞선다." 참조 : 최봉영, 같은 글, 같은 책, 213쪽.

자신의 존재가능성을 기다린다.

> 현존재의 존재는 염려이다. 이 존재자는 내던져져 있는 자로서 빠져있으며
> 실존한다. 그의 현사실적 '거기에'와 더불어 발견된 '세계'에 내맡겨진 채 배려
> 하며, 그 '세계'에 의존하고 있으면서, 현존재는 그의 세계 속에-존재-가능을
> 기대하고 있다.[14]

하나뿐인 자기를 '스스로' 깨닫고 그 자신의 존재의미와 존재가능을 떠맡으며 자기에게 부여된 시간의 의미를 '스스로' 살아가는 것, 그것이 바로 하이데거가 말하는 실존이다. 그 실존은 결코 고립되거나 홀로 있으므로 이룰 수 있는 것이 아니다. 실존은 이미 '세계'의 관계성이 사람에게 열어 밝혀져 있으므로 드러난다. 현존재라고 불리는 사람이 존재한다는 것은 실존이라는 탁월한 방식으로 존재함이며, 그러한 실존 자체는 본질적으로 세계 속에 있음이다. 거기에는 늘 다른 것들을 배려함, 그리고 다른 이들을 심려함이 놓여 있다. 하이데거의 사유 안에서 배려함과 심려함은 염려의 한 양태들이다. 우리들은 사람으로서 다른 존재자들을 배려하고 다른 이들을 심려함으로써 세계 속에서 어우러지면서, '스스로'를 염려함으로써 존재한다.

그럼에도 일상적[15]으로 우리들은 그 존재함, 곧 삶의 의미와 가능성을 우선 그리고 대개 사람들(das Man)에게 빌려 온다. 빌려 오는 삶에는 늘 사람들이 이미 치켜세워 놓은 것들이 수북하게 놓여 있다. 우리는 사람들이 버리려 하거나 마다하는 것들을 사람들에게서 빌려 와서 자기 것으로 삼으려 하지 않는다. 우리가 엿보고 갖고자 탐을 내는 것은 언제나 사람들

---

14 *SuZ*, 412 쪽.; 『존재와 시간』, 536 쪽.
15 이에 관해서는 일상에 관한 하이데거의 논의를 참조: *SuZ*, 115~131 쪽.; 『존재와 시간』, 160~181 쪽.

에 의해 어떤 식으로든 이미 좋은 것, 더 나은 것들로 우리 앞에 세워진(표상된) 것들이다. 우리들은 일상 속에서 그것을 사람들(das Man)의 '아름'으로 셈하고 잴 뿐, 그것 '다움'을 배려하거나 심려하지 않고 취하려 한다. 그러나 그것을 사람들에 맞추어 셈하고 재고 있는 한, 우리들은 '자기 아름'을 간직하지 못하고 '자기 다움'을 열어낼 수 없다. '자기 아름' 없이 '자기 다움'을 열어내지 못하는 사람이 사는 삶이 '아름-다울 수'는 없다.

'스스로' 일구어내는 '아름'과 '다움'은 결코 무엇을 자기 것으로 삼기 위해 셈하거나 잼으로써 얻을 수 있는 것이 아니다. 따라서 하이데거가 현존재라고 부르는 사람의 삶이 스스로의 '아름'과 '다움'을 간직하지 않고 오로지 무언가를 소유하기 위해서 셈하고 재고 있을 뿐이라면, 그 삶은 그 자신에게 아름-다울 수 없다는 말이다. 우리는 돈을 소유하기 위해 집착하는 사람들, 명예라는 것을 손에 얻고자 연연해하는 사람들, 다른 이들보다 더 위에 있고자 혹은 더 많이 갖고자 하는 사람들의 삶을 아름답다고 말하지 않는다. 오히려 우리는 돈을 손에서 놓아주고, 자신만의 명예 쌓기에 몰두하지 않고 다른 이를 존중할 줄 알고, 다른 이들을 나란히 '함께 있음'으로 여김으로써 보듬으며 그들을 그들이 존재하는 삶으로 내맡겨줄 수 있는 사람들의 삶을 아름답다고 말한다.

자기 자신을 자기답게, 인간을 인간답게, 그리고 사물을 사물답게 존재하게 함은 그 존재자들이 그 자신의 존재의미 안에서 전적으로 받아들여지고 그렇게 열려 있으므로 가능한 것이다. 이는 우리가 본질적으로 자기 자신 '스스로'가 '오롯하게 온갖 것들이 드러나고 품어지는 너른 터'에 나가 들어서 있음을 이해하고 있다는 것이다. 그 '오롯이 품는 너른 터'[16]에

---

16 여기에서 '오롯하게 온갖 것들이 드러나고 품어지는 너른 터'는 독일 말 Gegnet를 나름대로 옮겨 본 것이다. Gegnet라는 말은 학자들마다 '회역', '사역', '온들녘', '누리' 등 조금씩 다른 말로 옮기고 있다. 나는 이 말을 다음과 같이 이해해본다. ─ 자기 자신을 자기답게, 인간을 인간답게, 그리고 사물을

서 자신은 그 자신으로서 있을 수밖에 없다. 거기에는 그 자신으로 있음이 뜻하는 바의 가능성들이 뿌려져 있다. 거기는 가능성들이 마치 씨앗처럼 묻혀 싹트고 자랄 수 있는 터이다.

씨앗이 자라나기 위해서는 반드시 기다림과 돌봄이 있어야 한다. 기다림과 돌봄에는 땅과 하늘, 물과 바람 그리고 바로 그 사람이 함께해야 한다. 그런데 기다림과 돌봄으로 자라날 수 있는 한 사람의 가능성으로서의 씨앗들은 그 '오롯이 품는 너른 터'가 열려 있을 때만 싹을 피워 올릴 수 있다.[17] 우리는 잠시 하이데거가 이해하고 있는 구원이라는 말에 귀 기울여 볼 수 있다. 어떤 것을 구원한다는 것은 단순하게 어떤 것을 그것이 처해 있는 위험으로부터 구해낸다는 의미를 넘어서, 어떤 것을 그것 자신으로 존재하게 함이며, 다시 말해 어떤 것을 자유롭게 풀어주어 그것이 그것 자신의 고유한 본질 영역 속으로 되돌아가게 하고, 그리하여 그것을 그것 자신의 고유한 본질 영역 속에 되 감싸며 참답게 머물게 하고 존속하게 함이다. 이와 같이 구원은 어떤 것을 그것의 본질 영역 속에서 보호하고 지키며 아끼는 태도를 가리킨다.[18]

사물답게 존재하게 함은 그 존재자들이 그의 존재의미 안에서 전적으로 받아들여지고 그렇게 열려 있음으로 가능한 것이다. 이에 오롯하다는 말은 힘차게 우뚝 서 있음을 뜻하는 말이 아니다. 오롯함은 흔들리지 않는 강건함이라기보다는 소란스럽지 않은 수줍음의 가녀림, 그리고 자신 속에 언제나 그 자신 안으로 삭여 들어가는 교교함(校皎, 깨끗하고 밝게 하얌)을 간직하고 있음이다. 고요한 오롯함은 들썩이지 않는다. 가녀린 오롯함은 강인함으로 다른 것들을 지배하려 하지 않는다. 삭이는 교교함은 나 스스로를, 존재하는 다른 모든 것들을 그 자체로 드러날 수 있게 그 자체를 품어 내어 나른다. 따라서 '터'라는 말은 단순히 장소를 지시하는 말이 아니다. 여기에서 '터'는 그 모든 것들이 품어지고 내어 날라지는, 즉 존재가 스스로를 감추며 드러내는 그 자신의 본질의 유래를 뜻한다. 이글에서는 '오롯이 품는 너른 터'라고 줄여 말하기로 한다. 참조 : 이은주, 같은 책, 256 쪽.; 「기다림에 관한짧은 생각 몇」, 『우리말로 학문하기의 용틀임』, 채륜, 2010, 96 쪽에서 다시 따옴.

17 참조 : 구연상, 『공포와 두려움 그리고 불안 – 하이데거의 기분분석을 바탕으로』, 청계, 2002, 600/1 쪽. 각주 237).; 참조 : 이은주, 「기다림에 관한 짧은 생각 몇」, 96 쪽.

18 신상희, 「기술 시대의 자연에 대한 하이데거의 숙고–자연에 이르는 초연한 내맡김」, 하이데거 지음, 신상희 옮김, 『동일성과 차이』, 민음사, 2000, 231/2 쪽. 참조 : 하이데거, 「건축함 거주함 사유함」, 『강연과 논문』, 이학사, 2008, 189/90 쪽.; 이은주, 「기다림에 관한 짧은 생각 몇」, 98 쪽.

사람은 본디 다채로움 안에 있다. 이는 사람들이 스스로를 드러내는 빛깔이 여러 가지이며, 누구도 똑같은 빛과 깔을 지니지 않는다는 말이다. 똑같지 않음으로써 우리들은 저마다의 삶 안에서 저마다의 지평을 가지고 살 수 있다. 사람은 다채로움 안에 있기 때문에 사람들의 삶은 시끌벅적하다. 삶이 고요하다면, 거기에는 다채로운 사람들이 존재하지 않기 때문이다. 그런데 우리는 흔히 삶에서 고요를 꿈꾸기도 한다. 어떤 사람도 소란스러운 장소를 좋아라하지 않으며, 큰 소리로 떠드는 사람들을 기꺼운 낯으로 만나지도 않는다. 그럼에도 삶이라는 바로 거기에서 사람들은 그것을 이루어내는 사람들이 다채로우므로 늘 시끌시끌하며 살아간다. 삶이란 본디 여러 빛과 깔로 알록달록 짜여 있는 것이다.[19]

우리는 존재의 오롯하게 품는 너른 터로부터 자기 '스스로'의 '아름'과 돌봄의 '다움'을 간직하며 사는 사람의 삶을 아름답다고 여길 수 있을 것이다. 그 삶은 자기 자신이 스스로의 빛깔을 오롯이 간직함, 그러나 결코 자기 빛깔로 다른 빛깔들을 뭉갬으로써 바꾸어 놓으려 힘쓰지 않는 삶이다. 그 삶에는 근원적인 고요함이 깃들어 있다. 그리고 그것은 자기 '스스로'가 놓아가는 길을 걸어가는 것과 같다. 일상적으로 우리는 삶을 살아가는 길 위에서 늘 무언가를 챙기려 하고 자기만의 것으로 소유하고자 한다. 우리는 길 위에서 일상적으로는 무엇에 연연해하고 집착하며 안달함으로써 그 길 자체를 놓치거나 잃는다. 길 자체를 잃었음에도, 하여간에 우리는 삶을 살고 있다고 말하기도 하고 그 삶에서 나름 의미도 찾고 있으며 그 길을 찾았다고도 한다.

그러나 우리는 '스스로'의 길을 잃고 오락가락하는 사람들의 삶을 결코 아름답다고 말하지 않으며 잘-살고 있다고 말하지도 않는다. 사람이 길

<hr />

19 이은주, 「사람은 무엇으로 사는가」, 『하이데거 연구 제21집(특별호)』, 한국학술정보, 2009, 142쪽.

자체를 잃어버렸는데, 그리하여 그 길이 그에게 열어주는 길-맛[20]을 잃었는데, 그가 아득바득이든 너실너실이든 얻어낼 것이 과연 있기는 있을 것이며, 있다 한들 그에게 어떤 의미를 가져다줄 것인가. 그렇다면 우리는 이제 도대체 '아름-다운 삶' 혹은 '잘-살이(삶)'란 어떤 삶인가를 스스로 새길 수 있어야 한다.

4. 하이데거의 죽음 분석과 '아름-다운 죽음'

그렇다면 '아름-다운 삶'을 살았던 사람의 '죽음'은 어떤 의미를 갖는가. 이를 해명하기 위해, 우리는 일단 하이데거가 열어 밝히고 있는 숙음에 관한 논의로 들어가 볼 수 있다. 하이데거는 사람에 관해 다른 존재자들과 다른 방식으로 그 존재의미를 드러내고자 한다. 그리고 그 작업의 정점은 그가 사람을 죽을 수 있는, 또는 죽음을 향한 존재[21]로 이해하고 있다는 것에 있다. 물론 생명을 가진 모든 존재자들 또한 태어난 이상 죽을 수밖에 없다. 생명을 가지지 않은 존재자들도 언젠가는 소멸할 수밖에 없다. 그렇다면 다른 존재자들의 소멸이나 죽음은 사람의 죽음과 대체 어떻게 다른가.

산속에 놓인 돌멩이 하나는 그 산을 오르고 내리는 사람들과 날짐승들의 발길에 이리저리 채이다 보면 닳아지고 깨진다. 오랜 시간 그곳에서 뒹

---

20 사람들은 주체가 대상에서 얻어서 경험해본 느낌을 맛이라고 부른다. 주체와 대상의 만남에서 맛이 생겨나기 때문에 어떤 것을 맛으로 느끼기 위해서는 먼저 그것이 대상으로 드러나 있어야 한다. 어떤 맛이라는 것은 대상에 대한 느낌인 동시에 앎을 뜻한다. 따라서 맛에는 대상에 대한 최소한의 앎이 전제되어 있다. 사람들에게 맛은 느낌과 앎이 어우러진 것이기에 어떤 것에 맛을 느끼거나 아는 것은 곧 어떤 것을 경험하는 것과 같다. 참조 : 최봉영, 「한국인에게 아름다움은 무엇인가」, 같은 책, 223/4 쪽.

21 참조 : *SuZ*, 249~267 쪽.; 『존재와 시간』, 334~356 쪽.

굴뎅굴하다가 그 돌멩이는 마침내 가루로 부서져서 소멸한다. 그런데 우리는 돌멩이가 소멸함을 '돌멩이가 죽었다'라고 말하지 않는다. 사람들은 쓸모 있는 도구로서 자동차를 잘 타고 다닌다. 그러나 우리가 자동차 한 대만을 영원히 타고 다닐 수는 없다. 자동차는 그것을 이루고 있는 부품이 망가져서 새로운 것으로 대체할 수 없을 때, 폐기처분된다. 우리는 폐기처분하는 자동차를 보고 '자동차가 죽었다'라고 말하지 않는다. 집에서 예쁘게 키우는 고양이도 그 생명이 영원하지는 못하다. 생명으로 태어났다는 것은 반드시 그 생명이 끝장날 때를 맞이해야 함을 명시하고 있다. 물론 고양이가 죽었을 때, 우리는 '고양이가 죽었다'라고 말할 수는 있다.

그러나 우리는 도구사물이나 자연사물이 사라져 없어짐과 생명을 가진 생물들이 생을 다함으로써 우리의 눈앞에서 사라짐을 사람의 죽음이라는 사태와 동일한 것으로 여기지 않는다.

> 만일 사망함이 이야기된 양식의 끝남의 의미로 끝에-와-있음으로 이해된다면, 그로써 현존재는 눈앞의 것 또는 손안의 것으로 정립되어버리는 것일 것이다. 죽음에서 현존재는 완성되는 것도 아니고 단순히 사라져버리는 것도 아니고, 더욱이 마무리되거나 손안의 것으로서 처리 가능한 것이 되는 것도 아니다.[22]

> 사망함으로서의 죽음은 현존재라는 이 존재자의 종말을 향한 존재인 것이다. 죽음은, 현존재가 존재하자마자, 현존재가 떠맡는 그런 존재함의 한 방식이다.[23]

---

22 *SuZ*, 245 쪽.;『존재와 시간』, 329 쪽.
23 *SuZ*, 245 쪽.;『존재와 시간』, 329 쪽.

하이데거는 현존재라 불리는 사람이 존재함을 그의 존재가능에서 발견하며, 그 존재함을 시간이해로부터 열어 밝힌다. 시간을 이해함으로써, 사람은 태어나고 살아가며 죽음을 맞이한다는 존재함의 방식이 드러날 수 있다. 그러나 이 말이 곧 태어남에서 죽음까지의 시간이 단순하게 직선적으로 펼쳐짐을 뜻하는 것은 아니다. 사람은 죽을 수 있으므로 태어남을 겪는 것이다. 사람은 죽을 수 있음으로써 살아감을 짓는다. 그런데 죽음은 사람이 지니고 있는 가능성들을 몰수의 방식으로 그에게서 빼앗는다. 게다가 죽음은 사람이 모든 것들과 맺고 있는 연관을 몰수해버리면서 사람 자신의 존재가능 전체를 빼앗는다. 죽음은 사람 자신을 세계에서 맺은 모든 관계로부터 단절시킨다.

> 그렇게 자기 앞에 닥쳐[서] 있을 때 현존재에서는 다른 현존재에 대한 모든 연관들이 끊어진다. 이러한 가장 고유한, 무연관적 가능성은 동시에 극단적인 가능성이다.[24]

죽음의 본질적 성격은 이러한 불가능성의 가능성이고 따라서 이는 사람에게 가장 고유한 가능성이다. 사람은 죽음 앞에서 비로소 철저하게 자기 자신하고만 관계한다. 따라서 죽음은 사람의 가장 고유한 가능성이다. 우리가 죽음이란 모든 가능성이 끝날 수 있는 가능성으로서 불가능성의 가능성이라고 말할 수 있다면, 우리는 죽음 또한 사람의 존재가능에서 부터 이해하고 있는 것이다. 이는 죽음이 실존에 의해서 규정된다는 것을 뜻한다. 우리는 살면서 때로 어떤 이가 다른 이를 대신하여 죽는 경우를 접한다. 그러나 이러한 대리 죽음은 그 순간 그의 죽음을 막아줄 수는 있

---

24 *SuZ*, 250 쪽.; 『존재와 시간』, 336 쪽.

어도 궁극적으로 그 사람의 죽음을 면제해주지는 못한다. 사람은 반드시 그 자신의 죽음을 '나름'으로 겪어야 하기 때문이다.

이는 죽음이 철저하게 각자의 몫이고, 그럼에도 사람이 '오롯이 품는 너른 터' 안에서 존재할 수 있으므로 일어나는 현상이라는 말이다. 죽음에도 '나름대로'의 '아름'과 '다움'이 열어 밝혀지고 있다. 그럼에도 우리는 일상적으로는 죽음을 사람들에게서 빌려 오는 방식으로 이해하고 있다. 사람은 '아직' 자기가 살아 있다는 사실에 안심하며, '이미' 죽은 이들에 대해 이러쿵저러쿵 따지고 셈하면서 평가한다. 자기 자신의 죽음으로 스스로 앞질러 달려가 볼 수 없을 때, 우리는 죽음을 일상적으로 평준화시켜 다루어버리고 만다. 그러면서 우리들은 언제나 아직 죽지 않고 있음에 안심한다.

우리는 삶을 짓는 길 위에서 언제나 다른 이들의 죽음을 만난다. 그런데 그 죽음은 전적으로 나 자신의 죽음이 아니다. 살아 있는 나는 할 수 있는 한, 다른 죽은 이들이 세상 안에 시신(屍身)으로나마 모셔져 있는 곳을 찾아 문상하러 나선다. 우리 주변의 어느 한켠에서는 죽음이 벌어지고 있고, 다른 한켠에서는 살아있는 생동거림이 있으며, 어느 켠에서는 새로운 삶을 지어내려는 생명이 태어나기도 한다. 하여간 죽음이 머물고 있는 그곳에 문상하기 위해 내가 나선 길에는 작은 아기도 있었고 꼬부랑 할머니도 있었다. 유쾌한 젊은이들이 깔깔 웃으며 거리를 지나다니고 있었고, 거리 위에 손수레를 펼쳐놓고 구슬을 꿰어 만든 머리핀을 파는 사내도 있었다.

허리가 꼬붕[25]해진 할머니는 내일도 오늘과 다름없이 허리가 꼬붕한 채 거리를 걸어 다닐 수 있으리라 믿는다. 내게 구슬 꿴 머리핀을 팔았던 사내는 구슬이 떨어지면 언제라도 고쳐준다고 장담을 한다. 그 사내 또한 자

---

25 꼬붕하다라는 말의 본래 쓰임새는 '꼬부리다'이다. '꼬부리다'는 '굽히다' 혹은 '구부리다'라는 말이다. 그러나 나는 여기에서 그 말들을 '꼬붕하다'라는 '느낌'으로 새겨보았다.

기가 지금까지 그래왔듯이 앞으로도 언제나 살아 있을 것이라 생각한다. 그렇듯이 모두에게 자기의 죽음이 당장은 아니다. 그 모든 이들에게 매일 매일 벌어지는 일상적인 죽음은 자기 스스로의 죽음이 아니라, 언제나 사람 일반의 죽음이고 타인의 죽음일 뿐이다. 늘 타인들은 죽지만 나는 아직 죽지 않는다.[26]

 '일상적인 서로 함께'라는 공공성은 죽음을 끊임없이 일어나는 사건으로서, 즉 '사망사건'으로서 '알고' 있다. 가깝거나 먼 이 사람 또는 저 사람이 '죽는다'. 모르는 사람들이 매일 매시간 '죽는다'. '죽음'은 세계내부적으로 일어나는 주지의 사건으로 만나고 있다. 죽음은 그러한 사건으로서 일상적으로 만나는 것의 성격인 눈에 안 띔 속에 남아 있다. '그들'은 또한 이런 사건을 위해서 이미 하나의 해석을 확보해놓고 있다. …… '죽음'은 하나의 사건으로 평준화되어 버린다. 분명히 현존재에게 해당은 되지만 고유하게는 아무에게도 속하지 않는 그런 사건으로 평준화되어 버린다.[27]

그러나 죽음을 평준화시켜 버린 이해는 죽음을 그 자신에게 간절하지 않게 만들어 버리고야 만다. 일상적으로 간절함이란 무언가를 재촉하는 그리하여 그것에 연연해하는 마음이다: 그리고 우리는 결코 죽음을 간절함으로 만나려 하지 않는다. 따라서 이 글에서 간절함(Inständigkeit)이라는 말을 '나름' 새겨볼 필요가 있다. 하이데거를 따르면, 우리말로 간절함이라고 옮기는 그 말은 참을성으로 견뎌냄(Ausdauern)으로써 스스로를 공들여

---

26 "일상적인 죽음을 향한 존재에 대한 해명은, '사람이 한 번은 죽지만, 그러나 당장은 아직 아니다.'라는 그들의 잡담 속에 머물렀다." SuZ, 255 쪽.;『존재와 시간』, 342 쪽.; 참조 : 이은주, 같은 책, 153/4 쪽.

27 SuZ, 252/3 쪽.;『존재와 시간』, 338/9 쪽.

감이다. 그것은 무연히 게으르게 시간을 죽이며 버티기만 하는 참음, 견딤이 아니다. 또한 스스로를 공들여감이라는 말은 무엇에 빗대어 발 빠르게 자기 자신이 무엇이 되기를 분주하게 바라는 것을 뜻하는 것이 아니다. 간절함이란 자기 자신이 그 자신 속에 머무른 채(그 자신의 나타냄을 삼간 채) 존재의 터 안에서 그 자신의 드러냄을 뜻하는 말이다.[28]

　우리들의 삶은 결코 완성되지 않는다. 다시 말하면 우리의 삶은 우리들 자신의 존재가능을 채 이루지 못한 상태에서 끝나고 만다. 결국 우리들의 삶의 길은 누구에게도 가다가 만 길이다. 그러나 우리가 내어가는 그 길의 가다가 끊김이 바로 죽음이라는 것을 알 수 있음은 우리가 스스로의 삶의 전체성을 어떻게든 앞서 이해하고 있다는 것을 의미하는 것이다. 따라서 하이데거가 말하고 있듯이, '죽음을 향해 있음'으로 사람을 규정할 수 있다는 것은 결국 우리가 죽음에로 고요히 들어설 수밖에 없는, 즉 스스로를 내맡길 수 있는 존재라는 것이다. 내맡김은 죽음 앞에서 마침내 자기 자신의 존재가능 전체를 도래로서 대면하는 것을 간절함으로 기다리는 것이다. 그리고 우리는 그때 비로소 스스로를 구원할 수 있다.

　그러나 우리가 죽음을 '아직-아님'으로 '이미' 알고 있을 때, 거기에는 일상적으로 무언가를 기대함이 일어난다. 그 기대함은 죽을 때까지, 살아있을 때 갖고자 하고 되고자 했던 바들을 이루기를 바라는 것이고 이는 우리가 죽음에 이르기까지 무언가에 집착함과 연연해 함을 버릴 수 없게 한다. 게다가 그 기대함은 자기 자신의 죽음이 결코 흉한 죽음이지 않

---

28 M. Heidegger, *Gelassenheit*, Verlag Günter Neske, Pfullinngen, 1977, 60 쪽.;『동일성과 차이』, 180 쪽. 참조 : 구연상, 같은 책, 577 쪽. 신상희 교수는 Inständigkeit라는 독일 말을 '내-존재'라고 옮기고 있다. 여기에서 '내'는 '안에'를 뜻하는 것이며 '존재'는 말 그대로 '있음'의 사태이다. 그런데 ständigkeit라는 말은 '서있음'이라 옮겨야 할 것 같다. 따라서 '내-존재'라는 옮김 말은 '안에-서있음'의 사태를 지시하는 말이다. 그러나 나는 이 말을 사람이 존재가 펼쳐내는, 곧 '오롯하게 온갖 것들이 드러나고 품어지는 너른 터' 안으로 나가 들어서 있음에서 피어오르는 기분으로 이해하고자 하며, 이에 구연상 교수의 옮김 말 '간절함'을 택하고 있음을 밝힌다.

기를, 그리고 자기 자신의 죽음이 좋은 의미로 산 사람들에게 남겨지기를 바람에로 향해 있다. 우리는 그런 식으로 삶의 길을 지으면서도 집착하고 몰두했던 것들을 죽음에 닥쳐서도 놓지 못한다. 그런데 우리가 삶의 길 안에서 바라고 연연해 했던 것들에 매달릴수록 우리는 그것들을 그것 자체로 만날 수 없다. 거기에는 늘 아무리 가까이 가려 해도 온전하게 그것을 취할 수 없게 하는 멂이 있다. 모든 것들은 우리 자신에게 앞에 세워지고 셈하며 재는 것으로 있을 뿐이다.

그러나 삶을 짓는 그 길은 우리들의 바람대로 이루어지는 것이 아니다. 하물며 거기에는 '내가 이러저러했으니, 이러저러 될 것이다'라는 추정이 작용하는 것도 아니고 '반드시' 또는 '필연적으로'라는 논리적 결과가 따르는 것도 아니다. 삶은 논리에서 이루어지는 것이 아니고, 추측으로 가늠할 수 있는 것도 아니고 우리가 바라는 뜻대로 펼쳐지는 것도 결코 아니다. 존재하는 모든 것들은 존재가 드리우고 있는 그 터로부터 그 자체로 있다. 우리는 그것에로 가까이 가야만 그것이 있음을 이해한다. 그럼에도 그 자체는 우리가 그것으로부터 멀어질 때 그것의 있음(존재)이 우리에게 밝히 드러날 수 있다.[29] 따라서 우리가 집착과 연연해 함에서 벗어나 존재하는 것들의 존재를 그것들에게 내맡길 때 비로소 그것과 관련하고 있는 자기 자신을 그 자체로 이해할 수 있게 되고, 거기로부터 존재전체가 환히 드러날 수 있는 것이다.

---

29 이를테면 우리는 일상적인 삶에서 무엇을 바란다고 하면서 끊임없이 그것에 가까이 가려고만 한다. 그것은 일종의 소유하고자 하는 마음에서 일어나는 것이다. 갖고자 하는 바람으로 그것을 자기 마음대로 지배하고자 하는 것이다. 이러한 가까움은 가까워지는 것과 자기 자신을 동일시하기에 이른다. 그러나 분명 어떤 것이 있음을 이해하기 위해서 우리는 거기로 가깝게 모여야 한다. 그러나 가까이 갈수록 그 자신은 그것에서 멀어져야 하며, 그것들 또한 멀어져야 제각각 그것들로서 자리 잡을 곳(Gegend)을 찾을 수 있다. 가까움과 멂을 경험함으로써 우리는 그 어떤 것을 그 자체로 발견할 수 있고, 따라서 그것을 그 자체의 자리에 있을 수 있도록 내맡길 수 있다. 참조 : 이은주, 「기다림에 관한 짧은 생각 몇」, 99 쪽.; 가까움(Nähe)과 멂(Ferne)에 관해서는 *Gelassenheit*, 65/6, 71 쪽. 『동일성과 차이』, 185~7 쪽을 참조. 이에 관한 탁월한 풀이로 구연상, 같은 책, 605~610 쪽을 참조.

우리는 우리 자신을 자기 고집스레 무언가를 바라고 그것을 낚아채려 하지 않도록 스스로에게서 멀어짐으로(써), 스스로를 자기 자신의 존재가능으로 내맡길 수 있다. 내맡김(Gelassenheit)이란 내맡겨주는 주체와 내맡겨지는 무엇, 즉 어떤 대상이 있음을 전제로 하는 말이 아니다. 그것은 스스로가 자기 자신에게 트여 열리는 거기에로 다른 어떤 것에도 얽매이지 않음으로 스스로를 내어놓음이다. 따라서 내맡김은 존재하는 모든 것들을 그 존재의미 안에서 해방시킴을 뜻한다. 거기에는 머무름, 자신을 속박시키는 아무것도 없이 고요하고 편안히 쉼, 즉 한적한 머무름[30]이 열리고 있다. 우리는 내맡김을 결단할 수 있다. 그러나 그 내맡기는 결단성을 결코 사람현존재의 능동적인 남성적 힘으로서, 가능한 것을 장악하는 주체의 능동적인 의지가 집약된 것으로 이해해서는 안 된다.[31] 그리고 이는 앞에서 논의한 '아름'을 '다움'으로 내어줌으로 다시 이해해볼 수 있다.

그러면 다시 죽음의 문제로 돌아가보기로 하자. 처음에 나는 사람이 살고 죽음이 다른 차원의 것이 아니라, 같은 지평 안에 있음을 제시했었다. 그리고 우리가 웰-빙이라고 하는 말을 '잘-살이'로 풀어보면서 그 말을 '아름-다운 삶'이라 달리 말해보았다. 그렇다면 이러한 풀이로 죽음에 관한 '웰-다잉'이라는 말 또한 '잘-죽음'이라 말해볼 수 있다는 것인가. 어떤

---

30 레비나스는 '잠'으로 이 쉼과 한적한 머무름을 대체하고 있는 듯하다. 레비나스에게 잠은 인간의 주체적인 의식이 주도권을 가지기 위해서 취해야 하는 휴식이다. 즉 언제나 의식과 지성이 깨어 있다면, 그 의식과 지성의 주도자로서의 인간은 영원히 깨어있어야 한다. 인간은 생각을 중단하거나 끝내거나 할 수조차 없다. 그렇다면 결국 인간은 자기 자신의 의식에 대해서 어떤 주도권도 가질 수 없게 된다. 이처럼 레비나스에게 잠은 인간 자신에게 주도권을 확보하게 하는 휴식으로 있다. 참조 : E. 레비나스 강영안 옮김,『시간과 타자』, 문예출판사, 2001, 제5판, 41/2 쪽. 그러나 하이데거가 말하는 고요한 쉼, 곧 한적한 머무름은 주체가 힘을 축적하기 위해서 쉬는 것을 의미하는 것이 아니라, 본질적으로 사람이 '고요'와 '한적함'에 놓일 때 비로소 존재자의 의미가 드러날 수 있고 존재자체가 드러나는 내맡김이 해명될 수 있다는 뜻을 지니고 있다. 참조 : 이은주, 같은 책, 255 쪽, 각주 265).

31 참조 : 피터 하,「하이데거 철학에 있어서 "내버려둠"으로서의 결단성(Entschlossenheit)개념 — 탈-주관적인 의지개념에 관하여」,『하이데거연구 제13집』, 한국하이데거학회, 세림M&B, 2006 봄호, 100~103 쪽.

죽음도 죽음에 처한 사람이건 남아서 그 죽음을 감당해야 하는 사람이건 거기에는 언제나 안타까움과 고통이 남아 있다. 그렇다면 우리는 이제 '잘-죽음'이라는 말과 함께 그 말을 다시 이해해본 '아름다운 죽음'이라는 말로 그 뜻을 새겨볼 필요도 있다.

죽음은 모든 집착거리와 연연해 함으로 몰두하는 거리들을 모두 자기 자신에게서 내려놓게 하는 현상이다. 사람이 죽음에 이를 바로 그때, 그 누구도 존재하는 것들을 탐하거나 자기가 바라는 바대로 취할 수 없다. 죽음은 모든 것을 앗아가 버리는 바로 '순간'에 일어난다. 스스로 죽음을 선택하는 사람들도 있지만,[32] 대부분 우리는 죽음이 닥치는 시간을 미리 알지 못한다. 죽음의 순간을 미리 알 수 없기에 우리는 살아 있는 한 언제나 무엇과 어떠함을 좇고 있다. 사실 그것이 사람들이 싣고 있는 삶의 길이다. 따라서 나는 이 글에서 어떤 특별하거나 돋보이는 삶과 죽음을 주제화하려는 것이 아니다. 다시 말해서 나는 도드라지게 기록될 수 있는 사람의 삶과 그의 죽음에 관해서 이야기하려는 것이 아니다.

대개 우리는 '작은 시민(소시민)'으로 살아가며 '작은 시민'으로서 죽는다. 나는 사람들이 모두 인류의 역사에 지대한 공헌을 해야만 한다고 생각하지 않으며, 어떤 특별난 공을 세워서 인류의 역사에 자기의 삶과 죽음이 기록으로 남겨져야 한다고 생각하지 않는다. 대개 우리는 자기의 삶의 그 자리에서 '나름'으로 살다가 '나름'으로 죽는다. '작은 시민'들이 바라면서 좇는 삶의 연연함은 크지 않고 작은 것으로 향해 있다. 그리고 작은 것을 바라보며 사람은 그 '작음' 안에서 소박하게 '나름'을 키워간다. 우리는 소박한 '나름'으로 '아름-다움'을 지켜가며 간직하는 사람들의 삶을 아름답다고 여긴다. 또한 그 소박한 '나름'으로 '아름-다이' 살다 간 사람이 죽

---

32 자살에 관해서는 이은주, 같은 책, 166~181 쪽을 참조.

었을 때, 우리는 그 죽음을 '아름다운 죽음'이라고 말한다. 물론 '아름다운 죽음'은 거저 얻을 수 있는 것이 아니다.[33] 그러나 그렇다고 해서 그 죽음이 반드시 위대한 죽음이거나, 모든 이들에게 기억으로 남아야 한다는 말은 아니다.

글을 '나름'으로는 마무리하면서 나는 내가 이 글을 열면서 바라보았던 다른 이들의 죽음을 다시 살펴보아야 한다. 모든 죽음은 삶의 길에 남아 있는 우리에게 결코 '좋음'이라고 할 수 없는 고통과 안타까움 그리고 슬픔을 남겨놓는다. 우리는 때로 어르신의 죽음을 호상이라고도 말하고 있지만, 그 또한 슬픔과 안타까움, 그리고 고통이 있기는 매한가지이다. 한참 때인 중년 교수의 죽음 또한 그가 차마 이루지 못한 것들이 뒤에 남아 있으므로 우리는 거기에서도 같은 기분을 느낀다. 산에서 죽기를 소망하였던 여성 산악인의 죽음에서도 우리는 결코 그이가 '잘-죽었다'고 말하지 않는다. 어린아이들의 엄마였던 젊은 여배우의 자살의 방식에는 오히려 각자 '나름'으로는 화를 느끼며 그이를 죽음에로 이끌었던 사회적 분위기를 원망하기도 한다. 그리고 나는 스승의 부인의 죽음에 먹먹함을 느꼈었다.

이렇듯이 모든 죽음은 아직 길 위에 있는 이들에게 기쁨보다는 슬픔을, 충만함보다는 차마 채워지지 못함의 안타까움을, 그리고 즐거움보다는 고통을 남겨놓는다. 그것은 채 이루지 못한 것으로서의 존재자에게로 쏠리는 남아 있는 이들의 미련이다. 그러나 그 죽음에는 분명 그이들이 짓던 삶의 전체가 그려지고 있는 것이다. 따라서 '웰(well)'이라는 말을 '잘'이라 옮길 때, '잘'의 뜻을 제대로 새기지 않는 한, 웰-다잉이라는 저 외국말을 '잘-죽음'이라는 식으로 우리 삶의 세계 속에 가져다 놓을 수는 없다. 오히려 우리는 '웰-다잉'이라는 말을 삶과 죽음을 연관 지음 안에서 '아

---

33 물론 아름다운 삶을 살다 간 사람의 죽음이 생물학적 죽음의 한 모습으로 보면 꼭히 아름다운 죽음이지만은 아닌 사례도 있기는 하다.

름-다운' 죽음이라 뜻 새길 수 있어야 한다. 삶을 짓기에서 그러하였듯이 죽음에도 '나름대로' '아름'과 '다움'이 열어 밝혀져야 한다.

앞서도 논의해 보았듯이 '나름'대로 '아름'이 스스로의 개별성을 바탕으로 삼고 '다움'이라는 말이 그 자신을 가장 본디의 성질을 다한 상태로 다른 것들을 돌보면서 어울림이라고 이해할 수 있다면, '아름-다움'은 하이데거가 말하고 있는 현존재의 실존과 돌봄으로서의 염려, 그리고 그것들을 품어내는 관계로서의 존재를 모두 함축하는 말이다. 이 모든 것은 '나름' 소박한 삶의 길을 짓는 사람이 그를 그 자신으로 내어주는 '오롯하게 온갖 것들이 품어지는 너른 터'에 있음을 깨닫든 깨닫지 못하든, '거기'에서 이미 우리에게 열어 밝혀져 있다. 삶을 살아가는 모든 사람이 그 사실을 차마 깨닫지 못하더라도 '아름-다운 삶'이 있을 수 있고, '아름-다운 죽음'이 있을 수 있다. 따라서 여기에서 사람들이 스스로의 '아름'과 '다움'을 뜻 새기는 일은 여전히 중요한 일로 남아 있다.

5. 아직도 길 위에서

나는 몸말의 제3절에서 웰-빙을 '잘-살이(삶)'라는 말로부터 '아름다운-살이(삶)'이라는 뜻으로 그 뜻을 새겨보았다. 우리말 '잘-다'라는 말은 어떤 것이 가장 그것 '답게' 있는 상태를 뜻하는 것이고, '다움'이라는 말은 그 무엇의 개별성을 바탕으로 다른 것들과 함께 어울림을 뜻하고 있다. 따라서 '잘-살이'라는 말은 사람이 바로 그 사람답게 다른 이들과 어울리면서 그 자신을 본성으로부터 드러내는 '살이(삶)'을 말하고 있는 것이다. 이에 나는 이 '잘-살이(삶)'을 '아름'과 '다움'이라는 말로 풀어내어 보았다.

나는 처음에 사람이 살고 죽음이 다른 차원의 현상이 아니라, 같은 근원과 물음의 지평 안에 있음을 말했었다. 따라서 이제 나는 '잘-살이(삶)' 곧 '아름-다운 삶'을 살 수 있다면, 그 삶을 살았던 사람의 죽음은 그 또한 '아름-다운 죽음'이라 말할 수 있다. 이에 몸말 제4절에서 죽음의 문제가 삶의 문제와 연관되어 있다고 할 때, 죽음에서도 '아름'과 '다움'을 간직하는 죽음이 있을 수 있음을 살펴보았다.

우리는 삶의 길을 지어감에서 자신의 삶을 어느 누구에게도 떠맡길 수 없다. 우리가 삶의 길 끝에서 만날 수밖에 없는 죽음은 더욱 그러하다. 이 글에서 나는 사람이 삶의 길을 지음에서 대개는 다른 이나 어떤 것을 자기 것으로 소유하려 하는 일상적인 삶을 살지만, 사람은 본래 모든 존재를 그 자체에게 내맡길 수 있는 탁월함으로 존재할 수 있음을 밝혀보았다. 그리고 나는 그 내맡김을 자기 자신 스스로를 구원함으로, 그리고 참을성으로 견디며 스스로를 공들여 감이라는 뜻인 간절함에서 간직해 보았다. 삶에서 아득바득 무언가를 탐하려 하지 않고, 스스로와 다른 것들을 돌보며 간직하는 삶은 '아름답다'. 그리고 그 삶을 살았던 사람이 죽음은 죽음에로 자기 자신을 내맡기는 '아름다운 죽음'이다.

하지만 나는 이러한 논의를 모든 이들에게 납득시킬 수도 없고, 모든 이들에게 반드시 이러한 사유에 기초하여 살기를 강요할 수도 없다는 것을 깨닫는다. 다만 나는 우리가 삶에서 전전긍긍하며 무언가에 몰두하여 그것을 이루고자 바라지만, 마침내 죽음 앞에 이르렀을 때 우리 자신에게 그것들이 어떤 뜻을 품어 올릴 수 있는가를 묻고 싶었을 뿐이다. 죽음은 우리에게 모든 것을 무화시킨다. 그럼에도 죽음은 사람이 짓고 있는 삶의 길과 무관하지 않다. 그렇다면 우리는 어떤 삶을 '나름' 살 수 있으며, 어떤 '죽음'을 죽을 수 있는가.

참고문헌

M. Heidegger, *Sein und Zeit*, Klostermann, Frankfurt a.M., 1972.

_____, *Gelassenheit*, Verlag Günter Neske, Pfullinngen, 1977.

하이데거 지음, 이기상 옮김, 『존재와 시간』, 까치글방, 1998.

하이데거 지음, 신상희 옮김, 『동일성과 차이』, 민음사, 2000.

하이데거 지음, 「건축함 거주함 사유함」, 『강연과 논문』, 이학사, 2008.

E. 레비나스 지음, 강영안 옮김, 『시간과 타자』, 문예출판사, 2001, 제5판.

발터 비멜 지음, 신상희 옮김, 『하이데거』, 한길사, 1997.

구연상, 『공포와 두려움 그리고 불안 - 하이데거의 기분분석을 바탕으로』, 청계, 2002.

신상희, 「기술 시대의 자연에 대한 하이데거의 숙고-자연에 이르는 초연한 내맡김」, 하이데거 지음,
        신상희 옮김, 『동일성과 차이』, 민음사, 2000.

이기상·구연상 지음, 『존재와 시간 용어해설』, 까치글방, 1998.

이은주, 『산다는 것, 죽는다는 것』, 한국외국어대학교출판부, 2009.

이은주, 「사람은 무엇으로 사는가」, 『하이데거 연구 21집(특별호)』, 한국학술정보, 2009.

이은주, 「기다림에 관한 짧은 생각 몇」, 『우리말로 학문하기의 용틀임』, 채륜, 2010.

최봉영, 「한국인에게 아름다움은 무엇인가」, 『우리말로학문하기의 고마움』, 채륜, 2008.

피터 하, 「하이데거 철학에 있어서 "내버려둠"으로서의 결단성(Entschlossenheit)개념 — 탈-주관적
        인 의지개념에 관하여」, 『하이데거연구 제13집』, 한국하이데거학회, 세림M&B, 2006 봄호.

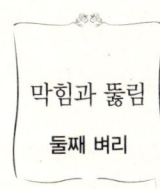
필담(筆談)을 통한 조일의원(朝日醫員) 간 소통의 방식

−1764년 계미사행(癸未使行)의 필담을 중심으로*

김 형태

1. 머리말

요즈음 사회 일각에 불고 있는 '동아시아 공동체론'이란 바람에 대해서 조심스럽게 깊이 생각해볼 필요가 있다. 기본 구상이야 어떻든 이는 자칫 '북미자유무역협정(NAFTA)'이나 '유럽연합(EU)'처럼 궁극적으로 자본주의에 기반한 경제 카르텔(Kartell)로 변질될 우려를 내포하고 있기 때문이다. 그리고 무엇보다도 '영어공용화론'에 의해 상처 입은 자랑스러운 우리 한글과 말이 또다시 힘의 논리에 의해 다른 나라의 글과 말로 난도질당할 수도 있기 때문이다. 비단 우리에게만 국한된 입장은 아니지만, 지구촌 구성

---

* 우학모 한글날 기림 학술대회(2010년 10월 9일)(주제: 한국말의 힘과 생산성) 발표문

원들 간에 진정한 외국말과의 어울림을 위해서는 기본적으로 각각 그 나라의 고유한 말과 글을 존중하고 이해하려는 태도가 필요하다. 그러나 다른 나라의 말은 배우기 어려울 뿐더러 학습에 매우 많은 시간이 소모된다는 제약을 안고 있는 것도 사실이다. 따라서 그 한계를 뛰어넘을 수 있도록 고안된 방안 중의 하나가 '필담'이다. 특히 동아시아에서는 역사적으로 한자(漢字)가 그 역할을 톡톡히 수행해왔다. 한중일은 서로 말이 다르지만, 한자라는 공통문자를 사용했기 때문에 생면부지(生面不知)의 그 나라 사람과 만나더라도 한자로 모국어를 대신해서 의사소통의 제약을 덜 수 있었다. 이러한 흔적은 역사 속에서 어렵지 않게 찾아볼 수 있는데, 세 국가 간 공식적 교류를 통해 한자는 한층 더 그 위력을 발휘했다.

조선은 1607년부터 1811년까지 200여 년 간 12차례에 걸쳐 일본의 요청에 의해 통신사를 파견했다. 많은 사람들이 흔히 일본인의 특성을 호기심과 호학(好學)으로 규정한다. 통신사에 대한 일본인의 관심과 기대도 여기에서 벗어나지 않았고, 실제 당시의 많은 일본인들이 공식·비공식적으로 조선 측 인사들을 만나서 교류했다. 그 결과물이 바로 일본인에 의해 남겨진 필담창화집(筆談唱和集)[1]이며, 이 중에 두 나라의 의원들이 대화의 주체로 등장하는 텍스트들이 의원필담(醫員筆談)[2]이다. 이들은 주로 문답(問答)의 방식을 가지고 소통했는데, 주로 일본 의원이 묻고 조선 측 인사

---

[1] 본 연구자는 연세대학교 국어국문학과 허경진 교수가 책임연구원인 한국학술진흥재단 연구과제 "조선후기 통신사 필담창수집의 수집, 번역 및 데이터베이스 구축"에 전임연구원으로 참여해 2008년 7월부터 2011년 6월까지 3년간 의원필담의 번역과 연구를 진행하고 있다. 지금까지 주로 1711년과 1748년의 자료들을 번역하고 검토했으며, 현재 1764년과 1811년의 자료들을 번역하고 있다. 의원필담은 이 세 시기 자료들이 대다수를 차지한다.

[2] 이 글의 연구주제와 관련해 지금까지 진행된 학계의 연구에서는 대부분 '의학필담(醫學筆談)'이라는 용어를 사용하였으나, 본 연구자는 이 글을 비롯한 차후 연구에서 '의원필담'이라는 용어를 사용하기로 한다. 그 이유는 다음과 같다. 첫째, 두 나라 의원은 각각 문사(文士)들과도 필담과 창화(唱和)를 나누었다. 둘째, 그 필담 내용은 의학뿐만 아니라 박물학(博物學)적 정보를 망라하고 있다. 셋째, 용어 사용에 있어서 의학적 내용이 아니라 필담 주체인 의원에 초점을 맞출 필요가 있다.

가 답변을 진행했다. 또한 경우에 따라서는 시문(詩文)을 서로 주고받으며 각 나라의 문화적 역량을 가늠해보기도 했다.

이 가운데 계미사행은 1763년 8월 3일부터 1764년 7월 8일까지 11개월에 걸친 제11차 사행이었다. 이때 만들어진 의원필담은 예닐곱 종 정도가 현존하는데, 이 중 이 글에서 연구 대상으로 삼은 텍스트는 『계단앵명(雞壇嚶鳴)』과 『상한필어(桑韓筆語)』와 『송암필어(松菴筆語)』이다.

이 글의 목적은 이상의 자료를 통해 의원을 포함한 두 나라의 지식인들이 미지(未知)의 세계를 만나 어떤 방식으로 소통했고, 대립과 갈등, 교류와 협력을 경우에 따라 어떻게 풀어나갔는지 확인하는 데 있다.

2. 서지(書誌)사항

『계단앵명』은 1764년 1월 20일, 조선통신사 일행이 사행 길에 지금의 일본 오사카[大坂]인 나니와[浪華]의 혼간정사[本願精舍]에 머물 때, 키타야마 쇼우[北山彰]와 그의 사촌동생 키타야마 코우[北山皓]가 사행단 일행을 방문해 서로 나눈 며칠간의 필담을 정리한 책이다. 전체 2권 1책인데, 1권은 키타야마 쇼우가 참석한 필담 내용인 「계단앵명」이고, 2권은 키타야마 코우가 정리한 창화(唱和) 시문인 「계단앵명부록(雞壇嚶鳴附錄)」이다. 제목 중 '계단'은 문단(文壇)을 의미하고, '앵명'은 '새가 서로 정답게 지저귄다.'는 뜻으로, 친구끼리 의기투합함의 비유로 쓰이는 말이다. 주요 내용은 시문 창화, 『명사(明史)』 등 중국 서적의 일본 내 가격 및 구입방법, 일본의 인체 해부 사례[3] 관련 논의 등이다.

---

3 유럽 의학계에서는 16세기 중엽에 인체를 있는 그대로 관찰하고자 하는 새로운 개념의 해부학에 기초를 둔 의학이 대두한다. 이 흐름의 선구자는 벨기에의 안드레아스 베살리우스(Andreas Vesalius,

『상한필어』는 조선통신사 일행이 지금의 도쿄[東京]인 에도[江戶]에 도착해 국서(國書)를 전달한 후인 1764년 2월 23일부터 3월 8일까지 야마다 세이친[山田正珍, 1749~1787]이 사행단 일행을 12차례 방문해 서로 나눈 필담을 정리한 책이다. 제목 중 '상한'은 '부상(扶桑)'과 '한국(韓國)'의 합성어로 일본과 한국을 의미한다. 주요 내용은 허준(許浚, 1539~1615)의 『동의보감(東醫寶鑑)』 수록 약물 몇 종의 비교, 중국의 『황제내경(黃帝內經)』과 침구(鍼灸)에 관해 현존하는 가장 오래된 전문서인 진(晉)대 황보밀(皇甫謐)의 『갑을경(甲乙經)』 중 경락(經絡) 학설의 가부(可否) 여부, 야마다 세이친이 저술한 『골도변오(骨度辨誤)』의 서문(序文) 집필 부탁과 조선 의원의 평가, 노채(勞瘵)의 치료방법 문의, 장석(長石)과 이석(理石)의 정체성 문의, 한(漢)대 장기(張機)의 처방집인 『금궤요략(金匱要略)』 중 감초분밀탕(甘草粉蜜湯)에서 분(粉)의 정체성 문의, 인삼(人參) 제법(製法), 당(唐)대 손사막(孫思邈)이 650년 무렵에 체계적으로 편찬한 가장 오래된 의학전서인 『천금방(千金方)』과 『금궤요략』 중 약물에 대한 토론 등이다.

『송암필어』는 조선통신사 일행이 지금의 도쿄인 도호토[東都]에 도착해 국서를 전달한 후인 1764년 2월 29일, 3월 3일, 6일, 9일, 10일에 이 빈케이[井敏卿, 1740~1823]가 사행단 일행을 방문해 서로 나눈 필담을 정리한 책이다. 주요 내용은 조선 사행원의 풍토병(風土病)에 대한 이 빈케이의 진찰, 두 나라의 도량형(度量衡) 차이, 일본 의원들의 삭발 풍습 등이다.

『계단앵명』과 『상한필어』와 『송암필어』의 주요 서지사항을 간략히 정리하면 다음과 같다.

1514~1564)로서 1543년에 『인체의 구조에 관하여(De Humani Corporis Fabrica)』를 간행했다. 그는 이 책에서 그동안 금과옥조(金科玉條)로 여겨지던 그리스의 갈레노스[Galenos] 해부학의 잘못을 지적했다. 조기호 지음, 『일본 한방의학을 말하다』, 군자출판사, 2008, 234~235쪽.

	『계단앵명』	『상한필어』	『송암필어』
구성	1책 2권 序文: 雞壇嚶鳴序 (林義卿 撰) 跋文: 黃裳處文 謹撰 附錄: 雞壇嚶鳴附錄	1책 序文: 桑韓筆語序 (稻垣長章 識) 跋文: 없음	1책 序文: 없음 跋文: 없음
분량	34장 (표지 포함) 65면 (매면 10행, 매행 20자)	25장 (표지 포함) 46면 (매면 12행, 매행 20자)	26장 (표지포함) 50면 (매면 11행 매행 25자)
표제	雞壇嚶鳴	桑韓筆語 全	松菴筆語
권수제	雞壇嚶鳴	桑韓筆語	없음
간종	有界 木版本 (版心題: 雞壇嚶鳴)	無界 筆寫本	無界 筆寫本
간행년 (간행처)	1764년 8월 (京都 錢屋善兵衛 大坂 西田屋理兵衛 河內屋喜兵衛 江戸 須原茂兵衛)	1764년 4월 (東都 尙古堂藏)	1764년 가을 (舊 淺草文庫 所藏本)
소장처	日本大坂府立中之島圖書館	國立中央圖書館	日本國立公文書館

『계단앵명』의 저자인 키타야마 쇼우는 자가 세미(世美)·원장(元章)이고, 호는 귤암(橘菴)이며, 별호는 노성거사(魯城居士)이고, 오사카의 카와치[河內] 사람이다. 필담에 참여한 조선 측 인사는 제술관(製述官) 남옥(南玉), 정사서기(正使書記) 성대중(成大中), 부사서기(副使書記) 원중거(元重擧), 종사서기(從使書記) 김인겸(金仁謙), 정사군관(正使軍官) 류달원(柳達源), 종사군관(從使軍官) 오재희(吳載熙), 의관(醫官) 남두민(南斗旻) 등이다.

『상한필어』의 저자인 야마다 세이친은 원래 또 다른 성이 스가하라[菅原]이고, 자는 종준(宗俊)·현동(玄同)·준보(浚甫)이며, 호는 도남(圖南)이고, 서재명(書齋名)은 행화원(杏花園)이다. 조부(祖父)와 부친(父親)이 에도막부(幕府)의 의관(醫官)을 역임했다. 일생을 학문연구에 매진했는데, 유학자인 야마모토 기타야마[山本北山, 1752~1812]에게 『소문(素問)』, 『영추(靈樞)』 등을 학습했고, 카토우 치쿠수이[加藤筑水]에게서 본초(本草)이론을 학습했으며, 타무라 란수이[田村蘭水]를 따라 연구했다. 절충파(折衷派)에 기반한 고증파(考證派)[4]의 주요 대가(大家)로서 주로 '상한론(傷寒論)' 연구에 치중해 후에 의학관종사(醫學館從事)가 되어 급성 열병의 치료에 대해 한(漢)대 장기(張機)가 219년에 저술한『상한론』강좌를 담당했고, 그 이론을 저서인『상한론집성(傷寒論集成)』에 정리했다. 1764년에 당시 16세로서 조선의 계미통신사 사절을 접대하고 시문을 교환했으며, 의학문제를 토론했다. 이외 저서에『상한고(傷寒考)』,『천명변(天命辨)』,『신론(新論)』,『권량규란(權量揆亂)』등이 있다. 필담에 참여한 조선 측 인사는 양의(良醫) 이좌국(李佐國), 예단직(禮單直) 이민수(李民壽), 남옥, 성대중, 원중거, 김인겸, 종사반인(從使伴人) 홍선보(洪善輔), 소동(小童) 김용택(金龍澤), 군관(軍官) 춘풍(春風) 등이다.

『송암필어』의 저자인 이 빈케이는 자가 자신(子愼)이고 호는 송암(松庵)이다. 일본 난학사(蘭學史)에서 카나이 마츠이오[金井松庵]로도 알려져 있다. 부친은 에도의 내과의(內科醫)였고, 어려서부터 주로 소라이[徂徠]학파와 슌다이[春臺]의 문인들에게 사사(師事)하고 교유했다. 마츠사키 칸카이[松崎觀海]에게 한문을 배웠고, 나루시마 도우치쿠[成島道筑, 1689~1760]와 나이토 코난[內藤湖南]에게서 의학을 공부했으며, 에도시대 중기 대표적 난학자이자 난방의(蘭方醫)인 마에노 료타쿠[前野良澤,

---

4 16세기 이래로부터 일본은 중국의학의 최신 성과를 부단히 흡수하고 개조해 기원은 같지만 흐름이 다른 한방의학 체계가 점차 형성되어 가는 과정에서 4개의 주요 유파가 연달아 나타났다. 먼저 마나세 도산(曲直瀨道三, 1507~1594)의 그룹이 대표가 되어 송명(宋明) 의학이론과 치료방법을 주체로 삼은 '후세파(後世派)'가 나타나고, 그 후 한대(漢代) 장중경(張仲景)의『상한잡병론(傷寒雜病論)』만 받들어 단지 병증에 근거해 약물을 선택하고 음양오행·장부경락·맥진 등 한의학 기초이론을 전면적으로 폐기해야 한다고 주장한 '고방파(古方派)'가 나타났으며, 고방과 후세 혹은 한방(漢方)과 난방(蘭方·네덜란드 의학)을 절충한 '절충파'가 나타났다. 끝으로 이를 기초로 문헌연구를 중시한 '고증파'가 나타났다. 랴오위췬(廖育群) 지음, 박현국·김기욱·이병욱 옮김,『황한의학(皇漢醫學)을 조망(眺望)하다』, 청홍, 2010, 288쪽.

1723~1803]에게 난학(蘭學)[5]을 배웠다. 32세에 쇼우나이[庄內]의 번의(藩醫)가 되었고, 유학자가 되라는 주변의 권유를 물리치고 50세 이후에는 의학에만 전념하였다. 필담에 참가한 조선 측 인사는 남옥, 성대중, 원중거, 김인겸, 남두민, 상통사(上通事) 오대령(吳大齡), 조철문(趙徹問), 김용택, 소동 오맹직(吳孟直), 차상통사(次上通事) 이명지(李命知), 압물통사(押物通事) 이언진(李彦鎭) 등이다.

3. 미지(未知)와의 조우(遭遇)

현대인에게 명함은 처음 만나는 사람에게 자신을 알리고 기억시킬 수 있는 유용한 수단이다. 당시 조선 사행단과 일본 측 인사들 사이에도 명함을 내보이고 상대방에게 만나주기를 청하는 '통자(通刺)'가 관례였다. 의원 필담집 대부분은 본문의 시작이 일본 의원의 통자나 인사말로 시작한다.

제 성은 키타야마[北山]이고, 이름은 쇼우[彰]이며, 자는 세미(世美)인데, 다른 자는 원장(元章)이고, 호는 귤암(橘菴)인데, 별호는 노성거사(魯城居士)이며, 카와치[河內] 사람입니다.

제술관(製述官) 성은 남(南), 이름은 옥(玉), 자는 시온(時韞), 호는 추월(秋月).

정사서기(正使書記) 성은 성(成), 이름은 대중(大中), 자는 사집(士執), 호는 용연(龍淵).

부사서기(副使書記) 성은 원(元), 이름은 중거(重擧), 자는 자재(子才), 호는

---

5 '난학(蘭學)'이란, 에도시대 중기 이후 네덜란드어 서적을 통해 서양의 학술·문화를 연구하던 학문의 총칭이다. 이는 바쿠후[幕府]가 펼친 쇄국정책 탓에 개항할 때까지 서양 지식 도입의 유일한 창구였다. 타이먼 스크리치 지음, 박경희 옮김, 『에도의 몸을 열다』, 그린비, 2008, 9쪽.

현천(玄川) 함께 예를 표합니다.[6]

이상은 『계단앵명』의 지은이 키타야마 쇼우와 조선 사행단 중 남옥·성대중·원중거의 통자 상황이다. 이 안에는 기본적으로 자신의 성명·자호가 포함되고, 경우에 따라서는 서로 나이와 본관(本貫)을 기재하기도 했다. 본인에 대한 구체적 정체성과 그 뿌리에 주안점을 두고 있다는 점에서 자신의 직위와 연락처 위주인 현재의 명함과 사뭇 다른 소통 방식을 확인할 수 있다. 이처럼 통자에 의한 자기소개와 인사에 이어서 일반적으로 일정 분량의 시문 창화가 진행된 후 본격 필담이 진행된다.

양국 인사들이 서로 미지의 세상과 만나면서 가장 관심을 가졌던 부분은 문물과 풍습이다. 특히 계미사행에서는 기존 사행의 의원필담집에서는 확인할 수 없던 서양의학 중 해부와 관련된 내용이 등장하여 주목을 요한다.

감히 물음 키타야마 쇼우[北山彰]

"우리나라에 일벌이기 좋아하는 어떤 의원이 관형(官刑)으로 죽은 사람의 배를 갈라 그 장부(藏府)의 배치·명칭·빛깔과 윤기를 자세히 살펴보고, 『장지론(藏志論)』이란 책 한권을 지었습니다. 이르기를 '『내경(內經)』에서 장부는 12개라고 말했지만, 지금 이미 조사해보니, 9개의 장부가 있음을 알겠다. 단지 대장(大腸)만 있고, 소장(小腸)은 보이지 않는다.'고 했습니다. 공연히 『상서(尚書)』·『주례(周禮)』와 잡가(雜家)의 책들을 끌어다가 증명했고, 『소문(素問)』에 이른바 장부의 배치는 5행(五行)에 배당된다는 설명과 같은 것은 배척했으며,

---

6 僕姓北山, 名彰, 字世美, 一字元章, 號橘菴, 別號魯城居士, 河內人. 制述官 姓南, 名玉, 字時韞, 號秋月. 正使書記 姓成, 名大中, 字士執, 號龍淵. 副使書記 姓元, 名重舉, 字子才, 號玄川. 同揖. 『雞壇嚶鳴』, 12~13쪽.

'우리 일에 마땅한 것은 하나도 없다.'고 말했습니다. 그대 나라에도 이러한 학설이 있습니까? 그대의 소견은 어떠신지요?"

단애(丹崖)가 그것을 읽었고, 퇴석(退石)에게도 보여주었는데, 얼마 있다가 대답이 있었음.

"그대 나라 학자들은 기이한 논설을 즐겨 말하는군요. 세속에는 별도로 기이한 장부도 있음을 모르겠습니까? 우리나라에서는 일단 헌기(軒岐)의 오래된 법칙을 따르고, 새로운 학설은 다시 구하지 않습니다. 갈라서 아는 것은 어리석은 사람들이 하는 짓이고, 가르지 않고도 아는 것은 성인(聖人)만이 할 수 있는 것이니, 그대는 미혹되지 마십시오."[7]

위 인용문은 『계단앵명』의 지은이 키타야마 쇼우와 조선 의원 단애(丹崖) 남두민(南斗旻, 1725~?) 및 퇴석(退石) 김인겸(金仁謙, 1707~1772) 사이에 있었던 필담이다. 남두민은 자가 천장(天章)이고, 본관이 영양(英陽)이며, 전전의감정(前典醫監正)으로 1763년 통신사의 의원(醫員)이다. 김인겸은 자가 사안(士安)이고, 당시 종사관(從事官)이었던 김상익(金相翊)의 서기(書記)로 뽑혀 사행단에 포함되었으며, 일본에서 돌아와 1764년 기행가사인 〈일동장유가(日東壯遊歌)〉를 지었다.

일본은 이미 17세기인 1609년부터 네덜란드·영국 등과 통상을 개시했고, 1634년 나가사키[長崎]에 인공섬 데지마[出島]를 조성해 본격적으로 서양의 문물을 흡수했다. 그 결과 이른바 난학을 완성했고, 이 당시 서양의 외과술을 받아들인 의학(醫學)도 예외가 아니었다. 『장지론(藏志論)』은

---

7 敢問 北山彰: 吾邦有好事之醫, 屠割官刑之死腸, 審視其藏府布置·名數·色澤, 著藏志論一篇. 云內經言府藏爲十二焉, 今已撿之, 知有九枚之藏. 大腸獨在, 不見小腸. 慢引尙書·周禮·雜家之書, 以證之, 如素問所謂, 藏府布置, 五行配當之說者, 黜之, 謂亡一當吾業者. 貴邦亦有此說耶? 足下所見如何? 丹崖讀之, 亦示退石, 少之有答. 貴邦學者, 好吐奇論. 未知其俗別有奇腸乎? 吾邦一準由軒岐舊則, 不復求新說. 割而知之者, 愚者爲也, 不割識之者, 聖者之能也, 君勿惑. 『雞壇嚶鳴』, 31~32쪽.

일본 교토[京都]의 의원 야마와키 도요[山脇東洋]가 1759년에 지은 일본 최초의 해부 도록(圖錄)이다. 1754년 야마와키 도요가 사형당한 시체를 우마(牛馬) 도살업자에게 해부하게 해서 내부를 관찰하고, 그 문하생 아사누마 사에이[淺沼佐盈]에게 그리게 해서 완성한 책이다. 키타야마 쇼우는 자신들이 받아들여 경험한 해부학을 바탕으로 그 유용성에 대해 조선 의원과 서기에게 물었지만, 충분한 답변을 얻지 못했다. 다만 전설적 의술의 개조(開祖)인 헌원씨(軒轅氏)와 기백(岐伯)으로 대표되는 전통의학을 고수하고 있던 조선 의학계의 현실을 확인했을 뿐이다.

양국의 인사들이 만나 호기심을 갖고 접했던 풍습 중에는 음식과 관련된 대화가 대표적이다. 다음은 『송암필어』 중 이 빈케이와 제술관 추월 남옥 간의 대화 일부이다.

> 어린 아이가 밥상을 받들고 왔다.
>
> 송암 말함: "저는 오직 미천한 음식만 맛보았고, 존귀한 손님들의 맛있고 진기한 음식은 맛보지 못했습니다. 한 그릇의 국이라도 나누어주신다면 다행이겠습니다."
>
> 추월(秋月)이 나에게 돼지고기 한 그릇을 조금 나누어주었다.
>
> 송암 말함: "매우 맛있군요! '집게손가락이 움직인다.'더니, 과연 증험하겠습니다."[8]

일본은 덴무천황[天武天皇, 673~686]이 675년 '육식금지령'을 내린 이래, 1800년대까지 불교에 근거해 1,200년간 육식을 금지했다.[9] 물론 조류

---

8 小童捧食案來. 松庵曰 小人唯嘗小人之食, 未嘗貴客之珍. 幸分一盃之羹. 秋月分余猪肉一小盞. 松庵曰 甘味甘味! 食指之動, 果驗. 『松菴筆語』, 9쪽.

9 소·말·개·닭·원숭이는 농경에 필요한 노동력이기도 하였고, 살생 자체를 죄악으로 생각하는 불교

나 물고기를 통해 단백질을 공급받았고, 농민은 필요에 따라 산야(山野)의 금수(禽獸)를 잡아먹기도 했지만, 귀족계급부터 공식적으로 육식을 접하기는 쉽지 않았다. 이러한 상황에서 조선 측의 밥상에 오른 돼지고기는 이 빈케이의 호기심을 자극하기에 충분했고, 그 맛은 감탄을 불러일으킬 만큼 환상적이었음에 틀림없었을 것이다.

이러한 감탄은 '집게손가락이 움직인다.'는 『춘추좌씨전(春秋左氏傳)』의 '식지동(食指動)' 고사(故事)로 집약되는데, 이는 중국 춘추시대 초(楚)나라의 영공(靈公)이 자라죽을 끓여 대신들에게 먹이려 할 때 송(宋)이란 신하가 자가(子家)에게 '집게손가락이 움직였으므로 오늘 특별한 것을 먹게 될 것'이라고 예측한 데서 맛있는 음식을 먹을 조짐이나 어떤 욕망을 일으킨다는 의미로 쓰는 말이다.

한편, 대단히 흥미로운 점은 이전 사행에서는 볼 수 없었던 한글에 대한 일본인의 관심이 증폭된다는 점이다.

○ 학사(學士)가 나에게 글로 써준 이야기

아룀 도남

"저를 위해 언문(諺文)을 써주십시오."

대답 "예."

ㄱ ㄴ ㄷ ㄹ ㅁ ㅂ ㅅ ㅣ ㆆ	50자 일본 음(音)
가 갸 거 겨 고 교 구 규 그 기 ㄱ	아 이 우 예 어 ア イ ウ エ キ
나 냐 너 녀 노 뇨 누 뉴 느 니 ㄴ	가 기 그 계 고 カ き ク ケ コ
다 댜 더 뎌 도 됴 두 듀 드 디 ㄷ	사 시 츠 셰 소 サ シ ス セ ソ

의 교리와 '피와 죽음'의 부정(不淨)을 기피하는 신도의 관념에 의하여 육식은 금지되고 유지되었다. 계란조차도 역시 기피의 대상이었지만, 남만(南蠻)무역의 영향으로 차츰 먹게 되었다. 정하미, 『일본의 서양문화 수용사』, 살림, 2005, 74쪽.

라 랴 러 려 로 료 루 류 르 리 ㄹ   다 지 즈 데 도 タ チ ツ テ ト

마 먀 머 며 모 묘 무 뮤 므 미 ㅁ   나 니 느 네 노 ナ ニ ヌ ネ ノ

바 뱌 버 벼 보 뵤 부 뷰 브 비 ㅂ   하 히 후 혜 허 ハ ヒ フ ヘ ホ

사 샤 서 셔 소 쇼 수 슈 스 시 ㅅ   마 미 므 몌 모 マ ミ ム メ モ

자 쟈 저 져 조 죠 주 쥬 즈 지 ㅈ   야 이 유 예 요 ヤ イ ユ エ ヨ

차 챠 처 쳐 초 쵸 추 츄 츠 치 ㅊ   라 리 루 례 ㄹ ラ リ ル レ ロ

카 캬 커 켜 코 쿄 쿠 큐 크 키 ㅋ   와 이 우 에 어 ワ イ ウ エ ヲ

타 탸 터 텨 토 툐 투 튜 트 티 ㅌ

파 퍄 퍼 펴 포 표 푸 퓨 프 피 ㅍ

하 햐 허 혀 호 효 후 휴 흐 히 ㅎ

한자(漢字)의 조선 음(音)을 재미있게 들었다.[10]

위 인용문은 『상한필어』 중 야마다 세이친과 제술관 남옥 간의 대화이다. 야마다 세이친이 남옥에게 한글을 써달라고 요청하자 남옥이 이를 써주었고, 야마다 세이친은 다시 그 옆에 가타카나[片假名·片仮名]로 일본음을 달아놓았다. 이는 차후에도 그 고유음을 잊지 않기 위한 야마다 세이친의 꼼꼼한 학자적 기질에 기인한다고 하겠다. 이전 사행에도 단편적으로 일본 물명에 상응한 조선의 한글을 써달라는 일본 측 의원의 요청과한글 관련 기록이 있기는 하지만,[11] 이상의 경우처럼 한글 자모를 정리해

---

10 ○ 與學士之僕筆語. 稟 圖南: 爲余書諺文. 復: 諾. … (中略) … 戲聞漢字之韓音. 『桑韓筆語』, 36~37쪽.

11 1748년 제10차 사행 때, 노로 지쓰오[野呂實夫]가 남긴 『조선필담(朝鮮筆談)』에 조선에서 '밀아(蜜牙)'는 '비라[美羅]', '범'은 '호라이[保良以]', '곰'은 '코무[古莫]'라 부른다고 가타카나로 일본 음을 달아놓은 경우를 확인할 수 있다. 노로 지쓰오는 자가 원장(元丈)이고, 호는 연산(連山)이며, 노로 겐죠[野呂元丈]로도 알려져 있다. 도호토[東都]의 의관(醫官)으로 1748년 5월에 조선의 양의(良醫) 조숭수(趙崇壽) 등과 만나 나눈 필담을 정리한 『조선필담(朝鮮筆談)』과 『조선인필담(朝鮮人筆談)』을 남겼다. 김형태, 「1748년 제10차 戊辰通信使醫學筆談의 성격 변천 연구 – 『對麗筆語』와 『朝鮮筆談』을

서 가타카나로 음을 달고, 50자 일본 음까지 세심하게 정리한 것은 『상한
필어』가 유일하다.

이외에도 계미사행 의원필담 내용에 양국의 물명(物名) 및 관(冠)을 비
롯한 복식(服飾)이나 지리(地理) 문제에 대한 관심이 화제로 등장함은 이전
사행과 마찬가지이다.

4. 대립과 갈등

양국 인사들의 대화 중 대립과 갈등은 역사 인식과 학술적 차원의 대
화에서 구체적으로 확인할 수 있다. 특히 이 당시 일본은 이토 신사이[伊
藤仁齋, 1627~1705]와 오규 소라이[荻生徂徠, 1666~1728]로 대표되는
'고학(古學)'의 분위기가 관학(官學) 등을 주도했고, 주자학(朱子學)에 대한
비판적 분위기가 팽배해 있던 때였다. 따라서 일본 의원들도 유학(儒學)적
측면에서 자유롭지 못한 채 영향을 받았고, 이에 대한 관심도 많았다. 또
한 여기에는 필담에 참여한 일본 의원의 상당수가 유의(儒醫)였다는 점도
적지 않게 작용했다.

아룀 춘풍(春風)

"공자(孔子)가 남긴 집은 지금 아직도 궐리(闕里)에 있고, 문미(門楣)에 금자
(金字)로 '밝음은 해나 달과 같고, 덕은 하늘과 땅에 견준다.'고 한 것이 걸려 있
습니다. 우리나라 사람들은 매해 가서 보는데, 그대 나라와 같다면 어찌 빨리
가지 않습니까?"

중심으로 -」, 『한국한문학연구』 제46집, 한국한문학회, 2010.

대답 도남(圖南)

"어찌 사람을 심하게 속이십니까? 저는 늘 공안국(孔安國) 책의 서문(序文)을 읽다가 끝내 탄식하는데, 공자의 집이 어떻게 남아있겠습니까? 하안(何晏)도 '고론(古論)이 공씨 집 벽 속에서 나왔다고 하지만, 이미 벽 속에 감춰둔 물건이니, 무너지지 않고 얻을 수 있겠는가?'라 말했습니다. 아! 어찌 사람을 속임이 심하십니까?"

아룀 춘풍

"무너졌다는 설명은 과연 있습니다만, 그 뒤에 왕(王)이 궐리의 본래 집을 수리했습니다. 그대는 무너졌다는 설명만 가지고 의심하는군요. 공자가 남긴 집이 있음을 모르니, 소견이 고로(孤露)하다고 이를 만할 것입니다. 몹시 탄식할 만합니다."

대답 도남

"뒤에 왕이 집을 수리했다는 설명이 과연 있더라도, 어찌 진귀함이 되기에 충분하겠습니까? 우리나라 도호토[東都] 쇼헤이[昌平] 마을에 사당이 있는데, 이름은 대성전(大成殿)입니다. 봄가을 두 번 하야시[林] 좨주(祭酒)로 하여금 석전(釋奠)을 베풀게 하고, 요순(堯舜)과 옛 성인(聖人)의 아악(雅樂)을 연주하는데, 제사 의식이 숙연해 진실로 신(神)이 계신 것과 같습니다. 가령 궐리(闕里)에 공자(孔子)가 남긴 집이 있더라도 끝내 옛 성인의 예(禮)는 잃었을 것이고, 음악도 어찌 진귀함이 되기에 충분하겠습니까? 몹시 탄식할 만합니다. 우리 성묘(聖廟)의 왼쪽에 있는 비탈은 쇼헤이[昌平] 비탈이라 이름하고, 옆에 있는 다리는 쇼헤이 다리라 이름하는데, 바로 제가 사는 곳입니다. 그대 나라 사람들은 1년에 한번 궐리에 배알(拜謁)한다고 들었는데, 성묘에는 어찌 빨리 가지 않습니까? 저와 같이 또한 날을 얻어 대성전(大成殿)에 배알한다면, 어찌 공경해 숭배할 수 없겠습니까?"

춘풍(春風)이 말없이 잠잠하다가 물러갔다.[12]

이상은 『상한필어』에서 야마다 세이친과 조선의 군관(軍官) 춘풍이 나눈 대화 중 일부이다. 대화의 주제는 금고문(今古文) 논쟁인데, 춘풍은 노공왕(魯共王)이 공자(孔子)의 고가(古家) 벽 속에서 얻었다는 『고문논어(古文論語)』를 비롯해 고문을 옹호하는 반면, 야마다 세이친은 이를 부정하며 의구심을 표명하고 있다. 또한 일본 토쿄도[東京都] 분쿄구[文京區]에 있는 대성전(大成殿)과 공자가 태어난 중국 산동성(山東省)의 창평(昌平)에서 유래한 자기 고향 쇼헤이를 언급하며, 중국이나 조선 못지않게 유학을 숭상하는 당시 일본의 풍조를 내세우고 있다. 대성전이란 문묘(文廟)의 시설 가운데 공자(孔子)의 위패(位牌)를 봉안한 전각(殿閣)인 유시마[湯島] 성당(聖堂)으로, 1690년 대장군 도쿠가와 쓰나요시[德川綱吉, 1646~1709]에 의해 지어진 공자묘이다. 원래는 1632년 도쿠가와 막부의 정치 고문인 하야시 라잔[林羅山, 1583~1657]이 우에노 시노부가오카[上野忍ケ岡] 언덕(현재의 우에노 공원)에 세운 공자묘를 이축(移築)한 것이다. 이상의 필담에는 외래 문물을 수용해서 토착화한 후 진짜에 버금가는 것으로 만들어내는 일본인의 은근한 자부심도 배어 있다.

여기에서 주목할 점은 춘풍이란 군관이 필담에 참여하고 있다는 점이다. 통신사를 맞이하는 일본도 마찬가지였지만, 조선은 사행단에 늘 당대

---

12 稟 春風: 孔子遺宅, 今猶在闕里, 門楣揭以金字曰, 明幷日月, 德比天地. 我國之人, 每歲往見, 如貴國, 豈不杏杏乎? 復 圖南: 何欺人甚乎? 僕每讀孔安國書之序終歎, 孔宅之烏有? 何晏亦曰, 古論出孔氏壁中, 已藏壁中之物, 不壞可得乎? 吁! 何欺人之甚也? 稟 春風: 壞說果有之, 而其後王, 卽修本宅於闕里. 君以壞說爲疑. 不知有孔子之遺宅, 可謂所見孤露矣. 可歎可歎. 復 圖南: 後王修宅之說, 果有之, 何足爲珍乎? 吾國東都, 昌平鄕有廟, 名大成殿. 春秋二時, 令林祭酒, 設釋奠, 奏堯舜先聖之雅樂, 祭儀肅然, 誠如神也. 假令闕里有孔子之遺宅, 終喪先聖之禮, 樂亦何足爲珍? 可歎可歎. 我聖廟之左有坂, 名昌平坂, 旁有橋, 名昌平橋, 卽僕之居處也. 聞貴國人一歲一拜闕里, 聖廟豈不杳杳乎? 如僕亦得日拜大成殿, 豈非可奬尙乎? 春風黙然而退. 『桑韓筆語』, 43~45쪽.

최고의 인재들을 선발했다. 비단 문관뿐만 아니라 수행원 대부분이 높은 학식을 지녔던 지식인이었기 때문에 무관이었지만, 일본 최고 의원 중의 한 사람과 무리 없이 필담을 나누었던 것이다. 그러므로 이 사실은 당시 조선의 문화적 역량을 가늠할 수 있는 잣대가 되기도 한다.

일본인의 문화적 자부심이 『송암필어』에서는 조선의 문화에 대한 비하(卑下)로 표면화되기도 하는데, 이는 양국 인사들 간 소통에 제약이 있었기 때문에 발생한 것으로 볼 수 있다.

> 송암 말함: "그대 나라 고취악(鼓吹樂)은 세종대왕(世宗大王)이 박연(朴堧)을 시켜서 만들었다고 들었습니다. 당시에 연유가 있어 만들었습니까? 장차 스스로 만든 것입니까?"
>
> 추월 말함: "삼대(三代)의 음악을 덜고 더해 만들었습니다."
>
> 송암 말함: "제가 일찍이 중국의 대대로 이어져 내려온 역사를 살펴보았는데, 삼대의 음악은 이미 없어진지 2천 년 남짓입니다. 세종대왕이 어찌 덜고 더했겠습니까? 기성(箕聖)의 나라에 그대로 남아있는 것이 있습니까? 고악(古樂)이나 고악기 한두 가지만 보여주시기를 바랍니다."
>
> 추월(秋月)은 대답이 없었다.
>
> 용연(龍淵) 말함: "이것은 영인(伶人)의 일이니, 저희들은 알지 못해 대답할 수 없습니다."[13]

이상의 필담은 이 빈케이와 추월 남옥, 용연 성대중이 조선의 음악에

---

13 松庵曰 聞貴國鼓吹樂, 世宗大王令朴堧制之. 當時有因而制之乎? 將所自創乎? 秋月曰 損益三代之樂而成. 松庵曰 僕嘗攷中華歷代史, 三代之樂, 旣亡二千有餘年. 世宗大王, 何所損益乎?.箕聖之邦, 猶有存者耶? 古樂譜·古樂器, 願一二示之. 秋月不答. 龍淵曰 此伶人之事, 僕輩非其職, 不可答. 『松菴筆語』, 10쪽.

대해 나눈 대화 중 일부이다. 세종대왕이 박연을 시켜 아악을 정리하게
한 일은 『동의보감』만큼이나 당대 일본 사회에 널리 알려진 사실이었다.
그런데 문제는 남옥의 답변과 이 빈케이의 이해이다. '삼대의 음악을 덜고
더해 만들었다.'는 남옥의 말은 옛 음악을 참고로 가감(加減)해서 새롭게
만들었다는 말인데, 이 빈케이는 '삼대'를 중국의 고대인 하은주(夏殷周)
삼대로 이해했기 때문에 이는 없어진지 오래되었고, 성군(聖君)인 세종대
왕이라 하더라도 이를 참고할 수는 없었을 것이라는 견해를 피력했다. 이
점은 한문과 이를 통해 축적된 지식의 교환 사이에 일어날 수 있는 상호
오류를 잘 보여준다고 하겠다. 이런 측면에서 음악을 담당하는 사람이 아
니라 조예가 깊지 못해 대답에 제약이 따른다는 성대중의 답변은 꽤나 설
득력 있는 현답(賢答)이라고 할 수 있다.

이외에도 계미사행 관련 필담집 중에는 일본 신공황후(神功皇后)의 삼
한(三韓) 정벌설 및 오규 소라이와 다자이 슌다이[太宰春臺]로도 알려져
있는 다자이 준[太宰純, 1680~1747]의 학문에 대한 논쟁 등이 전하는데,
이를 통해 이들의 학술적 능력은 인정하나, 그들의 고학적 학문관을 인정
하지 않는 조선 측 인사들의 입장을 확인할 수 있다.

5. 교류와 협력

계미사행 뿐만 아니라 10여 차례에 걸친 통신사행의 필담에 참여했던
의원들은 대부분 테크노크라트(Technocrat)였다. 이들은 일정한 직위를 지녔
고, 평소 풍부한 지식과 임상 경험을 통해서 실제 의료행위에 참여했기 때
문에 전문 지식과 치료 상황에 교류와 협력의 흔적이 고스란히 녹아 있다.

아룀 도남(圖南)

"인삼(人蔘) 제조법을 얻어들을 수 있겠습니까?"

대답 모암(慕庵)

"인삼은 본래 제조법이 없습니다. 그대 나라의 의원들은 늘 이러한 설명을 말해달라는데, 이것은 사실을 잘못 들은 듯 보입니다."

아룀 도남

"인삼은 틀림없이 제조법이 없습니까?"

대답 모암

"틀림없이 제조법은 없을 것입니다."

아룀 이날 광동인삼(廣東人蔘)을 가져가 시험 삼아 물었다. 도남

"이 삼(蔘) 이름은 광동인삼(廣東人蔘)입니다. 그대 나라에도 있습니까?"

대답 모암

"없는데, 틀림없이 삼(蔘)은 아닙니다."

아룀 이때 모암이 허리춤에서 인삼을 꺼내 보여주었다. 도남

"이 삼(蔘)도 제조하지 않았습니까? 제조하지 않았는데, 어찌 이처럼 아름다운 모양일 수 있습니까?"

대답 모암

"삼(蔘)은 본디 아름다운 모양이니, 『본초(本草)』에서 '금정옥란(金井玉蘭)'이라 말한 것이 이것입니다."

아룀 도남

"『본초』에 '인삼은 캐거나 농사짓는 데 참으로 방법이 있을 것이다.'라 했는데, 제조법에도 있을 듯 보입니다."

대답 모암

이에 모암이 인삼 제조법 한 가지를 전해주었는데, 별도로 기록해 집에 몰

래 감추어 두었다.[14]

위의 예문은 『상한필어』 중 인삼 제법(製法)에 대해 야마다 세이친과 모암 이좌국(李佐國, 1734~?)이 나눈 필담이다. 이좌국은 자가 성보(聖甫)이고, 본관은 완산(完山)인데, 1763년 통신사의 양의(良醫)이다. 예나 지금이나 일본인에게 인삼은 영원한 로망(roman)이다. 풍토가 맞지 않아 일본에서는 재배가 어렵고, 설령 재배에 성공하더라도 약효가 없었기 때문이다. 따라서 일찍부터 조선 인삼에 대한 교역이 이루어졌고, 1710년에는 일본에서 '인삼대왕고은(人參代往古銀)'이라는 전대미문의 특수한 무역 은화를 만들어내기에 이른다.[15] 통신사행을 통틀어 가장 비극적 사건인 최천종(崔天宗) 살해사건도 인삼 밀무역과 관련되었을 개연성이 크다.[16]

이상 이좌국의 답변에도 드러나 있듯이 일본 의원들은 조선 의원들에게 늘 인삼을 재배하고 가공하는 제법에 대해 물었다. 하지만 조선 의원들이 국가적 기밀에 해당하는 인삼 관련 정보를 쉽게 발설할 수 없는 형편이었고, 가져간 인삼조차도 허리춤에 보관하는 이좌국처럼 소중히 다루었기 때문에 일본 의원들은 정보에 쉽게 접근할 수 없었다. 이러한 사실은 계미사행 이전부터 관례였는데, 이상의 예문 마지막을 참조하면, 야마다 세이친의 집요한 질문에 이좌국이 인삼 제법과 관련된 일정 정보를 알려

---

14 槧 圖南: 人參製法, 可得聞乎? 復 慕庵: 人參本無製法. 貴邦之醫, 每發此說, 似是誤聞矣. 槧 圖南: 人參決無製術乎? 復 慕庵: 決無製法矣. 槧 是日携廣東人參試問. 圖南: 此參名廣東人參. 貴邦有之乎? 復 慕庵: 無有, 決非參. 槧 此時慕庵自腰間出人參以示. 圖南: 此參無製乎? 不製, 惡能如是美形矣? 復 慕庵: 參本是美形, 本艸曰, 金井玉蘭者, 是也. 槧 圖南: 本艸曰, 人參探作, 甚有法矣. 似有製法. 復 慕庵: 於是慕庵傳參製一法, 別記秘家. 『桑韓筆語』, 13~15쪽.

15 다시로 가즈이 지음, 정성일 옮김, 『왜관』, 논형, 2005, 148쪽.

16 계미사행 당시, 사행의 길을 열고 지휘하는 무관인 도훈도(都訓導)였던 최천종이 에도에서 돌아오는 길에 오사카의 숙소에서 일본인 안내원인 스즈키 덴조[鈴木傳藏]의 칼에 찔려 피살된 사건이다. 표면적 범행 동기는 최천종의 무시와 절도 혐의에 대한 격분이었지만, 인삼 밀무역으로 보는 견해가 지배적이다. (사)조선통신사문화사업회 엮음, 『조선통신사 옛길을 따라서』 2, 한울, 2008, 46~49쪽.

주었던 것으로 보인다. 내용의 중요도를 감안하고 정보 제공자의 신변을 걱정한 야마다 세이친의 사려 깊은 태도 때문에 그 제법이 『상한필어』에는 누락된 것으로 볼 수 있는데, 앞으로 이와 관련된 실제 문건을 입수하게 된다면, 당시 인삼 제법의 전통과 관련된 매우 유용한 자료가 될 수 있을 것이다.

아울러 의원필담에는 양국 의원 간 활발하게 이루어진 의술 교류가 구체적으로 명시되어 있다. 대부분 일본 의원이 조선 의원에게 적절한 치료 처방을 묻고 답변하는 방식으로 소통했는데, 조선 의원은 다른 분야보다 비교적 자세한 답변을 하고 있다.

> 아룀 도남
> "노채(勞瘵)의 어떤 증세는 예나 지금이나 치료하기 어렵습니다. 선생께는 마땅히 신선(神仙) 누각(樓閣)의 기막힌 처방이 있을 테니, 저를 위해 가르쳐주시기를 감히 청합니다."
> 대답 모암
> "대체로 '노(勞)'는 다섯 가지가 있고, '채(瘵)'란 것은 그 심한 것을 가리켜서 말합니다. 옛 사람의 논의는 많은데, 위쪽으로부터 해친 것이 있다면 이것은 심장과 폐를 가리키고, 아래쪽으로부터 해친 것이 있다면 이것은 간과 신장을 가리킵니다. 또 중주(中州)에 있다면 토(土)가 부족해 금(金)을 발생시키지 못하니, 금기(金氣)가 줄어드는 것일 겁니다. 그 폐를 해친 것은 익기보비(益氣補脾)가 마땅하니, 동원(東垣)의 보중익기탕(補中益氣湯)으로 주관합니다. 그 심장을 해친 것의 허(虛)는 귀비탕(歸脾湯), 열(熱)은 심람원(心覽元)으로 주관합니다. 그 간을 해친 것은 귀용탕(歸茸湯)으로 주관합니다. 그 신장을 해친 것은 지황원신단(地黃元辰丹)의 따위로 주관합니다. 그러나 어리석은 제 의견으로 판단해 말하자면, 음양이기(陰陽二氣)에서 벗어나지 않음은 무엇 때문이겠습

니까? 대체로 음(陰)이 허(虛)하면 수(水)가 약해지고, 양(陽)이 허하면 화(火)가 약해집니다. 그 치료법은 자음(滋陰)·건양(健陽)·보(補) 세 가지 방법에 불과할 뿐인데, 어떻게 되는지 모르겠습니다."[17]

이상은 『상한필어』 중 노채(勞瘵)의 치료방법에 대해 야마다 세이친이 묻고 이좌국이 대답한 부분이다. 노채는 지금의 폐결핵(肺結核)이다. 계미 사행 이전에도 노채가 일본에 광범위하게 퍼져 있던 까닭에 이전의 의원 필담에도 이 병에 대해 묻고 답한 경우가 많다.[18] 그 치료방법에 대해 이좌 국은 먼저 '노'와 '채'의 개념 규정을 했고, 이 병에 의해 손상 받는 부위를 나누어 설명했다. 그 치료 원칙으로는 보기약(補氣藥)으로 기허증(氣虛證) 을 치료하는 '익기'와 비가 허한 것을 보하거나 는는하게 하는 '보비'의 방 법을 제시했다.

구체적 처방으로 중국 금(金)대 유명한 의학자이자 금원사대가(金元四大 家)의 한 사람인 이고(李杲, 1180~1251)의 '보중익기탕'을 처방했다. 이 약의 약재는 단너삼·인삼·흰삽주·감초·당귀·귤껍질·승마·시호인데, 결핵 성 질병을 비롯한 만성소모성 질병에 주로 사용한다. 또한 부위별로 심장 을 상한 데는 건망증·수면장애·식은땀·숨가쁨·놀램 등에 사용하는 '귀 비탕'과 '심람원'을 사용하고, 간을 해친 데는 빈혈·음위증(陰痿証) 및 허 약한 사람이나 앓고 난 뒤 보약으로도 쓰는 '귀용탕'의 사용을 권했으며,

---

17 稟 圖南: 勞瘵一證, 古今爲難治. 於先生當有神樓之妙劑, 爲僕示之敢請. 復 慕庵: 凡勞有五, 而瘵 者, 指其甚者而言也. 古人之論多端, 有自上而損者, 此指心肺也, 有自下而損者, 此指肝腎也. 又有中 州, 不足土, 不生金, 金氣虧省矣. 損其肺者, 當益氣補脾, 東垣補中益氣湯主之. 損其心者. 虛則皈脾 湯, 熱則心覽元主之. 損其肝者, 皈茸湯主之. 損其腎者, 地黃式辰丹之屬主之. 然愚意斷曰, 不出於 陰陽二氣何也? 夫陰虛乃水弱, 陽虛乃火衰也. 其治之法, 不過滋陰·健陽·補三法而已, 未知爲何. 『桑韓筆語』, 10~11쪽.

18 김형태, 「〈桑韓醫談〉과 〈桑韓醫問答〉 비교 연구」, 『洌上古典硏究』 제29집, 洌上古典硏究會, 2009. 6.

신장을 해친 데는 간허풍열(肝虛風熱)로 눈에 피가 지고 부으며, 잘 보이지 않는 증상 등에 사용하는 '지황원신단'을 처방했다. 이 가운데 '심람원'은 현재 이름과 약재, 효능 등이 전하지 않는 약이다. 간혹 필담집에 등장하나 정체성을 규명할 수 없는 약재나 약품과 더불어 한의학계에서 심도 있는 논의와 연구가 필요한 대목이다. 마지막에는 노채의 발병 원인을 음양(陰陽)의 부조화와 오행(五行)의 관계로 설명했는데, 오행과 오장(五臟)의 대응 관계[19]상 음이 허하면 수로 대표되는 신장이 약해지고, 양이 허하면 화로 대표되는 심장이 약해지는 것으로 보았다. 짧은 분량의 필담이지만, 병에 대한 개념 정의와 발병 원인, 치료방법까지 비교적 꼼꼼하게 기록되어 있음을 확인할 수 있다.

이 외에도 조선 의원이 일본에서 『삼재도회(三才圖會)』와 『본초강목(本草綱目)』을 구입하고자 일본 의원에게 문의했던 일이나, 일본 의원이 풍토병에 시달리던 조선 사행단을 진찰하고 처방한 내용들을 『계단앵명』과 『송암필어』 등에서 확인할 수 있다.

6. 맺음말

이상에서 1763년 계미사행(癸未使行) 중 의원필담집(醫員筆談集)인 키타야마 쇼우[北山彰]의 『계단앵명(雞壇嚶鳴)』과 야마다 세이친[山田正珍]의 『상한필어(桑韓筆語)』와 이 빈케이[井敏卿]의 『송암필어(松菴筆語)』를 연구 대상으로 삼아 18세기에 의원을 포함한 조일(朝日) 두 나라 지식인들이 서로 만나 어떤 방식으로 소통했고, 대립과 갈등, 교류와 협력을 경우에 따

---

19 사상의학(四象醫學)을 참고할 때, 목(木)은 간(肝), 화(火)는 심(心), 토(土)는 비(脾), 금(金)은 폐(肺), 수(水)는 신(腎)에 해당된다. 劉準相, 『사상체질과 건강』, 杏林書院, 2009, 56~60쪽.

라 어떻게 대처했는지 확인해보았다. 이들 사이에는 간혹 오해와 불신도 있었지만, 양국의 인사들은 한문이란 동아시아 공통문자를 통해 소통했고, 심도 있는 정보와 의견을 교환했다.

미지(未知)의 인물을 만나서는 서로 인사를 나누고, 시문(詩文)을 창화(唱和)했으며, 해부학 등 당시 서양의학에 눈뜬 일본의 상황을 가늠해보기도 했다. 또한 각 나라의 풍습을 접하고 비교하는 기회를 가졌으며, 아울러 한글에 대한 일본인의 증폭된 관심을 확인할 수 있었다.

대립과 갈등은 주로 두 나라의 역사 인식과 학술적 차원의 관점 차이에서 비롯되었는데, 특히 당시 일본의 고학(古學)적 학풍이 여기에 상당한 영향을 끼쳤다고 할 수 있다. 따라서 금고문(今古文) 논쟁이나 두 나라의 음악 비교, 일본 신공황후(神功皇后)의 삼한(三韓) 정벌설 및 오규 소라이[荻生徂徠]와 다자이 준[太宰純]의 학문에 대한 논쟁 등으로 상호 날선 공방이 오고 갔다. 다만 간과하지 말아야 할 것은 이 중에는 한문에 의한 필담이란 제한 때문에 빚어진 상호 오해도 존재한다는 점이다.

교류와 협력은 전문 지식과 기술을 지닌 의원들을 중심으로 인삼 제법(製法)이나 질병의 치료 방법을 확인하는 절차로 구체화되었다. 또한 일본에서의 서적 구입 방법 문의 및 실제 치료 등을 통해 양국 우호의 분위기를 연장시켜 나갔다고 볼 수 있다.

외국말과의 어울림과 소통을 위해서 과거로 회귀하자는 것이 본 연구자의 취지는 결코 아니다. 다만 중국과 한국, 한국과 일본, 중국과 일본이 동아시아의 공통문자 체계인 한자와 한문을 통해 진지하게 교류할 수 있었던 과거의 경험을 거울삼아 진정한 동아시아 공동체에 대해 생각해볼 수 있는 계기를 마련해보자는 것이다.

참고문헌

자료

『雞壇嚶鳴』, 日本大坂府立中之島圖書館本.

『桑韓筆語』, 國立中央圖書館本.

『松菴筆語』, 日本國立公文書館本.

논문

김형태, 「1748년 제10차 戊辰通信使 醫學筆談의 성격 변천 연구 -『對麗筆語』와『朝鮮筆談』을 중
　　　심으로 -」,『한국한문학연구』제46집, 한국한문학회, 2010.

김형태, 「〈桑韓醫談〉과 〈桑韓醫問答〉 비교 연구」,『洌上古典研究』제29집, 洌上古典研究會,
　　　2009. 6.

단행본

다시로 가즈이 지음, 정성일 옮김,『왜관』, 논형, 2005.

랴오위췬(廖育群) 지음, 박현국 · 김기욱 · 이병욱 옮김,『황한의학(皇漢醫學)을 조망(眺望)하다』, 청
　　　홍, 2010.

(사)조선통신사문화사업회 엮음,『조선통신사 옛길을 따라서』2, 한울, 2008.

劉準相 지음,『사상체질과 건강』, 杏林書院, 2009.

정하미,『일본의 서양문화 수용사』, 살림, 2005.

조기호 지음,『일본 한방의학을 말하다』, 군자출판사, 2008.

타이먼 스크리치 지음, 박경희 옮김,『에도의 몸을 열다』, 그린비, 2008.

최 봉영(崔 鳳永, Choi, Bong-young)

전자우편: bychoi@kau.ac.kr

경력: 한국학중앙연구원 한국학대학원에서 문학박사 학위를 받았고, 한
국항공대학 인문자연학부 교수로 있으면서, 현재 한국인격교육학
회 회장, 조선사회연구회 회장, 우리말로 학문하기 모임 회장을 맡
고 있다.

쓴책: 『한국인의 사회적 성격(1)(2)』(느티나무, 1994)
　　　『한국문화의 성격』(사계절, 1997)
　　　『조선시대 유교문화』(사계절, 1997)
　　　『주체와 욕망』(사계절, 2000)
　　　『본과 보기 문화이론』(지식산업사, 2003)
　　　『한국사회의 차별과 억압』(지식산업사, 2005)

유 재원

경력: 경기고등학교 졸업(1969)
　　　서울대학교 언어학과 졸업(1974)
　　　서울대학교 언어학과 대학원 수료(1974~1975)
　　　그리스 아테네 대학교 언어학 박사(1975~1983)
　　　한양대학교 문화인류학과 교수(1986~1989)
　　　한국 외국어 대학교 언어학과 교수(1989~2003)
　　　한국 마이크로소프트 자연어 처리 전문 위원(1995~1997)
　　　한국 외국어 대학교 그리스-발칸어과 교수(2003~현재)
　　　사단법인 문화문 이사장(2007~현재)
　　　서울예술대학교 재단 이사(2008~현재)
　　　한국 카잔차키스 학회 회장(2008~현재)
　　　사단법인 한국-그리스 친선협회 이사장(2009~현재)

쓴글: 「그리스어의 음운체계의 변천에 대하여」(1985) / 「그리스인의 의식
구조」(1997) / 「카잔차키스와 정교회: 정교회는 카잔차키스를 파문
했는가?」(2008)외 다수

쓴책: 『그리스어의 시제 일치』(1983 박사학위 논문) / 『우리말 역순 사전』
(1985) / 『표준 한국어 발음 대사전』(1993 3인 공저) / 『그리스 신화
의 세계 1: 올림포스의 신들』(1998) / 『그리스 신화의 세계 2: 영웅
이야기』(1999) / 『그리스, 신화의 땅, 인간의 나라』(2004) / 『영화로
읽는 신화, 신화로 읽는 영화』(2005) / 『그리스, 유재원교수의그리
스, 그리스 신화』(2007): 개정판 / 『터키, 1만여의 시간 여행』(2010)

김 정수(Kim, Zong-Su)

전자우편: zskim@hanyang.ac.kr

경력: 「17세기 한국말의 높임법과 그 15세기로부터의 변천」(박사학위논
문)으로 시작한 한국말의 역사 공부를 계속하고 있다. 사잇소리, 사
이시옷 등 음운론과 형태론에 걸친 말본을 따지며, 너무 섬세해서
충분히 체계화하지 못한 한국말의 특질을 파고들면서, 조금 자세한
옛말 사전을 꾸리고 있다. 아울러 맞춤법, 표준말 등의 말글 규범,
한글과 한자의 전쟁, 영어 광풍 속 한겨레말의 죽살이 같은 언어 정
책의 문제도 관심사로 여기고 있다.

성 낙수

전자우편: zskim@hanyang.ac.kr

경력: 성당초등학교, 당진중학교, 공주사범대학 부속고등학교 졸업
연세대학교에서 문학사, 문학석사, 문학박사 학위 취득
현 한국교원대학교 국어교육과 교수
청주(여자)사범대학교 국어교육과 전임강사, 조교수(1978.3~1981.2)
동덕여자대학교 국어국문학과 조교수(1981.3~1984.8)
한국교원대학교 조교수, 부교수, 교수, 도서관장, 교무처장(1984.8~현재)
<시와 시론>, <충남문학>으로 등단(1987)
파리7대학 객원교수(1988.12~1989.8)
북경 중앙민족대학 객원교수(2006.3~2006.7)
한국문법교육학회 회장(2005.12~2009.12)
청람어문교육학회 회장(2008.8~2010.8)
외솔회 부회장(2008.7~2010.3)
외솔회 회장(2010.3~현재)
한국문인협회 회원
국제펜클럽 회원

쓴글: 「제주도 방언의 통사론적 연구」 외 다수

쓴책: 『국어학서설』(공저)
『제주도 방언의 통사론적 연구』
『우리말 방언학』
『논술강좌』
고등학교 『작문』
『삶과 앎의 터전』(수필집)
『한 세상 살다 보니』(수필집)
『날이면 날마다 새로운 날』(수필집)

신운용(申 雲龍)

경력: 한국외국어대학교 사학과 졸업
　　　한국외국어대학교 대학원 사학과 졸업(문학박사)
　　　한국외국어대학교 사학과 강사
　　　안중근의사기념사업회 안중근연구소 책임연구원
쓴글:「일제의 국외한인에 대한 사법권침탈과 안중근재판」
　　　「안중근의거의 국제정치적 배경과 의의」
　　　「안중근의 대일인식」
　　　「안중근 의거의 사상적 배경」
　　　「조선건국의 사상적 배경에 관한 시론」
　　　「조선중기(16·17세기)의 단군론과『규원사화』」외 다수
쓴책:『안중근과 그 시대』(공저)
　　　『안중근연구의 기초』(공저)
　　　『한국사의 단군인식과 단군운동』(공저)
　　　『하얼빈역의 보복(На Харбинском Вокзале)』(번역서)

구 연상(具 然祥, Gu, Yeon-sang)

전자우편: sainichts@hanmail.net
경력: 한국외대에서 논문「공포와 두려움 그리고 불안: 하이데거의 기분
　　　분석을 바탕으로」로 철학박사 학위를 받았고, 한국하이데거학회
　　　편집이사, 우리말로 철학하기 섭외이사를 거쳤으며, 현재 우리말로
　　　학문하기의 총무이사와 숙명여자대학교 교양교육원 교수이고, 최
　　　근『부동산 아리랑』이라는 소설책을 썼다.
쓴글:「말의 얼개와 특징」(2005)
　　　「존경과 양심」(2006)
　　　「오늘날(DAS HEUTE)에 대한 하이데거의 현상학적 – 해석학적 탐구」
　　　(2006)
　　　「논술의 뜻과 성격」(2007)
　　　「글쓰기와 논술」(2008)
　　　「빛에 대하여」(2011)
쓴책:『공포와 두려움, 그리고 불안(하이데거의 기분분석을 바탕으로)』(청계, 2002)
　　　『매체정보란 무엇인가』(살림, 2004)
　　　『감각의 대화』(세림M&B, 2004)
　　　『후회와 시간』(세림M&B, 2004)
　　　『철학은 슬기 맑힘이다』(채륜, 2009)
　　　『부동산 아리랑』(채륜, 2011)

이 부영

경력: 서울대 정치학과
　　　동아일보 문화부 기자
　　　동아노조 및 동아투위 대변인
　　　민주통일민중운동연합(민통련) 사무처장·상임위원장
　　　전국민족민주운동연합(전민련) 상임의장
　　　민주당 부총재·최고위원
　　　한나라당 원내총무·부총재
　　　열린우리당 의장(3선 국회의원)
　　　수목장실천회 공동대표, 동북아평화연대 공동대표
　　　화해상생마당 운영위원장
　　　장준하선생기념사업회 회장
　　　(현)몽양여운형선생기념사업회 회장
　　　(현)민주·평화·복지 포럼 상임대표
쓴책:『윤용하평전』(청년사, 1978)
　　　『언론과 사회』(공저)(민중사, 1983)
　　　『민중의 외침』(역)(분도출판사, 1983)
　　　『히로시마의 증인들』(역)(분도출판사, 1985)
　　　『희망의 정치로 가는 길』(두리출판사, 1992)

정 현기(鄭 顯琦)

경력: 짐동공업고등학교 졸업(1960)
　　　연세대학교 문과대학 국어국문학과 졸업(1965)
　　　《문학사상》에 문학평론 당선, 비평활동 시작(1979)
　　　연세대학교 대학원 국어국문학과 석·박사과정 졸업(문학박사)
　　　(1982)
　　　연세대학교 문리대 국어국문학과 교수 역임 정년퇴임(2007)
　　　세종대학교 초빙교수(2010)
　　　우리말로 학문하기 모임 부회장(현재)
쓴글: 「안중근 이등박문을 쏘다」 해석의 긴 평론과, 촛불집회와 덜미잡
　　　힌 왕권과 대권, 떠도는 지성과 자유, 고향찾기(카잔차키스론), 갇힘
　　　과 가둠에 대하여, 갇힘과 가둠에 대하여 둘, 안중근과 한국문학,
　　　그리고 현재 미발표 시 원고 699편의 시 있음.
쓴책:『시속에 든 보석』,『흰 방울새와 최익현』,『비평의 어둠걷기』,『문학
　　　의 해석과 평가』,『한국소설의 이론』,『한국문학의 제도적 권력과
　　　사회』,『포위관념과 멀미』,『그대들이 거기 그렇게』,『인간아 인간
　　　아』,『나는 꿈꾸는 새다』,『정현기 비평 선집』외 다수

김 융희(金 隆希, Kim, Yoong-hee)

전자우편: eolosia@hanmail.net

경력: 서강대 철학과를 졸업하고 홍익대 대학원 미학과에서 박사과정을
　　　수료했다. 서울예술대학 교양학부 교수로 재직했으며 철학아카데
　　　미, 느티나무학교 등 대안 인문학교에서 미학과 예술론, 신화와 상
　　　상력에 대한 강의를 진행하고 있다.

쓴글: 「메를로 퐁티의 몸철학과 현대미술의 의미」(2009)

　　　「상상, 세계의 질료적 에너지와 교감하는 힘: 바슐라르 상상력 이
　　　론에 대한 소론」(2009)

　　　「생태예술의 지형그리기: 대지예술, 환경예술, 자연예술과의 관계
　　　를 중심으로」(2010)

　　　「아니슈 카포: 공과 색, 이름을 넘어서」(2010)

쓴책: 『예술, 세계와의 주술적 소통』(책세상, 2000)

　　　『빨강: 매혹의 에로티시즘에서 금기의 레드컴플렉스까지』(시공
　　　사,2005)

　　　『검은 천사, 하얀 악마: 흑백의 문화사』(시공사, 2006)

　　　『천하, 예술을 읽다』(공저, 동녘, 2007)

　　　『예술, 인문학과 통하다』(공저, 웅진지식하우스, 2008)

이 은주(李 殷姓)

경력: 한국외국어대학교와 중앙대학교, 시립인천전문대학교, 서울시립
　　　대, 가톨릭대학교에서 강의했으며, 지금은 한국외국어대학교와 중
　　　앙대학교에서 학생들과 배움의 길을 가고 있다.

쓴글: 「하이데거에서 불안과 죽음의 의미」(『하이데거 연구 제15집』, 한국하
　　　이데거학회, 2007.4)

　　　「하이데거에서 현존재와 죽음의 의미」(박사학위 쓴글, 한국외국어대
　　　학교, 2008.2)

　　　「철학적으로 가르침에 대한 몇 가지 제안」(『철학과 문화』, 한국외국
　　　어대학교 철학연구소, 2008.5)

　　　「하이데거에서 죽음의 의미와 웰-다잉(well-dying)의 문제」(새한철
　　　학회 가을 학술대회, 2009.11)

　　　「기다림에 관한 짧은 생각 몇」(『우리말로 학문하기의 용틀임』, 채륜,
　　　2010)

쓴책: 『산다는 것 죽는다는 것』(한국외국어대학교 출판부, 2009)

김 형태(金 亨泰, Kim, Hyung-Tae)

전자우편: dduckkim@hanmail.net

경력: 연세대학교에서 논문「對話體 歌辭 硏究」로 문학박사 학위를 받았고, 사단법인 유도회 장학생반에서 권우 홍찬유 선생을 비롯한 한 학자들에게 한문을 배웠다. 열상고전연구회와 한국시가학회 편집 간사를 지냈고, 현재 동양고전학회와 민족문학사연구소 편집위원이며, 연세대학교 국학연구원 연구교수로 재직 중이다. 가사 갈래를 포함한 문학에 구현된 대화체의 의미를 규명하는 연구와 조선시대 유서(類書)류 한문 원전에 대한 연구를 병행하고 있다. 아울러 동아시아 의료 풍속에 대한 학제 간 통섭 연구에도 깊은 관심을 지니고 있다.

쓴글:「對話體 歌辭의 유형별 특성 고찰」(2005)

「『시명다식(詩名多識)』의 문헌적 특성과 가치 연구(1)」(2006)

「<農家月令歌> 창작 배경 연구」(2006)

「『大學』에 인용된『詩經』구절의 문학적 효용성」(2007)

「18세기 전반기 通信使 醫學筆談의 展開 및 內容的 特性」(2009)

「<桑韓醫談>과 <桑韓醫問答> 비교 연구」(2009)

「의학필담 형식과 내용의 상관성 및 변천에 대한 연구 -'~록(錄)', '~의담(醫談)', '~필어(筆語)'를 중심으로-」(2009)

「의학 관련 필담창수집의 구성 및 내용 특성 연구 -1748(戊辰)년 『兩東筆語』를 중심으로-」(2009)

「1748년 제10차 戊辰通信使 醫員筆談의 성격 변천 연구」(2010)

쓴책:『시명다식(詩名多識)』(한길사, 2007)

『대화체 가사의 유형과 역사적 전개』(소명출판, 2009)

『통신사 의학 관련 필담창화집 연구』(보고사, 2011)